SINA BLACKWOOD

DAS GOLD DER MARQUES'

Bibliografische Informationen der Deutschen Nationalbibliothek
Die Deutsche Nationalbibliothek verzeichnet diese Publikation in der Deutschen Nationalbibliografie; detaillierte bibliografische Daten sind im Internet über http://dnb.d-nb.de abrufbar.

© 3. Auflage: Sina Blackwood 2015
© Titelbild: © Andrey Armyagov – fotolia.com

www.reni-dammrich-geschichtenzauber.de
www.facebook.com/pages/Reni-DammrichSina-Blackwood-Die-Geschichtenzauberseite

Herstellung und Verlag:
BoD – Books on Demand, Norderstedt
ISBN: 9783732297122

Strandfund

Ein Blitz, ein Donnerschlag, Dunkelheit.

Sie versuchte, die Lider einen Spaltbreit zu öffnen. Dämmerlicht, feuchte Wärme, der Hauch salziger Seeluft. Ein Augenpaar, welches sie neugierig und erleichtert musterte.

„Gott sei Dank! Sie lebt!"

Sie war sicher, die wohlklingende Stimme noch nie gehört zu haben.

„Gib mir die Wasserflasche!"

Wasser! Sie hatte wahnsinnigen Durst. *Ich möchte auch trinken,* formulierte sie in Gedanken, ohne es aussprechen zu können.

Jemand hob ihren Kopf an, stützte ihren Körper mit seinem Oberschenkel, dann spürte sie das ersehnte Nass auf ihren Lippen. Gierig begann sie zu schlucken.

„Na, na, ganz langsam, es ist genug da!", mahnte der Mann mit der freundlichen Stimme, ihr fast tropfenweise die Flüssigkeit einflößend.

Sie versuchte zu blinzeln, doch etwas verklebte ihre Augen. Im selben Moment fühlte sie sanfte Finger in ihrem Gesicht, welche äußerst vorsichtig die lästigen Sandkrusten entfernten.

„So sieht die Welt doch gleich freundlicher aus", murmelte der Fremde, den sie endlich anschauen konnte.

Ein kühn geschnittenes Gesicht umrahmt von sattbraunem welligem Haar.

„Ihr seid in Sicherheit", erklärte er lächelnd.

Sicherheit? Sie ließ ihren Blick schweifen, soweit es die Lage ihres Kopfes zuließ. Ein weißer Strand, ein sattblaues Meer und eine Schleifspur, die vom Spülsaum des Wassers bis zu dem Platz führte, an dem sie der Fremde im Arm hielt. Die Reste eines Fasses und einer Schiffsplanke konnte sie mehr erahnen als sehen.

Wie kam sie hierher? Wo war dieses Hier? Warum konnte sie ihren Körper nicht spüren? Wer war der Fremde?

„Ich bin Rodrigo Alvarez", stellte er sich soeben vor.

Ich bin – ich bin … Ihre Augen wurden unnatürlich groß. *Ich weiß nicht, wer ich bin!*

Rodrigo seufzte. „Es sieht ganz so aus, als habe sie durch den Schock die Sprache verloren. Aber vielleicht versteht sie mich auch nicht."

Sie brachte, statt einer Antwort, nur ein unartikuliertes Krächzen heraus. Für den jungen Mann das Zeichen, ihr noch einmal behutsam Wasser zu geben.

Nach dem letzten Schluck schloss sie die Augen. Schlafen. Einfach schlafen! Und wenn sie erwachte, war sie sicher wieder da, wohin sie gehörte. Das konnte nur ein seltsamer Traum sein.

„Amin! Mein Pferd!" Rodrigo reichte seinem Diener die Flasche, um den halb toten Findling aufheben zu können. Dieser merkte nichts mehr davon. Tiefschlaf hielt ihn umfangen.

Der Schimmel lief mit seiner ungewöhnlichen Last besonders ruhig, als spüre er, wie schlecht es um die Frau im Arm seines Herrn stand.

„Wir reiten durch das kleine Tor ins Fort", legte Rodrigo fest, worauf Amin sofort die Richtung wechselte. „Warte! Nimm du den Brief! Er muss heute noch dem Kommandanten übergeben werden."

„Sehr wohl, mein Herr." Amin steckte das Schreiben in den Gürtel und trabte voraus.

Als Rodrigo das Tor erreichte, hatte Amin seinen Auftrag bereits erfüllt und sie konnten sofort passieren. In der Dunkelheit blieb unbemerkt, dass Rodrigos Pferd doppelte Last trug.

Im Garten des eigenen Hauses sprang er von seinem Schimmel, schickte Amin nach einem Heilkundigen und bettete die Fremde inzwischen in eines der schmucken Zimmer im oberen Stockwerk.

Warum er sie nicht einfach im Fort gelassen hatte? Er wusste selbst keine Antwort auf die Frage. Da war einfach dieses Gefühl, sich ihrer annehmen zu müssen.

Dem hellen Haar nach schien sie eine Europäerin zu sein. Darüber konnte auch die sonnengebräunte Haut nicht hinwegtäuschen. Er schätzte sie auf etwa zwanzig. Warum sie Männerkleidung trug, werde er wohl erst ergründen können, wenn sie endlich wieder aufwachte.

Die vielen Schürfwunden im Gesicht weggedacht, musste sie auch sehr hübsch sein. Vielleicht war es ja das, was ihn sofort zu ihr hingezogen hatte.

Er fühlte nach ihrem Puls. Ein kurzes Nachdenken, dann ließ er seine Hände über den Stoff ihrer Kleidung gleiten. Deutlich spürte er die Reste der Feuchtigkeit. Mit einem unwilligen Kopfschütteln eilte er in sein Schlafzimmer, holte eines seiner langen weißen Hemden, um es ihr überzustreifen, nachdem er sie entkleidet hatte.

Die geheimnisvolle Fremde schlief einfach weiter, was ihm im Augenblick auch ganz recht war. Also wagte er auch, mehr als ein Auge auf das zu werfen, was unter ihrer Kleidung zum Vorschein kam.

Der heftige Stich in seinem Herzen musste wohl von Amors Pfeil herrühren, der ihn just in diesem Moment zielgenau und sehr tief getroffen hatte.

Auf das laute Klopfen an der Tür zuckte er wie ein ertappter Sünder zusammen. Er raffte die nassen Kleider zusammen und öffnete.

„Tritt ein", bat er den alten Mann. Amin drückte er die Wäsche in die Hand. „Waschen, trocknen, reparieren."

Der Alte warf einen Blick auf die Frau, dann schaute er Alvarez fragend an.

„Ich kann dir weder sagen wer sie ist noch woher sie die Verletzungen hat. Ich habe sie halb im Wasser liegend am Strand gefunden und mitgenommen, weil sie noch lebte. Schau, was du für sie tun kannst."

Der alte Malaysier nickte. Der Portugiese Alvarez stand in dem Ruf, sofort und gut zu bezahlen. Anreiz, seine Wünsche auf der Stelle und gründlich zu erfüllen.

„Was hältst du davon?"

„War das gerade ihre Kleidung?", fragte der Alte.

„So ist es."

„Dann vermute ich, dass ihr Schiff bei dem gestrigen schweren Gewittersturm gesunken ist. Es grenzt an ein Wunder, wenn sie so ein Inferno überlebt hat." Er schob ihre Augenlider nach oben. Kontrollierte an der Halsschlagader den Pulsschlag und erfühlte die Temperatur ihrer Stirn. „Sie schläft tief und fest."

„Wird sie denn wenigstens wieder aufwachen und gesund werden?" Rodrigo Alvarez zog sorgenvoll die Augenbrauen zusammen.

„Vielleicht, vielleicht auch nicht. Ich muss schauen, ob sie schwerere Verletzungen hat." Der Heiler tastete akribisch seine Patientin ab. „Ein paar Quetschungen und Blutergüssen, etliche Schürfwunden, aber keine Knochenbrüche. Möglich, dass sie eine Gehirnerschütterung hat."

Alvarez blies erleichtert Luft aus.

„Ich mixe ihr einen stärkenden Trank und heilende Salbe. Den Rest muss die Natur erledigen."

„Wann kann ich es holen lassen?"

„Morgen früh." Der Alte erhob sich.

Alvarez drückte ihm dankbar ein Goldstück in die Hand. Das hätte als Bezahlung für viele Behandlungen mitsamt den Medikamenten gereicht.

Vor der Tür hielt Alvarez den alten Mann noch einmal zurück. „Zu keinem ein Wort!"

Und auf dessen kaum merkliches Lächeln: „Ja, es liegt mir sehr viel an ihr. Ich will nicht, dass man sie zu irgendetwas zwingt. Sie soll sich frei entscheiden können, wenn sie wieder gesund ist."

Der Alte legte einen Finger auf seine Lippen, um Stillschweigen anzudeuten, dann eilte er durch die Nacht davon.

Rodrigo zog einen Stuhl neben das Bett der geheimnisvollen Fremden. Die Flamme der Öllampe reichte gerade aus, um ihr Gesicht erkennen zu können. *Wer seid Ihr? Und welcher Wind hat Euch hierher geweht?*

Seufzend lehnte er sich zurück, schloss die Augen und glitt in einen unruhigen Schlaf. Alle paar Minuten schreckte er auf, schaute nach der schönen Unbekannten und döste wieder ein.

Leises Stöhnen weckte ihn im Morgengrauen endgültig. Große Augen musterten ihn ängstlich, als er sich über das Bett beugte.

„Guten Morgen. Wie geht es Euch?", fragte er besorgt.

„Ich habe furchtbaren Durst", flüsterte sie mühsam.

Rodrigo nahm den Krug vom Tisch und füllte einen Becher halb. Er schob ihr zwei Kissen unter den Rücken, setzte ihr den Becher an die Lippen und half behutsam. Sie musste Unmengen Salzwasser geschluckt haben. Es werde wohl noch ein paar Tage dauern, bis sie sich davon erholt hätte.

Das Klappen einer Tür deutete an, dass Amin mit der Medizin zurückgekehrt war. Rodrigo rief ihn zu sich. Amin packte ein Fläschchen, einen Beutel Tee und ein Salbentöpfchen auf den Tisch. „Er hat gesagt: *Tee bereiten, abkühlen lassen, zwei Tropfen – niemals mehr – aus dem Fläschchen dazugeben. Sie kann von der Mischung trinken, soviel sie möchte. Die Salbe morgens und abends dünn auftragen.*"

„Danke, Amin. Brühe sofort eine Kanne Tee auf. Bring etwas Schiffszwieback zum Einweichen mit."

Der Diener nahm den Beutel vom Tisch und verschwand in der Küche. Erstaunlich, dass sein Herr der schönen Fremden so viel Zeit widmete. Andererseits auch nicht erstaunlicher, dass sie tatsächlich aus ihrem komatösen Schlaf wieder erwacht war.

Ihre Kleidung hatte er noch in der Nacht gewaschen. Sie hing hinter dem Haus auf einer Leine. Solange sie krank im Bett lag, musste er sich auch mit den wenigen Reparaturen nicht beeilen. Außerdem werde Senhor Rodrigo sicher Frauenkleider für sie kaufen. Über Amins Gesicht huschte ein heiteres Lächeln, als er sich seinen Herrn dabei vorstellte.

Im Krankenzimmer stellte dieser soeben den Becher weg. „Ich werde jetzt die Salbe auftragen. Sagt mir, wenn es wehtut."

Die Frau ließ die Prozedur klaglos über sich ergehen. Nur, als er unter der Decke nach ihrem Bein fasste, überzog ein Hauch Röte ihr Gesicht. Besonders als seine Fingerspitzen vom Knöchel an aufwärts glitten und erst kurz über dem Knie stoppten.

„Tut mir leid, aber es geht nicht anders." Er schob die Decke ein wenig beiseite, um ihr zu zeigen, wie schlimm das Bein aussah.

Der Anblick erschreckte sie zutiefst.

„Darf ich alle verletzten Stellen behandeln?", fragte er vorsichtshalber, denn an der Hüfte und am Brustkorb sah es ähnlich aus.

„Ja." Sie schloss die Augen und genoss die Wärme seiner Hände, nicht weniger als das sanfte Streicheln.

„Ihr könnt es spüren?", fragte er hoffnungsvoll.

„Ja." Ein winziges Lächeln huschte über ihr Gesicht.

„Aber Ihr könnt Euch nicht bewegen …"

„Nein, nur den Kopf."

Rodrigo schluckte. „Das habe ich befürchtet."

Amin brachte den Tee. Rodrigo rührte die zwei Tropfen aus der winzigen Flasche persönlich unter. Er war wohl auch der einzige Portugiese, in weitem Umkreis, der der Heilkunst der Einheimischen vertraute.

Es erschreckte ihn zwar, was alles zerstampft, zerrieben und verrührt wurde. Aber er hatte auch mehrfach mit eigenen Augen gesehen, dass die, für europäischen Geschmack, ekelerregenden Zutaten wahre Wunder bewirkten. Auch jetzt setzte er alle Hoffnungen auf die Kunst des alten Heilers.

„Wer seid Ihr?", fragte er plötzlich.

Sie kniff überlegend die Augen zusammen. „Ein Matrose, glaube ich", sagte sie nach langem Nachdenken.

„Tatsächlich?" Rodrigo musste trotz aller Sorgen lachen.

„Ich bin nicht sicher."

Er schaute sie amüsiert an. „Ganz sicher ist, dass Ihr eine Frau seid."

„Eine … eine Frau?!", fragte sie verdattert. „Kein Matrose?"

„Als ich Euch gefunden habe, habt Ihr Matrosenkleidung getragen. Aber in der Kleidung steckte eine Frau."

Diesmal fragte sie: „Tatsächlich?"

„Soll ich es Euch beweisen?" Ohne eine Antwort abzuwarten, schlug Rodrigo die Decke zurück. „Ziemlich anregende Oberweite für einen Mann."

Ein erstauntes „Oh", denn, was sich unter dem dünnen blütenweißen Stoff abzeichnete, sah überaus weiblich aus.

„Überzeugt? Oder soll ich mit dem Aufdecken der Beweise etwas weiter unten fortfahren?"

„N … nein!!!"

Er schmunzelte. „Gut, dann hätten wir das also erst einmal geklärt."

„Aber wer bin ich, wenn kein Matrose?"

„Genau das ist die Frage, deren Antwort mich brennend interessiert." Rodrigo deckte sie wieder fürsorglich zu.

Erste Spuren

„Was ist das Letzte, woran Ihr Euch erinnern könnt?"
„Ihr habt mir am Strand Wasser gegeben."
Rodrigo seufzte. „Ich meine vorher. Eine hellhäutige Frau in Matrosenkluft ist doch etwas ungewöhnlich. Das hat der Indische Ozean bestimmt nicht oft gesehen."
„Der Indische Ozean", echote sie versonnen. „Wie heißt dieser Ort hier?"
„Malakka. Ihr seid direkt am Fort A Famosa. Und wir schreiben das Jahr 1602. Aber lassen wir das. Ihr müsst essen, um wieder zu Kräften zu kommen." Rodrigo weichte den Zwieback im Tee ein und fütterte sie mit unendlicher Geduld.
„Der Zwieback schmeckt gut."
„Auf dem Schiff war er sicher oft schimmelig", stellte Rodrigo in den Raum.
„Ja, das war er."
Rodrigo nickte zufrieden. Vielleicht gelang es ihr, sich, durch kleine bekannte Dinge, wieder zu erinnern. „Nun müsst Ihr Euch ausruhen. Ich lasse die Tür offen. Ruft nach mir, wenn Ihr mich braucht."
„Ich bräuchte schon etwas", druckste sie etwas herum.
Rodrigo stutzte, dann begriff er. „Ach ja, da war doch noch was. Ich trage Euch hinunter oder möchtet Ihr lieber ein Nachtgeschirr haben?"
„Kein Nachtgeschirr", legte sie fest und er hob sie vorsichtig aus dem Bett.
Nicht ganz einfach, einen gelähmten Körper zu tragen, stellte er rasch fest. Aber, wie sie mehrmals schmerzhaft das Gesicht verzog, ließ ihn auf Besserung hoffen.
Er setzte sie auf der hölzernen Platte ab. „Vergesst ganz einfach für einen Augenblick, dass ich ein Mann bin."
Sie schaute ihn von schräg unten an. „Das wird mir schwerfallen."
Ihr Blick ging ihm tief unter die Haut. Wie jener Moment, als er sie gestern gesehen, wie Gott sie geschaffen hatte.
Rodrigo versuchte, sich ganz auf die selbst auferlegte Aufgabe als Krankenpfleger zu konzentrieren. Nur war das viel leichter gedacht als getan. Er genoss den Moment, als er sie in ihr Zimmer zurücktrug, sie auf dem Bett ablegte und für einen Augenblick mit der Wange ihr Gesicht berührte.

„Amin, mein Diener, nennt Euch *Bintang*. Das heißt auf malayisch Stern. Ich finde, das passt zu Euch. Ich werde Euch ganz einfach Estrela rufen, bis Euch Euer richtiger Name wieder einfällt."

Das junge Mädchen zuckte deutlich sichtbar zusammen.

„Heißt Ihr etwa so?", fragte Rodrigo überrascht.

„N … nein. Nein, nein. Obwohl mir der Name etwas sagt. Oder besser, etwas sagen müsste. Glaube ich." Sie schaute ihn ziemlich verloren an.

„Ach, herrje. Soll ich mir einen anderen ausdenken?"

„Nein. Estrela."

Amin erschien. „Herr, der Gouverneur verlangt nach Euch."

„Den sollte ich nicht warten lassen. Ruht Euch aus. Amin wird in der Nähe bleiben. Ich beeile mich." Rodrigo schärfte Amin ein, auf den leisesten Wink *Estrelas* zu reagieren und eilte aus dem Haus.

„Welchen Wochentag haben wir?", fragte sie Amin.

„Freitag, meine Herrin."

„Warum nennst du mich Herrin?"

„Ihr seid Senhor Alvarez' Gast. Er hat mir aufgetragen, all Eure Wünsche zu erfüllen. Also seid Ihr meine Herrin."

„Erzählst du mir ein bisschen über Senhor Alvarez? Natürlich nur, wenn du das darfst." Sie schaute Amin bittend an.

Der lächelte breit. Das Interesse schien auf Gegenseitigkeit zu beruhen. „Senhor Rodrigo hat keine Frau", begann er also gleich. Den erfreuten Blick Estrelas belustigt registrierend, erzählte er weiter: „Er ist 28 Jahre alt und handelt mit Gewürzen. Er ist hier ein sehr angesehener Mann. Sein Wort gilt viel."

„Danke, Amin. Ich glaube, nun weiß ich alles, was wichtig ist."

Amin trollte sich schmunzelnd. Warum sollte er nicht, auch in seinem eigenen Interesse, dem Schicksal in den Rachen greifen. Er mochte *Bintang*. Sie war anders als die aufgeputzten Damen der übrigen Portugiesen. Sie bedachte ihn auch nicht mit Blicken, als sei er ein minderwertiger Mensch. *Bintang* musste ganz schnell gesund werden.

Nach einer halben Stunde lugte er vorsichtig durch den Türspalt. Die Kranke schlief und alles schien in Ordnung zu sein. Beim Gouverneur dauerte es meist ein oder zwei Stunden, ehe sein Herr wieder zu Hause sein konnte.

Das werde wohl auch heute zutreffen.

Der Herr über die Kolonie bot seinem jungen Gast einen Stuhl an, um gleich zur Sache zu kommen: „Einheimische Fischer erzählen davon, gestern ein brennendes Schiff, weit draußen auf dem Meer, gesehen zu haben. Auch vom Glockenturm aus habe man es beobachtet."

„Hat man denn gesehen, dass es ein Schiff war?", fragte Alvarez leicht beunruhigt.

„Nein, aber was sollte sonst lichterloh mitten auf dem Meer brennen. Das Gewitter war heftig. Es blitzte ja beinahe ohne Unterlass."

„Auch wahr", gab Senhor Alvarez zu.

„Haltet die Ohren offen, junger Mann. Etwaiges Strandgut soll sofort ins Fort gebracht werden. Anspülte Leichen sind schnellstens christlich zu begraben."

Es folgte noch fast eine Stunde allgemeine Unterhaltung. Rodrigo saß wie auf Kohlen. Er hatte einige Mühe, sich seine Ungeduld nicht anmerken zu lassen.

Den Heimweg trat er über den Markt an, wo er ein farbenfrohes Kleid kaufte. Ein paar Stände weiter bot ein anderer Mann wundervolle Holzarmreifen feil. Rodrigo erwarb einen mit besonders ausgefallener Maserung.

Er freute sich auf Estrelas Augen, wenn er ihn ihr über das Handgelenk streifte. Auch, wenn sie Männerkleidung getragen hatte, musste das nicht heißen, dass sie sich nicht über Schmuck und Frauenkleider freuen werde.

„Wie geht es ihr?", fragte er, kaum dass er die Haustür geschlossen hatte.

„Sie schläft noch", erklärte Amin, eifrig den Wok über dem Feuer schwenkend. „Das Essen ist gleich fertig."

Rodrigo nickte erfreut. Er aß gern die leichte asiatische Kost und Amin war ein Meister seines Faches. Inzwischen würzte er auch so, dass es sein Herr ohne Tränen in den Augen genießen konnte. Der Duft zog durch das ganze Haus und weckte schließlich Estrela. Als Rodrigo das Zimmer betrat, knurrte ihr Magen schon gewaltig.

Schmunzelnd ließ Rodrigo am Tisch in ihrem Krankenzimmer eindecken, welchen er neben das Bett zog, um sie füttern und selbst auch essen zu können.

„Was ist das?", fragte sie mit großen Augen, als Amin die Schüssel, zwei Schälchen Reis, diverse Gewürze und Stäbchen auftrug.

„Bambussprossen, Blattspinat, Tintenfisch, Krabbenfleisch, Fisch …"

„Das habe ich noch nie gegessen, aber es riecht sehr lecker."

Amin nickte fast begeistert, während Rodrigo erleichtert aufatmete. Über das ungläubige Gesicht, als er nach den Stäbchen griff, amüsierte er sich köstlich. „Nur eine Frage der Übung."

Estrela aß mit Heißhunger, was ihr Rodrigo reichte. Dabei achtete er sehr darauf, eine ausgewogene Mischung aus Meeresfrüchten und Gemüse zusammenzustellen.

„Ich habe sehr schnell die hiesigen Gepflogenheiten übernommen", erzählte er. „Amin hatte mich zu seiner Familie eingeladen. Mich beeindruckte es, dass alles in der Mitte steht, und sich jeder nehmen kann, was ihm beliebt. Am Anfang habe ich versucht, die Stücke mit dem Stäbchen aufzuspießen. Das muss unglaublich albern ausgesehen haben. Am Ende habe ich aus Verzweiflung mit den Fingern gegessen", berichtete er lachend.

„Ich wäre schon froh, wenn ich einen Löffel halten könnte", sagte Estrela traurig. Sie betrachtete wehmütig ihre Hände, die wie Fremdkörper auf der dünnen Bettdecke ruhten.

Rodrigo kam eine Idee. „Jetzt bekommt Ihr erst einmal Eure Medizin und dann üben wir ein bisschen."

Estrela trank gehorsam ihren Tee aus. Als Amin das Geschirr holte, lobte sie: „Das Essen hat sehr, sehr gut geschmeckt."

„Und er ist jetzt sehr, sehr glücklich", verriet Rodrigo blinzelnd.

„Was macht Euch glücklich?", fragte sie sofort.

Ohne, überlegen zu müssen, erwiderte er: „Wenn Ihr lächelt. Deshalb habe ich Euch etwas mitgebracht. Ihr müsst es Euch aber verdienen."

„Wie?"

„Indem Ihr versucht, danach zu fassen." Er zog den Armreifen hervor und legte ihn zwischen ihre Hände, nur Millimeter von ihren Fingern entfernt.

Fast eine Viertelstunde mühte sich Estrela ab, ohne ihren Fingern auch nur ein Zucken entlocken zu können. Rodrigo nahm schließlich ihre Hände, streichelte sie, legte ihre Fingerspitzen auf das glattpolierte Holz des Armreifes. „Könnt Ihr denn gar nichts spüren?"

„Doch. Eure Hände sind warm und das Holz ist etwas kühler."

Er zog ihre Hände an seine Brust.

„Euer Herz schlägt schnell und heftig."

„Erwischt", murmelte er.

„Ihr mich oder ich Euch?", fragte Estrela irritiert.

Rodrigo schmunzelte. Er hauchte ihr einen Kuss auf die Stirn. „So, jetzt habt Ihr Stoff, darüber nachzudenken."

„Oh."

„Ich liebe es, wenn Ihr mich mit riesigen, ungläubigen Augen anschaut", schwärmte er, beugte sich ganz nah an ihr Ohr, „und ich liebe Euch." Etwas lauter setzte er hinzu: „Obwohl sich das unter Umständen als riesengroßes Problem erweisen könnte."

Das Wechselbad der Gefühle sprach deutlich aus Estrelas Blick. „Warum?", fragte sie nach langen Minuten des Nachdenkens etwas unsicher.

„Vielleicht warten ja irgendwo ein Ehemann und Kinder auf Euch?", erklärte Rodrigo mit gequält klingender Stimme.

„E … Ehemann? Kinder?"

Ein trauriges Nicken.

„Lässt sich das nicht irgendwie ausschließen?"

Ein etwas erfreut wirkenderes Nicken. „Wenn Ihr es über Euch ergehen lassen wollt."

Seufzen. „Ist das schlimm?"

Diesmal schaute Rodrigo ungläubig. „Offensichtlich habt Ihr fast alles vergessen oder verdrängt, was irgendwie mit Frausein zu tun hat. Oder hat man Euch gar wie einen Knaben erzogen?

Ich könnte eine der hiesigen Hebammen holen lassen. Die kann Euch auf einen Blick sagen, wie es um diese Dinge steht."

„Wirklich? Einfach so?"

„Oh, mein Gott! Ihr fangt ja wirklich bei fast null an. Aber ich habe viel Geduld. Und sollte die Antwort für uns günstig ausfallen, noch mehr davon."

„Dann lasst sie holen. Vielleicht hilft es mir, mich endlich zu erinnern."

Amin ahnte sofort, was Rodrigo mit seinem Auftrag bezweckte. Entsprechend beeilte er sich, ihn auszuführen.

Nun war der Haken an der Sache, dass die Frau kein Wort Portugiesisch sprach und sowohl Rodrigo als auch Amin im Zimmer bleiben mussten, um zwischen den beiden Frauen zu vermitteln.

Zwar standen die beiden Männer mit dem Rücken zum Bett, trotzdem wurde Estrela flammend rot, als Rodrigo erklärte, was die Frau gleich tun werde. Amin hängte immer noch einen Satz zur Erklärung für die Hebamme zusätzlich an, damit diese informiert war, eine Gelähmte vor sich zu haben und, warum sie überhaupt geholt worden war.

Nach einigen Augenblicken übersetzte Amin: „Sie hat keine Kinder geboren und noch nie bei einem Mann gelegen."

Rodrigos Anspannung entlud sich in einem stummen Jubelschrei, der sich dadurch äußerte, dass er beide Hände vor das Gesicht schlug und tief durchatmete. Die Bezahlung der hilfreichen Frau fiel entsprechend fürstlich aus, denn er drückte ihr ein Goldstück in die Hand.

Amin blinzelte ihm aus einem Impuls heraus zu, obwohl ihm das sicher nicht zustand, und machte sich rasch davon.

Estrela war so mit sich und den soeben erhaltenen Informationen beschäftigt, dass Rodrigo sie mehrfach ansprechen musste, ehe sie reagierte.

„Nun sind die Geheimnisse noch verworrener", meinte er blinzelnd. „Erstens: Was tut ein unberührtes junges, ausnehmend hübsches Mädchen in Matrosenkleidung auf einem Schiff? Zweitens: Wie ist es zwischen raubeinigen, groben Kerlen unentdeckt und unberührt geblieben? Drittens: Wen muss ich um Eure Hand bitten, wenn Ihr eines Tages geneigt sein solltet, einen Antrag anzunehmen?"

Estrela wechselte die Farbe wie eine bengalische Wunderkerze.

„Ich hoffe, ich habe Euch jetzt mit meiner Offenheit nicht verschreckt. Aber ich habe gern klare Verhältnisse."

Sie las in seinen Augen genau das Gleiche. Offene Worte passten zu seinen markanten Gesichtszügen, denen man einen äußerst starken Charakter sofort ansah.

„Ich glaube, ich habe Euch noch nicht einmal gesagt, dass ich Euch mag. Denn an die Stunden seit heute Morgen kann ich mich recht gut erinnern", blinzelte sie. „Ich hoffe nur, dass ich nicht in meinem alten Leben jemandem ein Versprechen gegeben habe."

„Wir haben Zeit. Erst einmal müsst Ihr gesund werden. Vielleicht gibt es irgendwo da draußen noch andere Überlebende der Katastrophe. Möglich, dass Euch einer von denen erkennt und ein bisschen Licht ins Dunkel bringen kann."

„Auf seltsame Weise habe ich davor Angst", gestand Estrela. „Wenn mich jemand von hier fortbringen wollte, müsste er es mit Gewalt tun."

Rodrigo nahm ihre Hand. Sie war noch nicht einmal 24 Stunden in seinem Haus, gehörte aber dazu, als sei sie schon immer bei ihm gewesen. Er streichelte ihre Finger, in der Hoffnung, sie werde sie gleich bewegen. Dann betrachtete er ihre Handflächen.

„Was seht Ihr?", fragte sie auf sein wechselndes Mienenspiel.

„Hände, die gearbeitet haben. Ihr habt Euch auf dem Schiff irgendwie Euren Lebensunterhalt verdient." Dann sinnierte er laut weiter: „Was könnte das gewesen sein, wenn wir ein Handelsschiff voraussetzen."

„Weiß nicht. Was seht Ihr noch?"

„Es war keine extrem schwere Arbeit. Ihr seid sicher weder in die Wanten geklettert, noch habt Ihr mit dem groben Material der Taue zu tun gehabt." Er hob den Kopf. „Wo habt Ihr überhaupt geschlafen? Ganz bestimmt nicht im Mannschaftsraum."

„Ich weiß es doch nicht", klagte Estrela.

„Küche! Ihr habt dem Smutje als Küchenjunge gedient! Und dafür hat er Euch dort schlafen lassen! So war auch gleich immer jemand da, der andere ferngehalten hat!"

Estrela verzog das Gesicht. „Ich weiß es nicht."

„Na, deshalb müsst Ihr doch nicht gleich weinen. Mir erscheint es nur ziemlich logisch." Rodrigo schaute sie triumphierend an.

„Ich möchte schlafen", seufzte Estrela müde.

„Verzeiht mir. Ich behandele Euch wie bei einem Verhör, dabei sehe ich doch überdeutlich, wie schlecht es Euch geht." Rodrigo zog ihr die Kissen unter dem Rücken hervor, schüttelte sie auf und legte sie ihr unter den Kopf. Er schaute auch nach, ob sie weich und bequem im Bett lag. Fatal, würde sie Druckstellen am Körper bekommen, wo sie sich doch nicht selber helfen konnte.

Auf dem Gang vor der Küche traf er Amin, der soeben Estrelas Wäsche von der Leine genommen hatte. Amin blieb stehen und schaute seinen Herrn mitleidig an.

„Hast ja recht", murmelte der. „Ich brauche wirklich etwas Trost. Koche uns beiden einen starken Kaffee."

„Sie möchte Kaffee trinken?", fragte Amin verdattert, statt sich an die Arbeit zu machen.

Rodrigo kniff die Augen zusammen, schüttelte erschreckt den Kopf und erklärte: „Für mich und dich Kaffee. Ich will mich ein bisschen mit dir unterhalten. Leg die Kleider einfach hier auf den Schrank."

Amin holte Wasser aus dem Brunnen, fachte das Feuer an, mahlte mit einem Handstein die Kaffeebohnen und wunderte sich, dass Rodrigo, statt seinen Geschäften nachzugehen, einfach auf dem Fleck in der Küche hocken blieb. Er musste wirklich vollkommen ratlos zu sein.

15

Amin, der Unentbehrliche

„Herrlicher Duft!" Rodrigo sog das satte Aroma des braunen Pulvers ein. Sich die Hände reibend, wartete er geduldig, bis Amin einschenkte, um mit selig verdrehten Augen die Dämpfe zu inhalieren. „Du bist der Beste."

„Danke, Herr", entgegnete Amin bescheiden, aber etwas beunruhigt. Wollte Senhor Alvarez ihn etwa an einen anderen Herrn vermitteln, um zur Pflege von *Bintang* eine Frau einzustellen?

„Ich brauche ganz einfach in den nächsten Tagen und Wochen öfter einen Rat von Mann zu Mann", erklärte dieser soeben und Amin entspannte sich wieder. „Du denkst mit und kennst dich mit allem, was Frauen mindestens brauchen, aus. Während ich darauf angewiesen bin, zu warten, bis Estrela Wünsche äußert.

Wenn dir etwas auf- oder einfällt, dann sag es mir einfach. Ich bin kein Unmensch, der gleich handgreiflich, wenn er angesprochen wird. Jeder macht Fehler. Da bin ich sicher keine Ausnahme. Dein Rat ist mir wirklich wichtig."

Amin nickte zustimmend, denn ihm saß ein großer Kloß im Hals. Rodrigos Wunsch ehrte ihn sehr.

Senhor Alvarez erhob sich. „Ich bin im Lager. Ruf mich, wenn Estrela erwacht."

Amin lauschte in den oberen Stock, ehe er aus einem kleinen Kästchen mehrere große Gänsefedern holte. Mit einem scharfen Messer schnitt er geschickt die Kiele zurecht, wie er es von seinem Herrn gelernt hatte.

So hervorragend, wie Rodrigos Geschäfte liefen, brauchte der ständig Nachschub an Schreibfedern, um ordentlich Buch führen zu können. Auch um einen gleichbleibend großen Vorrat Sepia kümmerte sich Amin, ohne dass ihn sein Herr jemals extra darauf hingewiesen hatte.

So viel freie Hand wie er, Amin, hatte wohl kein anderer Diener der portugiesischen Herren. Er setzte auch alles daran, nicht aus diesem Paradies verstoßen zu werden. Amin schmunzelte. Genau genommen, war er ein Multifunktionstalent – Koch, Kammerherr, Lakai, Pferdeknecht, Laufbursche, Wasch*magd* und manchmal einfach Reisebegleiter, wenn sein Herr stundenlang ziellos durch die Gegend ritt.

Auf dem Letzten dieser Ritte hatten sie *Bintang* gefunden.

„Rodrigo?!", drang es aus dem ersten Stock an sein Ohr.

„Einen Moment, Herrin, ich hole ihn!" Mit ein paar schnellen Schritten war er an der Lagertür.

Rodrigo ließ alles stehen und nahm gleich zwei Stufen auf einmal. „Wie geht es Euch?"

„Ganz gut. Ich muss nur dringend auf das stille Örtchen."

„Außerdem knurrt Euer Magen", stellte Rodrigo lächelnd fest. „Amin wird gleich Kaffee und Gebäck bringen."

„Kaffee?", staunte Estrela. „Ihr könnt Euch solchen Luxus leisten?"

Rodrigo stutzte, dann begann er fröhlich zu lachen. „Der wächst hier recht gut. Ich habe sogar zwei Sträucher im Garten stehen." Er trug Estrela die Treppe hinunter und auch wieder hinauf. Dazwischen *niedere Tätigkeiten* verrichten zu müssen, hatte er sich selber auferlegt, und sie nahm seine intimeren Dienste dankend an.

„Woher kennt Ihr Kaffee?", fragte er interessiert.

„Ich muss mal irgendwo gehört haben, wie sündhaft teuer dieses Getränk ist. Gekostet habe ich noch nie davon."

Rodrigo legte sie zurück ins Bett.

„Au!"

„Habe ich Euer Haar eingeklemmt?", fragte er besorgt.

„Nein, mein linker Arm schmerzt."

„Klingt vielleicht komisch, aber ich freue mich darüber", murmelte er, den Arm aufnehmend und genau betrachtend. „Sind es die Wunden?"

„Nein. Irgendwo ganz drin rumort es."

„Soll ich den Heiler kommen lassen?"

„Mm, mm. So schlimm ist das nicht."

Amin hatte gewartet, bis er sicher war, *Bintang* im Bett vorzufinden, ehe er das Geschirr auftrug.

„Habt Ihr ihm verboten, mit mir zu sprechen?", fragte Estrela.

„Nein. Warum?"

„Weil ich ihm Fragen ansehe, ohne dass er sie stellt", entgegnete sie.

Rodrigo blinzelte ihr zu, sodass es Amin sehen konnte. „Er ist die gute Seele dieses Hauses. Immer sucht er, was er noch besser machen könnte. Stets schaut er, ob es mir gut geht. Nun natürlich auch, ob es Euch an nichts fehlt. Natürlich darf er mit Euch sprechen."

„Alles ist gut", antwortete sie auf Amins ungestellte Fragen. „Bei dir wenigstens auch? Du hast meinetwegen sicher viel mehr zu tun als sonst."

„Alles ist gut", imitierte Amin ihren Tonfall. „Ihr müsst nur ganz schnell gesund werden, Herrin. Dann ist es sehr gut."

„Wie lange habe ich eigentlich geschlafen?" Die Finsternis vor dem Fenster erstaunte sie.

„Nur zwei Stunden. Da draußen zieht ein Gewitter auf, wie es jetzt, während der Regenzeit, mehrmals täglich vorkommen kann." Rodrigo warf einen prüfenden Blick hinaus. „Über dem Meer geht es schon ordentlich zur Sache. Aber dieses Unwetter wird an uns vorüberziehen, solange der Wind nicht dreht."

„Tut er das oft?", wollte sie mit ängstlichem Blick wissen.

„Hin und wieder. Mein Haus ist sicher. Auch sind Amin und ich ständig in Eurer Nähe. So, nun ist der Kaffee endlich so abgekühlt, dass Ihr ihn kosten könnt."

Estrela verzog das Gesicht. „Es riecht ja gut, aber es schmeckt bitter."

Er öffnete eine Dose, nahm ein Löffelchen eines bräunlichen Stoffes heraus, rührte ihn unter und gab ihr erneut einen Schluck.

„Hmm, das schmeckt besser. Kann ich noch mehr von dem da haben?", bat sie, mit dem Kopf auf die Dose deutend.

„Aber ja! Das ist Palmzucker."

„Was es hier alles gibt! Solch süße Dinge kenne ich nicht. Oder doch – Honig. Fragt aber bitte nicht, woher! Ich weiß es nicht."

Rodrigo winkte schmunzelnd ab. „Das kriegen wir bestimmt noch heraus."

„Hoffentlich auch die Flecke", seufzte Estrela, mit Blick auf das Spitzenhemd, welches sie trug.

„Lasst das mal Amins Sorge sein. Der kennt gegen jeden Fleck ein probates Mittelchen. Die Menschen hier sind sehr erfinderisch. Außerdem ist das die Gelegenheit, Euch etwas Schönes zu schenken." Rodrigo zog das bunte Kleid aus dem Schrank. „Hoffentlich ist es die richtige Größe."

Estrela strahlte über das ganze Gesicht. Nur biss sie sich nach ein paar Sekunden auf die Unterlippe.

Rodrigo zuckte mit den Schultern. „Soll ich die Augen schließen, wenn ich es Euch anziehe? Oder warten, bis es dunkel ist?"

„Ich schätze, als Ihr mir das Hemd angezogen habt, war es weder dunkel noch habt Ihr die Augen zugemacht."

„Das Zweite trifft zu." Das Funkeln in seinem Blick bestätigte ihre Vermutung.

„Ach, was soll es. Ich bin Euch dankbar, dass Ihr Euch so viel Zeit für mich nutzlose Last nehmt."

Rodrigo fuhr zusammen. Mit vor Schreck offenem Mund starrte er sie an. Es hatte so resigniert und endgültig geklungen, dass er ernsthaft zweifelte, ob sie überhaupt kämpfen werde, wieder auf die Beine zu kommen. „Wie meint Ihr das?"

„Wörtlich. Ich bin Euch eine sinnlose, teure Last. Vielleicht wäre es für alle besser gewesen, wäre ich ertrunken oder verdurstet."

„Das, meine Liebe hat Gott zu verhindern gewusst. Irgendein Sinn wird schon dahinterstecken, dass ich Euch im letzten Augenblick fand. Ich will kein einziges Wort mehr in dieser Richtung hören." Er strich ihr mit dem Finger über die Wange, tupfte ihr auf die Nasenspitze und schüttelte missbilligend den Kopf.

„Amin bereitet Euch jetzt ein entspannendes Bad und ich werde aufpassen, dass Ihr nicht zu weit im Wasser verschwindet. Danach gibt es das neue Kleid und keine Widerrede!

Wenn Ihr wie ein Rohrspatz schimpfen wollt, dann tut es, wenn ich es nicht höre!"

Amin hatte die etwas lauteren Worte bis in die unteren Räume vernommen, obwohl sein Herr sehr ruhig und beherrscht gesprochen hatte. Verschreckt zog er den Kopf ein. Senhor Alvarez war, solange er sich erinnern konnte, noch nie laut geworden.

Als er nun seinen Auftrag bekam, gab er sich alle Mühe, es ihm, aber auch *Bintang,* recht zu machen. Er suchte die teuersten Öle heraus, streute frische duftende Frangipani-Blüten auf das Wasser, legte ein Tuch zum Abtrocknen auf einen Schemel und meldete, dass alles bereit sei.

Rodrigo fackelte auch nicht lange, er zog Estrela noch im Bett das Hemd aus, wickelte sie locker hinein, um sie sofort in den hölzernen Badezuber setzen zu können.

An der Tür des Baderaumes bekamen beide große Augen.

„Oh, wie wundervoll", hauchte Estrela.

„Nicht übel", murmelte Rodrigo überrascht. Amin war also auch hier ein Meister seines Faches. Der wusste ganz genau, wie man schöne Frauen verwöhnte. Noch ein Grund mehr, sich öfter mit ihm zu unterhalten.

Der dienstbare Geist werkelte inzwischen im Krankenzimmer, richtete Matratze und Kissen.

Rodrigo war schon nach den ersten Sekunden bis auf die Haut nass. Estrelas Körper glitt ihm immer wieder aus den Armen. Statt sich zu ärgern, brach er in Gelächter aus, wenn sich der nächste Schwapp Wasser über ihn ergoss. „Ich überlege, ob ich zu Euch in die Wanne steige, aber dann lasst Ihr mich irgendwann in Ketten legen."

„Es sollte wohl lieber auch jetzt schon unser Geheimnis bleiben", bestätigte sie ebenfalls belustigt. „Es bräche mir das Herz, bestrafte man Euch wegen Eurer Gutherzigkeit."

„Ich kann es auch nicht ganz vermeiden, Euch an Stellen zu berühren, wo es einzig einem Ehemann zustände."

„Aber Ihr genießt es."

„Natürlich. Ich bin schließlich ein Mann."

„Die Frau, die Ihr einmal heiraten werdet, ist jetzt schon zu beneiden", erwiderte sie, wobei ein Schatten über ihre Augen zog.

Er legt ihr den Zeigefinger auf die Lippen. „Erinnert mich bitte nicht daran, dass ich meinen Traum auf Sand bauen könnte. Ich möchte mit Euch die Zeit genießen, ohne daran denken, Euch eines Tages hergeben zu müssen."

Mit einer Hand fischte er nach dem Handtuch, zog sie aus der Wanne und versuchte, sie hineinzuwickeln.

Amin hatte nicht nur seine Ohren, sonders auch seine Augen überall. Die Aussicht, bei einem raschen Blick zur Küchentür hinaus, war überaus erbaulich. Denn auf halber Treppe gab das rutschende Tuch mehr frei, als er in seinen kühnsten Träumen erwartet hatte. Er konnte die Fürsorge seines Herrn für *Bintang* immer besser verstehen.

Dieser nutzte die Gunst der Stunde, hingebungsvoll die Salbe auf jeden noch so winzigen Kratzer aufzutragen. Estrela genoss es mit geschlossenen Augen.

Als er plötzlich aufhörte, und sie den Stoff des Kleides rascheln hörte, öffnete sie fragend die Augen.

„Es ist genug. Ich habe Angst, die Beherrschung zu verlieren", flüsterte Rodrigo, mühsam das Zittern seiner Hände unterdrückend. „Ich habe den Kopf jetzt schon in der Schlinge und will nicht herausbetteln, dass sie jemand zuzieht."

„Es tut mir leid, Euch immer wieder Ärger zu bereiten", hauchte Estrela. „Ich habe Eure streichenden Hände sehr genossen. Auch Eure Blicke", fügte sie mit einem glücklichen Lächeln hinzu.

Der zarte Blumenduft auf der Haut, welchen das Bad hinterlassen hatte, und die Düsternis des regenverhangenen Himmels schläferten sie ein.

Rodrigo zog sich um, weil seine Geschäfte nun endgültig keinen Aufschub mehr duldeten. Eine Schiffsladung an Gewürzen und Tee sollte in vier Tagen bereitstehen, um in die Heimat nach Portugal verschickt zu werden. Amin hatte vier Tagelöhner angeheuert, die die Waren seetauglich verpackten. Senhor Alvarez brauchte nur noch zu kontrollieren und die Frachtpapiere zu unterschreiben.

Weil Estrela glatt das Abendbrot verschlief, arbeitete er bis tief in die Nacht. Das wiederholte heftige Flackern der Öllämpchen registrierte er zwar, maß ihm aber keine weitere Bedeutung bei. Erst als im Fort Alarm geschlagen wurde, horchte er auf.

Amin hatte es auch vernommen. Schlaftrunken kam er aus seiner Bodenkammer. Die heftigen Sturmböen bogen die kleineren Palmen am Straßenrand fast bis auf den Boden. Amin zog die Fensterläden zu, verriegelt sie und kontrollierte, ob alle Türen geschlossen waren.

In das ohrenbetäubende Krachen des ersten Donnerschlages mischte sich ein gellender Schrei aus dem ersten Stock. Beide Männer rannten die Treppe hinauf.

Erinnerungen

„Der Mast ist gebrochen und hat Pedro erschlagen! Alles brennt! Alles brennt! Das Schwarzpulver explodiert! Alle Mann von Bord! Rette sich, wer kann!"

Rodrigo riss Estrela in seine Arme. Dass sie im Bett saß, begriff er erst, als ihn Amin mit einem Nicken darauf aufmerksam machte.

Sie zitterte und flüsterte immer wieder: „Das Schiff sinkt. Überall Wasser. Feuer und Wasser und Tote."

„Ihr seid in Sicherheit. Ich passe gut auf Euch auf."

„Ja. Ja. Sicherheit. Ich bin in Sicherheit." Estrela sackte zusammen.

„Amin, bring mir einen starken Kaffee. Ich kann sie jetzt nicht allein lassen."

„Ja, Herr, sofort." Amin hastete in die Küche.

Rodrigo betrachtete nachdenklich Estrelas leichenblasses Gesicht. Sie hatte das Grauen überlebt und schien es soeben noch einmal zu durchleben. Ihr Körper, von dem sie selber glaubte, er sei gelähmt, schüttelte sich wie im Fieber.

Sie griff in die Luft, als erklimme sie die schrägen Planken eines untergehenden Schiffes auf allen Vieren, holte tief Luft und schnellte hoch, wie jemand, der von Bord ins Meer springt.

Rodrigo fing sie auf, ehe sie aus dem Bett fallen konnte. Statt zu erwachen, begann sie Schwimmbewegungen zu machen. Dazu heulte draußen der Sturm als schaurige Begleitmusik.

Amin half ihm schließlich, die sich aus Leibeskräften wehrende Estrela wieder ins Bett zu bringen.

„Bleib in der Nähe", bat ihn Rodrigo. Dann beugte er sich zu ihr hinunter und begann leise auf sie einzureden. Ganz langsam beruhigte sie sich, tastete nach seiner Hand. Am Ende schob Amin Rodrigo einen Stuhl zu, sonst hätte der glatt auf dem Fußboden kniend neben ihr geschlafen.

Er selber setzte sich an den Tisch, bettete den Kopf in die verschränkten Arme auf der Tischplatte und döste vor sich hin. Schließlich hatte er Order, in der Nähe zu bleiben.

Leises Stöhnen weckte ihn noch vor dem Morgengrauen. Rodrigo war vornüber auf das Bett gekippt, lag mit ziemlichem Gewicht auf Estrelas Oberkörper, die zwar weiterschlief, aber kaum noch atmen konnte.

Amin stand auf, tippte Rodrigo sacht auf die Schulter und flüsterte: „Herr. Herr."

„Hmm, was gibt es denn?", knurrte der etwas unwillig.

„Estrela hat Schmerzen, unter Eurer Last", antwortete Amin, sich auf einen Rüffel gefasst machend.

„Oh, mein Gott!" Rodrigo stemmte sich behutsam hoch. „Danke, Amin." Nur weg kam Senhor Alvarez nicht, denn Estrela hielt noch immer seine Hand umklammert. Die Freude darüber überwog allerdings jegliche Müdigkeit. Also blieb er als Gefangener auf dem Fleck sitzen und ließ sich von Amin den nächsten Kaffee bringen.

Der junge Mann schüttelte belustigt den Kopf. Obwohl seit einigen Jahren auch hier Kaffee angebaut wurde, war er nicht unbedingt preiswert zu haben. Wahlweise hätte sein Herr einen anregenden Tee haben können. Nur war dem das im Augenblick ziemlich egal.

Er betrachtete die schmalen Finger, denen man nicht ansah, welche Kräfte sie in Todesangst entwickeln konnten. Es drängte ihn, sie zu streicheln, was er schließlich auch tat. Überaus erfreut bemerkte er, wie sie immer wieder zufassten, wenn er die eigenen Finger wegziehen wollte.

Der Schock des nächtlichen Blitzeinschlags, in unmittelbarer Nähe des Forts, schien die Blockaden in Estrelas Gehirn gelöst zu haben. Nun hoffte er inständig, sie möge sich an das Erlebte und vor allem an sich selbst erinnern.

Mit dem ersten Morgenlicht schlug Estrela die Augen auf. „Rodrigo", seufzte sie bei seinem Anblick erleichtert. „Ich habe furchtbare Dinge geträumt."

„Deshalb sind wir hier." Er deutete auf Amin, der ziemlich verschlafen blinzelte und mit einem Satz aus dem Zimmer war, um das Frühstück zu bereiten.

„Was ist passiert?", fragte Estrela erschreckt.

Rodrigo reichte ihr seine zweite Hand, die sie sofort ergriff. „Genau das ist passiert. Euer Entsetzen über das gestrige Gewitter hat Eure Lähmung verschwinden lassen. Ihr habt geschrien und im Bett gesessen, als wir ankamen. Dann habt Ihr wild um Euch geschlagen. Also sind wir bei Euch geblieben, damit Ihr Euch nicht noch selber verletzt."

Er zog sie an den Händen in Sitzposition. „Seht Ihr! Nun muss nur noch das Laufen klappen", freute er sich. „Kommt! Wir probieren es!"

Estrela nickte. Rodrigo drehte sie vorsichtig um 90 Grad und half ihr beim Aufstehen. An seinen Arm gekrallt, machte sie ein paar ungelenke Schritte. „Es geht! Es geht!", jubelte sie.

„Wundervoll!" Er zog sie an seine Brust. Eine paar Sekunden später ließ er sie plötzlich los. „Verzeiht! Das steht mir nicht zu."

Irritiert schaute sie zu ihm auf. „Niemandem steht es mehr zu. Ihr habt mein Leben gerettet."

„Ihr könnt Euch wieder erinnern?", fragte er hoffnungsvoll.

„Nicht an alles, befürchte ich." Sie legte ihre Stirn an seine Schulter.

Zögernd strich er ihr übers Haar. „Wenigstens an gute Dinge?"

Kopfschütteln.

Amin klopfte an, wartete auf das „Herein" und schaute Rodrigo fragend an.

„Deck bitte im Salon ein. Ach, und besorge ein paar bequeme Sandalen für Estrela."

„Stella", berichtigte sie. „Mein Name ist Stella Marques."

„Oh! Dann haben wir mit unserem Stern ja einen glatten Treffer gelandet", schmunzelte Rodrigo.

Amin warf einen schnellen Blick auf Stellas Füße, merkte sich den Größenunterschied zu Senhor Alvarez, deckte den Tisch und verschwand auf den Markt.

Stella stand derweil vor dem Spiegel, betrachtete nachdenklich die vielen grindigen Schürfwunden im Gesicht. Dann fiel ihr die Salbe ein. Rodrigo hatte ihr Mienenspiel aufmerksam beobachtet.

Nun reichte er ihr das Töpfchen. „Es werden sicher keine Narben bleiben. Ihr müsst nur ganz gewissenhaft alle Stellen eincremen. Für die Stellen, die Ihr selbst nicht erreicht, stehe ich Euch immer wieder gern zur Verfügung." Er blinzelte ihrem Spiegelbild zu.

Stella wurde flammend rot. Der vergangene Abend stand deutlich vor ihren Augen.

„Keine Wiederholung?", flüsterte Rodrigo.

Sie lächelte scheu. „Ich wünsche mir nichts sehnlicher." Die Bänder am Ausschnitt ihre Kleides lösend, hauchte sie. „Beginnt am besten sofort." Da glitt das Kleid auch schon zu Boden.

Rodrigo brauchte keine zweite Aufforderung. Er verteilte die Salbe dünn auf ihrem Rücken, wobei er immer wieder im Spiegel einen Blick auf ihre Brüste warf. Für die Rippenpartie nahm er sich besonders viel

Zeit, um schließlich das zu tun, worauf er sich am meisten gefreut und sie schon sehnsüchtig gewartet hatte.

Er streichelte die anregende Hügellandschaft so leidenschaftlich, dass Stella Freuden erlebte, die sie so nicht erwartet hatte. Der zurückkehrende Amin schüttelte vor der Zimmertür die Hand, als habe er sich verbrannt und stellte den Kaffee warm, den die beiden glatt vergessen hatten.

Das wohlige Stöhnen ließ ihn vermuten, sein Herr habe sich zu etwas hinreißen lassen, das er nicht mehr ungeschehen machen konnte. Und den Gedanken sah ihm dieser ein paar Minuten später an.

Mit den Worten: „Völlig falscher Gedankengang", klopfte der ihm sogar breit lächelnd auf die Schulter.

Stella nahm erfreut ein paar helle Ledersandalen in Empfang. Amin hatte genau das richtige Händchen gehabt und sonnte sich im Lob der beiden.

Rodrigo beobachtete jede Regung Stellas, die es genoss, sich endlich wieder bewegen zu können. Immer wieder fasste sie nach dem Henkel der Tasse, ließ sie los und fasst noch einmal zu. Aus einem Impuls heraus legte er den Armreifen auf den Tisch.

Blitzschnell haschte Stella danach. „Hab ihn!" Glücklich lachend streifte sie ihn sich über.

„Möchtet Ihr mich dann zu meinem Gewürzlager begleiten?", fragte Rodrigo. „Ich habe dort etwa drei Stunden zu tun. Oder wollt Ihr lieber hierbleiben und Euch in den Garten setzen?"

„Wenn es Euch nicht stört, dann komme ich mit. Ich mag den Duft von exotischen Gewürzen."

Amin hatte die letzten Sätze gehört. „Senhorita Stella sollte ein Tuch haben."

„Stimmt. Wärst du so gut, noch einmal auf den Markt zu gehen?"

Im nächsten Augenblick war Amin schon schnellen Schrittes unterwegs. Er prüfte sehr genau die Qualität der angebotenen Waren. Erst beim vierten Händler war er zufrieden, kaufte drei verschieden gefärbte Tücher zum Preis von zweien und eilte zurück.

Die großen dünnen Tücher passten hervorragend zu den Farben des Kleides. Stella betrachtete sich erfreut im Spiegel.

„Wie trägt man sie hier?"

„Man legt sie über den Kopf, um die Schultern und das eine Ende wirft man auf den Rücken", erklärte Amin. „Dann sind der Kopf und die Arme vor der sengenden Sonne geschützt. Wenn Ihr es ein klein wenig nach vorn zieht, kann auch niemand die Verletzungen in Eurem Gesicht sehen."

„Danke für den Tipp!" Stella probierte sofort aus, wie es am besten zu bewerkstelligen ging.

Vor dem Haus reichte ihr Rodrigo den Arm. Sie nahm gern an und ließ sich die Gasse zum Fluss hinunterführen. Rodrigo erwiderte viele Grüße. Amin hatte wohl recht, sein Herr galt hier sehr viel.

„Senhor Alvarez!", tönte es plötzlich hinter ihnen.

Rodrigo blieb stehen, zog seinen Hut. „Gouverneur."

Der fremde Herr begrüßte Stella mit einem galanten Handkuss, worauf sie mit einem charmanten Lächeln antwortete.

„Wer ist Eure wundervolle Begleiterin?", fragte er Rodrigo.

Der schaute sich forschend auf der Straße um, ehe er flüsterte. „Stella Marques. Eine Überlebende der Schiffskatastrophe von vorletzter Nacht."

Auf den ungläubigen Blick schob Stella ein wenig das Tuch aus ihrem Gesicht und von einem ihrer Arme.

„Oh, mein Gott. Wir wissen zwar, dass ein Schiff gesunken sein muss, aber nicht welches", erklärte der Gouverneur.

„Es war die Estrelle", entgegnete Stella düster, das Tuch zurechtzupfend. „Sie war von Singapur auf dem Weg nach Phuket."

Rodrigo schaute sich noch einmal um. „Ich bitte Euch inständig, ihre Anwesenheit so lange wie möglich geheim zu halten. Nur, wenn man gezielt nach ihr fragt, könnt Ihr getrost das Geheimnis preisgeben. Im Augenblick scheint sie die einzige Überlebende zu sein."

„Senhor Alvarez hat mich vor einem schrecklichen Tod bewahrt. Er gibt mir die Kraft zum Weiterleben. Ohne seine Hilfe wäre ich jetzt eine mittellose Bettlerin, der Gnade fremder Menschen ausgeliefert."

„Auf meine Verschwiegenheit und Hilfe könnt Ihr zählen, Senhorita Marques." Der Gouverneur verabschiedete sich auch mit Handkuss, nickte Alvarez väterlich zu und sah beiden hinterher, bis sie das Tor der Festung passierten.

Dann murmelte er: „So, so, die Estrelle, ein schneller stolzer Segler ... ich wusste gar nicht, dass sie auch Passagiere beförderte ..."

Rodrigo schüttelte eher erstaunt den Kopf. „Nun wundere ich mich auch nicht mehr, warum Ihr so zusammenzucktet, als ich Euch Estrela nannte. Estrelle, Estrela, Stella und Bintang. Ich glaube nicht an Zufälle. Also musste ich Euch auch finden.

Gouverneur Gomes kann man wirklich vertrauen", bekräftigte Rodrigo, das Tor seines Speichers aufschließend.

„Das habe ich als gegeben angenommen, als Ihr ihm meinen Namen nanntet." Stella hob schnuppernd die Nase. „Hmmm, wundervoll! Pfeffer, Nelken, Zimt und vieles, das ich bestimmt noch nie gerochen habe. Im Übrigen habt Ihr recht. Ich war tatsächlich als Schiffsjunge untergeschlüpft. Pedro, der Smut, war der Einzige, der mein Geheimnis kannte. Er hat mir auch die Matrosenkleidung besorgt und mir die anderen auf Distanz gehalten." Sie wischte eine Träne weg.

„Ihr weint, weil er vom Mast erschlagen wurde", mutmaßte Rodrigo.

Stella fuhr herum, ihn mit riesengroßen Augen anstarrend. „Woher wisst Ihr das???"

„Ihr habt gestern Nacht davon gesprochen, als das Gewitter tobte. Ihr habt von Feuer und Wasser berichtet und, dass das Schiff schnell sank, weil Schwarzpulver explodierte."

Sie nickte bestätigend. „Ein Blitz hatte den Hauptmast getroffen. Das gereffte Segel brannte bereits lichterloh, als er wie ein Strohhalm umknickte. Trotz des heftigen Regens stand bald das ganze Deck in Flammen und schließlich auch die kleine Pulverkammer.

Es knallte mörderisch, dann bekam die Estrelle so schnell Schieflage, dass ich auf allen Vieren kriechen musste. Als ich merkte, dass sie verloren war, sprang ich über Bord. Ich bekam ein Stück Holz zu fassen und mehr weiß ich nicht.

Das Nächste, was ich sah und hörte, wart Ihr und Amin."

Stella schaute zu, wie Rodrigo auf einzelne Jutesäcke besondere Siegel setzte. „Diese sind für den König bestimmt", erklärte er stolz.

„Ich bin beeindruckt", sagte sie mit ehrlicher Anerkennung in der Stimme. „Ist diese Ehre ein Verdienst Eures Vaters?"

„Nein, mein eigener." Rodrigo schaute sie an, aber eigentlich durch sie hindurch. „Meine Eltern starben sehr früh. „Allerdings hinterließen sie mir ein ansehnliches Vermögen, welches ich seitdem um einiges vermehrt habe."

Er lächelte. „Das erklärt auch, weshalb ich mir Kaffee, ausgefallene Badeöle und diverse andere Annehmlichkeiten leisten kann. Zudem habe ich den besten Diener in ganz Malakka. Der ist sein Geld wert und hilft, meines zu vermehren."

„Ich mag Amin."

„Doch hoffentlich nicht mehr als mich?!", fragte Rodrigo gespielt entrüstet.

„Eifersüchtig?"

„Natürlich." Rodrigo schmunzelte. „Erzählt lieber ein bisschen über Euch. Was ist mit Eurer Familie?"

„Ich bin abends nach einem Streit mit meinem Vater aus dem Haus gerannt und habe mich am Hafen auf der Estrelle versteckt."

„Noch mal ganz langsam und im Detail", bat Rodrigo verdattert. „Wo habt Ihr Euch mit Eurem Vater gestritten? In Portugal?"

„Nein. In Singapur."

„Eure Familie lebt also dort."

„Nein. Nein, nein." Stella zog überlegend die Augenbrauen zusammen. „Wir sind von Portugal mit einem Schiff dahin gefahren, weil da irgendwas Wichtiges stattfinden sollte."

„Ihr und Eure Familie?"

„Mein Vater und ich. Meine Mutter starb bereits bei meiner Geburt."

„Habt Ihr Geschwister?"

Stella schüttelte den Kopf.

„Was kann so wichtig sein, ein junges Mädchen monatelang auf einem Schiff einzusperren?"

„Ich habe es vergessen."

Rodrigo atmete tief durch. Sie schien etwas äußerst Unangenehmes so zu verdrängen, dass einfach kein Herankommen war. Sie wusste, dass sie sich gestritten hatte, aber nicht worüber. Sie wusste, dass sie sich auf dem Segler Estrelle versteckt hatte, aber nicht warum. Dafür konnte sie lückenlos erzählen, was sie auf der Fahrt bis in die Straße von Malakka erlebt hatte.

Er reimte sich aus den spärlichen anderen Fakten zusammen, dass sie aus einer sehr wohlhabenden Familie stammen musste. Sie war die einzige Tochter ihres Vaters, die noch dazu ausnehmend hübsch war. Möglich, dass sich darum das Geheimnis rankte, weshalb man sie nach Singapur gebracht hatte.

„Rodrigo? Was habt Ihr?" Ihr war unheimlich, wie er vor sich hin starrte, ohne ein Wort zu sagen.

Er schüttelte sich, als sei er gerade aus einem schweren Traum erwacht. „Mir gehen tausend Gedanken durch den Kopf."

„Meinetwegen?"

„Ja, Euretwegen. Ich befürchte, es wird in naher Zukunft jemand vor meiner Tür stehen und Euch mir entreißen."

„Warum?"

Statt einer Antwort fragte er: „Wie alt seid Ihr?"

„Ich werde am 21. Juni 20."

„Das ist in genau zwei Monaten", stellte er mit einem raschen Blick auf den Kalender, nicht ganz unzufrieden, fest."

„Ich verstehe nicht, inwieweit das wichtig sein könnte."

„Das ist offensichtlich der Schlüssel zum Geheimnis um Euch und wohl auch der Grund des Streites. Ich vermute, man wollte Euch zu einer Verlobung oder Hochzeit zwingen, von der Ihr nicht viel gehalten habt."

„Großer Gott! Ihr meint das offenbar ernst!", rief sie völlig entsetzt.

„Todernst. Was sollte Euch sonst bewogen haben, Heil in der Flucht auf irgendeinem Schiff zu suchen? Eine Verurteilte könnt Ihr nicht sein. Man hätte Euch erst gebrandmarkt und dann in die Kolonien abgeschoben."

Stella stand kurz vor einer Ohnmacht. Rodrigos Gedankenspiele erschreckten sie zutiefst. Zumindest war es ein tröstender Aspekt, nicht als Verbrecherin in Verdacht zu geraten. Schließlich kannte er beinahe jeden Quadratzentimeter ihrer Haut. Eine Gebrandmarkte hätte er sicher sofort in die Festung bringen lassen.

Nun saß sie mit hängendem Kopf auf einer zugeschnürten Kiste und war den Tränen nah.

Rodrigo hockte sich vor ihr auf die Fersen und nahm ihre Hände. „Ich liebe Euch. Sollte ich auch nur die geringste Chance sehen, dann werde ich um Euch kämpfen."

Stella schmiegte sich für einen Moment in seine Arme. Die tiefe Geborgenheit, die sie stets bei ihm fühlte, werde ihr nie ein anderer geben können.

„Nun muss ich mich aber beeilen, sonst sitzen wir heute Abend noch hier", murmelte Rodrigo.

„Kann ich Euch helfen?"

„Wenn Ihr mögt. Die Säcke, an der der Wand da drüben, müssten gezählt werden."

„Kein Problem." Stella zählte vorsichtshalber zweimal, um bloß keinen Fehler zu machen. Das Ergebnis teilte sie Rodrigo mit.

„Bestens! Alles ist bereit und stimmt mit meinen Büchern überein. Nun müssen wir nur noch im strömenden Regen nach Hause laufen."

„Wenigstens ist der Regen warm", tröstete ihn Stella. „Ihr müsst mir dann nur eines Eurer Hemden borgen, bis mein Kleid trocken ist. Ich habe eine undefinierbare Abneigung dagegen, meine Matrosenkleider wieder anziehen zu müssen."

„Euer Wunsch ist mir Befehl, Stern meiner schlaflosen Nächte." Rodrigo schloss den Speicher ab.

Der Himmel hingegen hatte wohl alle Schleusen geöffnet, denn auf den Wegen stand das Wasser mehrere Zentimeter hoch. Rodrigo nahm Stella kurzerhand auf die Arme und trug sie, so schnell er konnte, davon. Bei dem Wetter war eh keiner freiwillig unterwegs. Ungesehen kamen sie, auf einem kleinen Umweg um das Fort herum, zu Hause an.

Amin hielt schon Ausschau. Er öffnete ihnen die Tür, noch bevor sie diese überhaupt erreichten. „Ein Bad?", fragte er kurz.

„Gern!", freute sich Rodrigo. „Leg bitte für Stella eines meiner Hemden bereit."

Amin bereitete wieder einen wahren Blütentraum zu. Rodrigo wollte gerade den Baderaum verlassen, als ihn Stella bat, zu bleiben.

„Könnt Ihr Euch an gestern erinnern, als Ihr am liebsten mit in den Bottich gestiegen wärt?", fragte sie mit einem schmachtenden Augenaufschlag. „Es ist noch Platz."

„Ihr führt mich in Versuchung", flüsterte er, sich langsam seiner tropfnassen Kleidung entledigend. „Und ich genieße es, wie Ihr deutlich sehen könnt."

Sie lächelte. Sie sah in der Tat sehr deutlich, was er meinte. „Ich weiß, es ist falsch und unmoralisch, was wir tun. Wenigstens sind wir ehrlich zu uns selbst."

„Ihr wisst, was uns blüht, wenn es ruchbar wird?"

„Ich weiß es sehr genau. Dann werde ich die Strafe tragen. Ich liebe Euch."

Leidenschaft

Rodrigo setzte sich ihr gegenüber. Es fiel ihm unendlich schwer, sich nicht völlig zügellos auf sie zu stürzen. Aber dann hätte er nicht nur sein Leben, sondern ihre Achtung verwirkt, woran ihm noch mehr gelegen war. Vielleicht ahnte sie auch nicht, welche Seelenqualen das Spiel mit dem Feuer für ihn brachte.

Amin hoffte, es möge noch stundenlang weiterregnen. Nicht, damit die beiden im Bad ihre Ruhe hatten, sondern, dass ungebetene Besucher fernblieben, solange sich die beiden deutlich hörbar im Bad vergnügten.

Mir geht sicher wieder die Fantasie durch, überlegte Amin. Er sollte sich nicht geirrt haben. Rodrigo brachte tatsächlich den Willen auf, zeitig genug den Rückzug anzutreten. Dafür versuchte Amin, Stella nicht direkt anzuschauen, als sie mit Rodrigo aus dem Bad kam. Er wäre sonst mindestens genau so verlegen geworden wie diese.

Amin bat Rodrigo, ihm einige Bögen Papier zu überlassen, die er, versehentlicher Sepiaflecken wegen, wegwerfen wollte. Rodrigo wunderte sich zwar, erfüllte aber die Bitte, ohne zu fragen, was Amin damit anfangen wolle. Amin bat selten um etwas, und wenn, dann hatte die Sache Hand und Fuß.

Stella gab Rodrigo zu verstehen, dass er ihretwegen seine Geschäfte keinesfalls vernachlässigen durfte. Sie werde sich schon einen Zeitvertreib im Haus suchen, um ihn nicht zu beunruhigen.

Sie setzte sich zu Amin in die Küche, wo sie ganz einfach zuschaute, hin und wieder mit zufasste und sich freute, dass sie helfen durfte. Rodrigo schaute ab und zu durch die Tür und verschwand schmunzelnd wieder. Amin erklärte geduldig jeden Handgriff, um Stellas Neugier zu befriedigen.

Abends setzte erneut Dauerregen ein. Alle Arbeiten waren getan und Senhor Alvarez erlaubte Amin, vorzeitig seinen Dienst zu beenden. Erfreut zog sich dieser in seine Kammer zurück, aber nicht, um zu schlafen, wie Rodrigo vermutet hatte.

Amin zündete noch ein zweites Öllämpchen an, legte das wertvolle Papier bereit, ein paar Gänsekiele, ein Fläschchen Sepia, dann saß er minutenlang und starrte das weiße Blatt an, als wolle er es hypnotisieren. Schließlich tauchte er die Feder in die Tinte und zog gewissenhaft und mit leuchtenden Augen Strich um Strich auf das Papier.

Rodrigo widmete sich dem fast rituellen Eincremen von Stellas Wunden. Die ersten Schorfe lösten sich bereits, die Blutergüsse färbten sich grün-gelb.

Als sie sich vom Bauch auf den Rücken drehte, stellte er das Salbentöpfchen beiseite. Fragend schaute sie ihn an, denn Rippenpartie und beide Schienbeine warteten auf Behandlung und sie darauf, dass er sie wieder dort streicheln werde, wo keine einzige Schramme zu sehen war.

Minutenlang schaute er in ihre Augen, in denen sich das Flämmchen der Öllampe spiegelte. „Ich kann nicht anders", flüsterte er plötzlich. Er nahm ihr Gesicht in beide Hände, küsste sie so besitzergreifend, dass alles andere in weite Ferne rückte.

Dann wanderten seine Lippen langsam den Hals hinunter zu den Schultern, liebkosten ihre Brüste und huschten weiter über ihren heißen Körper.

Stella hielt den Atem an, als er die Grenze unterhalb ihres Nabels überschritt, um sich zielstrebig Regionen zu nähern, die auf diese Art Reize besonders heftig reagierten. Dem kaum merklichen Druck seiner Hände an den Innenflächen ihrer Schenkel gab sie willig nach und seinen Lippen Raum in Gefilde vorzudringen, die noch nie ein anderer Mann entdeckt hatte. In diesem Rauschzustand wäre es ihr völlig egal gewesen, wäre er auch noch den letzten Schritt gegangen.

Im nächsten Augenblick setzte wohl bei Rodrigo der nackte Selbsterhaltungstrieb ein. „Ich werde es nicht tun", flüsterte er, fasste blindlings nach der Salbe und begann sie beinahe übergangslos aufzutragen.

Stella brauchte Stunden, um ihr Gefühlschaos zu ordnen. Rodrigo hatte sich in der Tür noch einmal umgedreht. „Wir sind nur uns und Gott allein Rechenschaft schuldig."

Am nächsten Morgen sah sie erschreckend blass aus, wie Rodrigo und Amin gleichermaßen feststellten. Sie reagierte auch ungewöhnlich befangen, beinahe unsicher.

„Habe ich Eure Gefühle verletzt?", fragte Rodrigo schließlich, weil sie ihn nicht einmal anschaute.

Sie hob zaghaft den Kopf, schüttelte ihn kaum merklich. „Nein. Ihr habt sie völlig durcheinandergebracht. Was ist richtig? Was ist falsch? Ich weiß es nicht."

„Lehnt Ihr deshalb nun mein Hilfe beim Einsalben ab?"

Sie schüttelte wieder den Kopf.

Er fasste über den Tisch nach ihren Händen. Sie zog sie nicht weg. Also dirigierte er sie von ihrem Stuhl hoch zu seinem herum, nahm sie auf den Schoß und schloss sie in die Arme.

„Ich schwöre Euch, dass ich Euch erst zur Frau machen werde, wenn Ihr vor dem Gesetz meine Frau seid. Sollte es anders kommen, wird keiner merken, dass wir uns ein paar mehr Freiheiten genommen haben, als das Gesetz in unserem Fall vorsieht. Wendet Euch bitte nicht von mir ab."

Stella schmiegte sich fest an. „Das werde ich nicht. Ich liebe Euch. Ich bin süchtig nach Euren Zärtlichkeiten. Ich kann es mir nicht vorstellen, ohne sie leben zu müssen."

Wie süchtig sie danach war, stellte Rodrigo fest, als er mit dem Salbennäpfchen in ihr Zimmer kam, wo sie schon nackt auf dem Bett wartete.

Amin gewöhnte sich schnell an, erst für Ordnung im Haus zu sorgen, wenn sich beide in unterschiedlichen Räumen aufhielten. Sonst nutzten sie beinahe jede Gelegenheit sich hautnah miteinander zu beschäftigen. Amin hatte schon ein paar Mal auf leisen Sohlen die Flucht ergriffen, weil er in die unmöglichsten Situationen geplatzt war, ohne dass es die Liebenden gemerkt hatten. Seine Gedanken darüber brachte er Abend für Abend zu Papier.

Die Öffentlichkeit mied Stella. Wurde sie eingeladen, entschuldigte sie Rodrigo mit den Worten: „Senhorita Marques dankt Euch sehr, nur leider sie noch immer an den Folgen des Unglücks. Sie bittet Euch, ihr Fernbleiben zu entschuldigen."

Der Gouverneur und auch der Kommandant des Forts A Famosa hätten die hübsche Blondine gern öfter in ihrer Nähe gehabt. Rodrigo wusste das geschickt zu verhindern und Stella war äußerst dankbar dafür.

Fünf Tage vor Stellas Geburtstag klopfte ein Bote Senhor Gomes' an Rodrigos Tür. Amin führte ihn in das Arbeitszimmer seines Herrn.

„Ich habe dringende Nachricht für Euch", sagte der sofort, worauf Rodrigo einen Brief erwartete. „Mündlich", erklärte der Bote. „Ich soll Euch ausrichten: Ein unsympathischer Mensch mit verschlagenen Augen sucht Euern Stern."

„Nichts weiter?"

„Nichts weiter."

„Danke. Ich glaube, ich bin Bilde. Richtet dem Gouverneur meinen Dank aus."

Kaum war die Haustür ins Schloss gefallen, begann Rodrigo in seinem Arbeitszimmer auf und ab zu wandern. Am Ende war er so außer sich, dass er mit einer kurzen Handbewegung sämtliche Papiere von der Tischplatte fegte und das völlig unschuldige Tintenfass an die Wand warf. Das Splittern lockte Amin herbei, der seinen Herrn kaum wiedererkannte.

„Amin, mein Pferd!"

Der Diener beeilte sich, den Schimmel aufzuzäumen und zu satteln. Rodrigo saß auf und galoppierte davon.

Stella kam die Treppe heruntergehastet. „Was ist passiert? Wohin reitet er?"

„Ich weiß es nicht. Ein Bote des Gouverneurs war da. Dann ist Senhor Alvarez völlig ausgerastet." Amin zeigte auf das verwüstete Arbeitszimmer.

„Oh nein!" Stella traten Tränen in die Augen. „Das kann nur mich betreffen." Sie begann, die herumliegenden Papiere aufzusammeln.

Amin wollte sie zurückhalten, besann sich anders und versuchte schweigend, die Farbflecke auf Wand und Fußboden zu beseitigen.

Als Rodrigo zum Abendbrot noch immer nicht zurück war, begann er sich ernsthafte Sorgen zu machen. Stella saß schon seit Stunden in einem Winkel des Salons und weinte vor sich hin. Sie hatte den ganzen Tag keinen Bissen zu sich genommen und nur getrunken, wenn es Amin mit Nachdruck forderte.

Um die Tageswende erklang Hufschlag vor dem Haus. Amin eilte hinaus und ließ den Schimmel in den Hof, der seinen sturzbetrunkenen Herrn nach Hause brachte. Stella beobachtete es zum Fenster heraus. Sie hatte panische Angst, Rodrigo in diesem Zustand zu begegnen. Also blieb sie in ihrem Zimmer und begann erneut zu schluchzen.

Amin saß ratlos auf der Treppe und wartete darauf, gerufen zu werden. Am liebsten hätte er mit der völlig verzweifelten Stella um die Wette geheult. Sein ganzes Weltgefüge war zusammengebrochen. Was, wenn man Stella wirklich wegbrachte? Rodrigo werde sich von diesem Schlag kaum je erholen.

Immer unruhiger wurde er, als sich die beiden, als hätten sie sich abgesprochen, sehr reserviert, ja fast kühl begegneten. Sie gingen sich regelrecht aus dem Weg, wohl, um sich den drohenden Abschied nicht noch schwerer zu machen.

In den Abendstunden des übernächsten Tages klopfte es. Senhor Alvarez war auf den ersten Blick klar, wen er vor sich hatte.

Der Fremde stellte sich kurz vor, wobei er mehrere Adelstitel auflistete, die Rodrigo weder interessierten, noch ihm mehr Respekt abnötigten. „Ich bin gekommen, um Senhorita Marques nach Singapur zurückzubringen. Ich erwarte, dass sie mich sofort begleitet."

„Amin!"

Der Gerufene erschien.

„Ruf bitte Senhorita Marques zu uns."

Amin verbeugte sich, wie immer, wenn Fremde im Haus weilten, und schlich dann mit hängenden Ohren die Treppe hinauf.

„Herrin, ein Fremder ist da, um Euch mitzunehmen. Senhor Alvarez bittet Euch deshalb, hinunterzukommen."

Stella verlor auf der Stelle jegliche Farbe. Amin musste sie stützen, bis ihr Rodrigo einen Stuhl zurechtrückte. Mit versteinertem Gesicht hörte sie sich an, was der Fremde zu sagen hatte. An Amins Arm wankte sie die Treppe hinauf, packte ihre Habseligkeiten zusammen und hatte nicht einmal mehr die Gelegenheit, unter vier Augen mit Rodrigo zu sprechen.

Er küsste ihre Hand und sagte mit kratziger Stimme: „Lebt wohl. Ich wünsche Euch viel Glück."

Stella nickte nur.

Das Zuklappen der Haustür klang für alle drei wie der Schuss einer Hinrichtung.

Amin und Rodrigo standen sich gegenüber, schauten sich einfach nur an, unfähig, einen einzigen klaren Gedanken zu finden.

„Wohin bringt er sie?", fragte Amin, als er sich vom ersten Schock erholt hatte.

„Auf die Portalegre. Sie soll morgen Früh neun Uhr auslaufen."

„Herr …"

„Was ist?"

Amin presste die Lippen aufeinander. „Bitte betrinkt Euch nicht wieder."

Rodrigo machte eine wegwerfende Handbewegung. Dann überlegte er es sich wohl anders. „Versprochen."

Amin atmete auf. Mit Einbruch der Nacht beendete er die letzten Arbeiten im Haus, zog sich in seine Kammer zurück und griff zur Feder.

Plötzlich klopfte es und Senhor Alvarez stand mit einem Öllämpchen in der Tür. „Ich habe bei dir noch Licht gesehen", sagte er fast um Entschuldigung bittend. Er trat an den Tisch und bekam riesengroße Augen. Ohne ein Wort zu sagen, setzte er sich auf die Bettkante und bedeutete Amin, weiterzumalen.

Der tauchte die Feder in die Sepiatinte und zeichnete da weiter, wo er unterbrochen worden war. Estrelas Gesicht zeigte genau jenen schmerzerfüllten, resignierten Ausdruck, als sie erfahren hatte, dass man sie fortbringen werde.

„Hast du noch mehr Bilder von ihr gemalt?", flüsterte Rodrigo.

„Ja, Herr." Amin holte die vielen Blätter aus dem Regal. Sie waren in zeitlicher Reihenfolge geordnet und Rodrigo konnte seine und Stellas Geschichte wie in einem Bilderbuch erkennen.

Es begann damit, wie sie am Strand im Wasser gelegen hatte, wie Rodrigo sie füttern musste und dann kamen unzählige Blätter, auf denen beide glücksstrahlend ihre Tage verbrachten. Die drei letzten Seiten zeigten leere Augen, bittere Mundwinkel und Tränen.

Rodrigos Augen füllten sich soeben mit genau jenen Tränen, die Amin so lebensecht malen konnte.

„Wenn ich richtig informiert bin, dann ist die Portalegre das einzige große Schiff im Hafen", sagte Amin leise. „Ihr könntet Senhorita Stella durch ein gutes Fernglas ein letztes Mal sehen."

„Danke, Amin, das werde ich tun. Weck mich bitte so, dass wir vom Berg aus das Schiff beobachten können, noch bevor es ausläuft. Und wenn du mehr Papier haben möchtest, dann sag es mir. Diese Bilder sind einmalig schön. Gute Nacht."

„Gute Nacht, Senhor Alvarez."

Der Wettergott schien mit dem unglücklichen Rodrigo ein Einsehen zu haben. Schon am Morgen strahlte die Sonne, obwohl das dem traurigen Anlass keinesfalls angemessen war. Einziger Vorteil, er konnte den stolzen Segler gestochen scharf erkennen und sogar die Gesichter der Matrosen auf Deck.

Von Stella keine Spur. Dann wurde der Steg eingezogen und eine kleine Gestalt mit wehenden Kleidern eilte zum Heck des Schiffes. Stella.

„Da ist sie!", rief Rodrigo. „Der Schuft hat sie garantiert in der Kajüte eingeschlossen, damit sie nicht fliehen kann!"

Stella schaute suchend an der Kaimauer entlang, wie er im Fernglas deutlich erkennen konnte. Sie hatte sicher gehofft, dass er kommen werde, um sie noch einmal zu sehen.

„Ich ertrage es nicht, wie verzweifelt sie weint", grollte Rodrigo, ohne den Blick wenden zu können.

Dann legte das Schiff ab und verließ den Hafen. Rodrigo folgte dem Segler auch weiterhin mit dem Glas. Auch noch, als es weit draußen auf dem Meer war und er Stella mehr ahnen als sehen konnte.

Er wollte fast schon nach Hause gehen, als etwas geschah, das er nie für möglich gehalten hatte – die kleine Gestalt mit dem wehenden Kleid fiel plötzlich über Bord. Er konnte das helle Kleid deutlich vor dem dunklen Holz des Schiffes erkennen und, wie es ins Meer stürzte.

„Mein Pferd! Mein Pferd! Wir müssen sofort zum Strand!"

Amin schaute einen Augenblick verdattert hinterher, wie sein Herr in halsbrecherischem Galopp den Berg hinunterritt.

Er griff nach dem achtlos weggeworfenen Fernrohr, um Rodrigo nachzueilen, ohne zu wissen, was den zu diesem Höllenritt veranlasste.

Lieber tot als unglücklich

Stella war dem Fremden zum Kommandanten des Forts gefolgt. Der Unbekannte hatte sie kühl gemustert und nicht einmal gefragt, ob sie Hilfe brauche, die Tasche zu tragen. Der Kommandant wies einen kleinen Burschen an, ihr Gepäck zu nehmen und sie bis zum Schiff zu begleiten. Er ließ sogar extra für Senhorita Marques eine Kutsche anspannen, um sie sicher zum Hafen bringen zu lassen.

Auf dem Schiff hatte man sie sofort in ihrer Kajüte eingeschlossen.

„Euer Vater würde sicher nicht wollen, dass Ihr wieder verschwindet", sagte der Fremde breit grinsend.

Die Wortwahl und der Tonfall ließen Stella aufhorchen. In Rodrigos Arbeitszimmer hatte sie es noch für einen Zufall gehalten. Da lautete der Satz. „Ich bringe Euch im Auftrag Eures Vaters zurück nach Singapur."

Normalerweise hätte der Satz doch heißen müssen: Zu Eurem Vater nach Singapur, überlegte Stella.

Etwas stank gewaltig. Sie konnte es förmlich riechen. Welches Spiel spielte der Fremde? *Wenn Rodrigo doch nur hier wäre! Ob er wohl morgen an den Kai kommt?*

Stella war sicher, verraten worden zu sein, als man sie erst aus der Kajüte ließ, als das Schiff bereits ablegte. Wie ein gehetztes Tier rannte sie an die Reling, um verzweifelt nach Rodrigo Ausschau zu halten. Möglich, dass man ihn auch daran gehindert hatte, zu ihr zu kommen.

Oliveira, der Mann, der sie hierher gebracht hatte, trat hinter sie. „Nun? Ist er nicht gekommen? Das tut mir aber leid! Ihr hattet Euch von ihm sicher mehr, als nur ein Dach über dem Kopf, erhofft."

Stella fuhr herum und starrte ihn in einer Mischung aus Ekel und Verachtung an. „Was wollt Ihr von mir? Wo bringt Ihr mich hin?"

„Nach Singapur, wie es der letzte Wunsch Eures Vaters war."

„Der … letzte … Wunsch? Warum habt Ihr mir nicht gesagt, dass mein Vater tot ist?"

Dreckig grinsend antwortete Oliveira: „Dann hätte es möglicherweise massive Probleme gegeben, Euch auf das Schiff zu locken."

„Was wollt Ihr von mir???" Stella packte ihn am Revers.

„Ich bringe Euch zu Prinz Stefano. Er wünscht Euch zu heiraten. Und da Euer Vater keinen Einspruch mehr erheben kann, obwohl er es sich aufgrund Eurer Flucht anders überlegt hatte, wird es mir eine Ehre sein, die Prämie für die prompte Lieferung der Braut zu kassieren."

Stella glaubte, sich verhört zu haben.

„Ich bekomme das Doppelte, wenn ich Euch vor Eurem 20. Geburtstag, also übermorgen, abliefere."

„Lieber sterbe ich!" Stella stieß Oliveira von sich und kletterte auf die Reling.

Ehe sie sich in die Tiefe stürzen konnte, hatte der sich gefangen und den Saum ihres Kleides gegriffen. Doch statt Stella zurück auf das Schiff zu ziehen, riss sie ihn mit ins Meer. Nur, im Gegensatz zu ihm, konnte sie schwimmen. Sie schlüpfte aus dem störenden Kleid und kraulte davon.

Oliveira hatte spät begriffen, dass er eine leere Stoffhülle festhielt. Zu seinem Unglück verhedderte er sich auch noch in dieser und konnte nur noch tot aus dem Wasser gezogen werden.

„Was ist mit der Frau?", fragte der Erste Offizier, auf die Schwimmerin deutend.

„Lasst sie. Er hat für beide bezahlt und mir liegt nichts daran, seinen dreckigen Auftrag auszuführen", erhielt er vom Kapitän zur Antwort. „Drücken wir ihr einfach die Daumen, dass sie es bis zum Strand schafft."

Unterdessen hetzte Rodrigo seinen Schimmel fast zu Tode. „Ein Boot! Ich brauche ein Boot!", schrie er die Fischer an. Endlich kam auch Amin heran, er riss Rodrigo den Beutel Gold vom Gürtel und trieb mehrere Männer auf einen der Kähne. Als wäre der Teufel hinter ihnen her, legten sie sich ins Zeug, um die beiden dahin zu rudern, wohin der ausgestreckte Zeigefinger des Portugiesen deutete.

„Was hast du ihnen gesagt?", fragte Rodrigo erstaunt, ohne den Blick von der Stelle abzuwenden, wo er Stella zu sehen glaubte.

„Dass sie den ganzen Beutel bekommen, wenn wir Stella lebend aus dem Wasser ziehen."

„So soll es sein." Rodrigo schaute sich verzweifelt suchend um.

„Fernrohr gefällig?" Amin steckte es ihm zu.

„Amin, du bist ein Schatz!" Rodrigo zog es zu voller Länge aus und suchte die Wasseroberfläche ab. „Da ist sie! Schneller, schneller, sie kann sich kaum noch halten!"

Amin trieb die Männer an. Rodrigo stand im Boot und schrie: „Stella! Stella, haltet durch. Ich bin gleich bei Euch!"

Stella schien den Ruf vernommen zu haben. Sie drehte sich auf den Rücken, spreizte Arme und Beine, um nicht unterzugehen, und wartete einfach ab. In dem weißen Untergewand war sie nun gut zu erkennen. Dann hörte sie endlich das Klatschen der Ruder.

Das kleine Boot drehte bei und Rodrigo zog mit Amin die entkräftete Stella aus dem Wasser.

Amin stellte den Beutel Gold mitten ins Boot. „Am Strand gehört er euch."

Die Rückfahrt ging deshalb fast genau so schnell, wie der Rettungseinsatz. Rodrigo bekam davon nicht all zu viel mit. Er hielt Stella im Arm, streichelte immer wieder ihr Gesicht und wiederholte, wohl schon zum tausendsten Mal, wie sehr er sie liebe. Amin strahlte fast noch heller als die Sonne, im Geiste bereitete er schon das Willkommensmahl für Stella vor.

Am Strand überlegte Rodrigo, wie er Stella im Untergewand in die Stadt bringen solle, ohne sie damit dem Gespött der anderen auszusetzen.

Wieder bewies Amin, welch kluges Köpfchen er hatte. Er legte seinem Herrn drei Goldstücke in die Hand. „Ich wusste, wir würden eine Notration brauchen, also habe ich sie vorab aus dem Beutel genommen."

Rodrigo lachte herzlich. „Hab ich dir schon gesagt, dass du der Größte bist?"

„So ähnlich." Amin fiel in das Lachen ein. Dann beeilte er sich, im nahen Dorf etwas zum Anziehen für Stella zu besorgen. Für das, womit er winkte, bekam er nicht nur ein Kleid, sondern auch noch Sandalen, ein Tuch und ein Fladenbrot für Stella.

Stolz ritten sie mit ihr durch das Haupttor in die Festung. Der Kommandant und der Gouverneur standen mit einigen Offizieren zusammen. Beide wischten sich über die Augen, als hätten sie einen Geist gesehen. „Senhorita Marques? Seid Ihr nicht mit der Portalegre abgereist?"

Sie lächelte. „Das bin ich. Nur habe ich es dort nicht ausgehalten."

„Aber wie seid Ihr zurückgekommen?"

„Schwimmend", erklärte Rodrigo, wofür er ungläubige Blicke erntete.

„Ach, Gouverneur, wenn übermorgen die Andretta einläuft, laden wir Euch und den Kommandanten zu unserer Trauung auf der Brücke ein."

Rodrigo nickte den beiden grüßend zu und brachte Stella auf schnellstem Weg nach Hause.

„Ihr wollt mich wirklich in zwei Tagen heiraten?", fragte sie mit großen Augen.

„Falls ich es mir nicht noch anders überlege", schmunzelte Rodrigo und blinzelte Amin zu.

„Oh, wenn Ihr das tut, dann … dann …"

„Was dann? Dann verschwindet Ihr mit dem nächsten Schiff und ich muss Euch wieder retten? Da heirate ich Euch lieber, damit endlich Ruhe in mein Leben kommt."

Amin grinste genüsslich, hob beide Daumen und musste sich mühsam einen Freudentanz verkneifen.

Rodrigo zog Stella auf dem Sofa auf seinen Schoß. „So, nun will ich aber ganz genau wissen, was Euch dazu brachte, freiwillig mitten auf dem Meer über Bord zu springen."

Stella wiederholte den Wortwechsel mit Oliveira.

„Diese verdammte Ratte", grollte Rodrigo. „Der wollte Euch wirklich verkaufen?"

„Das hat er zumindest gesagt. In dem Moment fiel mir auch schlagartig ein, worum es bei dem Streit mit meinem Vater gegangen war. Nämlich genau um diesen Prinzen. Der ist nicht viel jünger als mein Vater und ich sollte ihn heiraten, damit ich versorgt sei, wenn Vater nicht mehr da wäre."

„Dann war Euer Vater krank?"

„Ja, er hatte ein Lungenleiden und er wusste, dass die Reise nach Singapur seine Letzte sein würde. Ich wollte keinen alten Mann heiraten, den ich zudem nicht einmal kannte. Diese Zweckehe wäre genau so gewesen, als hätte man mich lebendig begraben. Ein Dahinvegetieren hinter hohen Mauern, ohne glücklich sein zu dürfen. Da habe ich es vorgezogen, wegzulaufen und für meinen Lebensunterhalt zu arbeiten."

„Und heute habt Ihr den Tod in Kauf genommen, um nicht zu etwas gezwungen zu werden. Nun mache ich mir ernsthaft Sorgen, ob ich dann in zwei Tagen nicht vergeblich auf meine Braut warte."

„Wie kommt Ihr denn darauf?", fragte Stella irritiert.

„Weil ich den Hochzeitstermin einfach festgelegt und Euch nicht gefragt habe."

Stella verzog das Gesicht, mühsam die Tränen unterdrückend. „Ich schwöre, dass ich Euch keinen Kummer machen werde. Sperrt mich meinetwegen solange in meinem Zimmer ein. Ich werde mich nicht vom Fleck rühren."

„Euch einsperren? Das wäre das Allerletzte, was ich täte!" Rodrigo küsste sie zärtlich. „Stattdessen werden wir uns morgen um ein wundervolles Brautkleid kümmern, eine kleine Feier planen und …", er sprach nicht weiter, schaute sie aber blinzelnd an.

„… uns darauf freuen, die schönen Dinge bald offiziell tun zu dürfen, die wir heimlich schon getan haben", beendete sie den Satz.

„Genau so!"

Amin klopfte und trat ein. Ihm folgte eine unwiderstehliche Duftwolke aus der Küche. „Der Herr Gouverneur wünscht Euch zu sprechen. Er wartet vor dem Haus."

„Führe ihn herein!"

Der Genannte erschien und deutete lächelnd mit dem Kopf auf den Gang. „Ich vermute, Euer Diener bereitet gerade den Verlobungsschmaus."

„Setzt Euch!", bat Rodrigo schmunzelnd. „Ich bin sicher, dass er so etwas im Schilde führt. Er hat Senhorita Marques nicht weniger vermisst als ich."

Stellas Augen blitzten. Sie entnahm dem Schränkchen drei Weingläser, lief in die Küche und bat Amin um einen guten Tropfen. Augenblicke später kredenzte Amin einen Wein, der das Herz Senhor Gomes' schon beim Anblick entzückte.

„Auf Eure Verlobung, meine Lieben! Und darauf, dass sich Eure reizende Braut nach der Hochzeit etwas öfter in Gesellschaft bewundern lässt."

Stella lachte herzlich. „Ich werde Euren Wunsch sicher erfüllen, jetzt, wo ich ganz genau weiß, wohin ich gehöre."

Amin tafelte vorzüglich auf. Als er den Salon verlassen wollte, hielt ihn Stella zurück. „Ich habe einen kleinen Verlobungswunsch. Schlagt ihn mir bitte nicht ab!"

„Was ist es denn?", fragten der Gouverneur und Rodrigo zugleich.

„Gestattet Amin, das Festmahl mit an diesem Tisch zu genießen. Ich bin ihm sehr zu Dank verpflichtet."

„Herrin …" Amin wurde sehr verlegen.

Die Männer nickten sich zu.

Rodrigo deutete auf den Platz neben Stella. „Ich stehe ebenfalls in deiner Schuld. Es ist mir ein Vergnügen, Senhorita Stellas Wunsch zu erfüllen."

Amin strahlte mit den Kerzen um die Wette, legte den drei Herrschaften die Speisen vor und reagierte als dienstbarer Geist auf jeden kleinen Wink.

Als er seinen Abenddienst fortsetzte, berichtete Stella noch einmal von dem, was sie seit dem gestrigen Tag erlebt hatte.

„Ihr habt das richtige Gespür gehabt, was diesen Oliveira betrifft", wandte sich Rodrigo an den Gouverneur. „Nur, war ich in der Situation, rein gar nichts unternehmen zu können. So viel Hilflosigkeit ist kaum zu beschreiben.

Amin war es, der mich dazu gebracht hat, am Morgen nicht zum Kai zu gehen, sondern stattdessen mit dem Fernrohr auf den Hügel zu steigen. Und das war gut so, wie ich kurz darauf gemerkt habe."

Gomes nickte versonnen. „Ich habe schon lange bemerkt, dass er bei Euch eine Sonderstellung hat. Ihr betreut ihn mit Aufgaben, die ich meinen Dienern nicht geben würde."

Rodrigo nickte bestätigend. „Er ist für mich in der Tat eine Vertrauensperson, die ich nicht mehr missen möchte. Die Auszeichnung, unsere Verlobung mit feiern zu dürfen, hat er sich redlich verdient."

„Dann wird er sicher auch in den nächsten Stunden in erhöhter Bereitschaft sein, damit der geldgierige Senhor Oliveira nicht noch einmal versucht, Eure Braut zu entführen", vermutete Gomes.

„Aber ganz bestimmt! Dafür lege ich sogar meine Hand ins Feuer!"

Gomes fasste sich an die Stirn. „Ach, herrje! Ich hätte fast vergessen, weshalb ich eigentlich gekommen war. Weil Eure Entscheidung, Senhorita Stella zu ehelichen, doch sicher sehr spontan erfolgte, wollte ich Euch anbieten, auf dem Hauptplatz des Forts zu feiern. Ich meine … es ist doch ein freudiges Ereignis für unsere ganze Siedlung, wenn ein Ratsherr heiratet …"

Gomes schaute Zustimmung heischend Stella an, die ihrerseits Rodrigo fragend anblickte. Rodrigo antwortete nicht sofort. Die immens hohe Summe, welche er heute eingesetzt hatte, um seine Liebste zu retten, ließ sich nicht wegrechnen.

Gomes deutete das Zögern wohl richtig. Mit beiden Händen wedelnd rief er: „Ihr sollt doch kein Volksfest finanzieren! Ich bin geneigt, einen großen Teil aus der Stadtkasse zu tragen. Außerdem habe ich vor, Nachforschungen anzustellen, wo das Vermögen Senhor Marques' abgeblieben ist.

Nur, weil ein junges Mädchen ausnehmend hübsch ist, mit Verlaub meine liebe Senhorita, jagt man doch keinem Kopfgeld hinterher. Da muss eine nicht unbedeutende Mitgift dahinterstecken."

Dann legte er die Hand an die Lippen und flüsterte verschwörerisch. „Man munkelt schon lange, der Prinz stecke in argen finanziellen Nöten."

Rodrigo seufzte vernehmlich. „Ihr zählt viele gute Gründe auf, mich Euern Vorschlag annehmen zu lassen. Möge das Fest also stattfinden."

„Hervorragend!" Gomes rieb sich die Hände. „Dann werde ich mich jetzt sputen, um die gute Nachricht zu verbreiten." Er küsste Stella galant die Hand und schlug schnellen Schrittes den Weg zum Fort ein.

Amin schaute gerade noch einmal bei den Pferden nach dem Rechten, als Rodrigo und Stella Hand in Hand über den Hof liefen. Sie hatte nach den Frangipanis gefragt, von denen Amin immer die Blüten für das Bad holte und Rodrigo zeigte ihr die Sträucher.

„Ziemlich viel Wasser für einen einzigen Tag", schmunzelte Stella, mit der Hand ein paar Regentropfen auffangend.

Rodrigo blinzelte. „Dann bringe ich Euch jetzt sofort ins Trockene und schaue nach, wie Eure Haut die viele Feuchtigkeit vertragen hat."

„Oh ja!", hauchte Stella mit seligem Lächeln.

Amin konnte im Stall zwar nicht hören, was gesprochen wurde, das Mienenspiel war aber sicher ein Blatt Papier wert. Seit dem frühen Morgen verfügte er über einen ansehnlichen Vorrat, denn sein Herr hatte ihm gezeigt, von welchem Stapel er sich bedienen durfte.

Dieser Tag war überhaupt so denkwürdig gewesen, dass Amin ewig vor dem weißen Bogen saß, ehe er den ersten Federstrich ansetzte. Am Ende hatte er die Szene eingefangen, wie sein Herr die Gerettete überglücklich im Boot im Arm hielt.

Er räumte sein Zeichenutensilien beiseite und schaute aus dem winzigen Fensterchen seiner Kammer. Die letzten Regenwolken hatten sich verzogen und Abermillionen Sterne funkelten wie frisch poliert.

Senhor Rodrigos Stern werde in zwei Tagen nicht weniger strahlen, überlegte er. Falls dieser Oliveira nicht heimlich in einem der Beiboote des Schiffes zurückgekehrt war, um *Bintang* noch einmal zu entführen. Keiner hier konnte wissen, dass den ein unrühmliches Ende ereilt hatte. Also ließ Amin seine Tür offen und schreckte bei jedem Geräusch sofort aus dem Schlaf. Entsprechend mitgenommen sah er auch am Morgen aus.

„Oh, je! Was ist denn mit dir passiert?", fragte Stella beunruhigt.

„Ich habe die ganze Nacht auf der Lauer gelegen, damit Euch keiner vor Eurer Hochzeit entführen kann", gab Amin zu. „Ich werde wohl auch erst morgen wieder ruhig schlafen können."

Stella dankte Amin und verriet: „Ich hatte mich aus dem gleichen Grund verbarrikadiert, indem ich den Tisch gegen die Tür schob."

Rodrigo sagte nichts, hob aber sein weites Hemd ein wenig vom Hosenbund. Ein Dolch kam zum Vorschein.

„Ich bin zwar ein friedliebender Kaufmann, weiß mich und Euch aber durchaus zu verteidigen, sollte man mich dazu zwingen."

„Und nicht nur damit", murmelte Amin, hielt sich erschreckt den vorlauten Mund zu und verschwand lieber in der Küche.

Sein Herr schien es ihm nicht übel genommen zu haben, der reagierte mit einem herzlichen Lachen. „Ich bin zwar kein Meister darin, aber ein Rapier zu handhaben, ist mir nicht ganz unbekannt."

Traumhochzeit

Gomes' Nachricht, dass der wohl begehrteste Junggeselle der Kolonie heiraten werde, hatte schon den allerletzten Winkel Malakkas erreicht. Der Weg zum Markt gestaltete sich entsprechend schwierig. Alle paar Meter wurden sie angesprochen und Rodrigo verdrehte schließlich gespielt komisch die Augen.

Auch Amin brauchte fast die dreifache Zeit für dringende Besorgungen. Dabei waren es bei ihm in erster Linie die Einheimischen, die ganz genau wissen wollten, ob die Information stimme.

Denn die Sache, dass Senhor Alvarez Senhorita Marques erneut aus dem Wasser gezogen und dafür ein halbes Vermögen geopfert hatte, war das Tagesgespräch schlechthin gewesen.

Der gute Ruf Rodrigos unter den Einheimischen und Amins Findigkeit, bewirkten eine nie da gewesene Eile, für die hübsche Braut ein himmelblaues Kleid aus Seide zu kreieren. Nebst einem langen Schleier aus Organza, weil die Stoffhändler keine Spitze vorrätig hatten.

Gleich vier Frauen nähten an dem Traum, der am nächsten Morgen gegen acht Uhr geliefert werden musste.

Rodrigo tauchte sehr tief in seine Kleidertruhen ab, wo sich ein Prunkanzug seines Vaters befand. Der nussbraune Samt mit Goldborten wurde durch einen Hut mit wallenden Straußenfedern komplettiert.

Aus den geschlitzten Ärmeln schaute ein weißes Hemd, dessen weit ausladender Spitzenkragen die Schultern mit bedeckten. Nach längerer Suche fand er auch noch mehrere Paare Stiefelstulpen aus Spitze, auf die er diesmal nicht verzichten wollte.

Amin staunte. Erst recht, als aus der Truhe noch ein juwelenverzierter Degen mit Ledergehänge auftauchte. Im nächsten Augenblick saß er auf dem Hof, putzte eifrig mit Öl und Salz, um dem guten Stück den strahlenden Glanz vergangener Jahre wiederzugeben.

Rodrigo öffnete inzwischen mehrere kleine verschlossene Kästchen. Es dauerte eine ganze Weile, bis er sich entschieden hatte, welche seiner von der Mutter geerbten Schmuckstücke, am Tag der Hochzeit Stella zieren sollten.

Er entschied sich, beim Blau des Stoffes zu bleiben und steckte breit in Gold gefasste Aquamarine in einen kleinen Beutel.

Stella war übernervös. Ganz allmählich wurde ihr bewusst, dass sie in wenigen Stunden nicht mehr Gast im Hause, sondern Senhora Alvarez sein werde. Auch, dass Repräsentationsaufgaben zu diesem Status gehörten, fiel ihr siedendheiß ein.

Die Umschreibung, dass man sie öfter sehen wolle, hatte aus dem Mund des Gouverneurs so leicht und einfach geklungen. Was sich tatsächlich dahinter verbarg, werde ihr Rodrigo erklären müssen, bevor das erste Fettnäpfchen auch nur in Sicht kam. Ihn aus Unwissenheit zu blamieren, wäre wohl das Schlimmste für sie gewesen.

Rodrigo gab kopfschüttelnd auf, sie beruhigen zu wollen. Stella geisterte durch das Haus und erschreckte mehrmals Amin, dem sie dabei unvermutet in die Quere kam.

„Ich bin ratlos", gab Rodrigo ihm gegenüber schließlich zu. „Einen Sack Flöhe zu hüten, ist heute sicherlich einfacher."

„Dann steigt mit ihr auf den Berg und haltet nach der Andretta Ausschau. Es könnte durchaus sein, dass sie schon irgendwo da draußen auf Reede liegt", schlug Amin schulterzuckend vor.

„Aber natürlich!" Rodrigo schlug sich an die Stirn. Im nächsten Augenblick spazierte er mit Stella betont gemessenen Schrittes davon.

Amin schmunzelte und werkelte weiter im Haus, das morgen einige Veränderungen erleben werde. Um seine eigene Zukunft machte er sich keine Sorgen. Sein Herr hatte erst am Morgen erneut betont, wie unentbehrlich er für ihn sei. Es werde höchstens eine Verschiebung der Aufgaben geben, wenn seine Herrin das Zepter des Hauswesens übernehme.

Die hatte inzwischen mit Rodrigos Hilfe den Hügel bestiegen und schaute sich staunend um. „Ich habe nicht geahnt, welch wundervoller Ausblick mich erwartet."

„Da drüben ist der Hafen", erklärte Rodrigo, ihr das Fernrohr reichend.

Stella überlief eine Gänsehaut. Sie dachte an den vergangenen Tag zurück, als sie völlig verzweifelt nach Rodrigo Ausschau gehalten hatte. Ohne zu ahnen, dass dieser einen Platz gewählt hatte, um das Schiff mit den Augen bis aufs Meer begleiten zu können.

„Da hinten!" Stella zeigte irgendwo ins Blau zwischen Himmel und Meer. „Da kommt was Großes!"

Rodrigo übernahm das Glas. „Stimmt. In ein paar Minuten müsste man sogar schon die Silhouette des Seglers erkennen können."

„Hoffentlich ist es die Andretta", seufzte Stella.

Rodrigo blinzelte ihr zu.

Zehn Minuten später war sicher, dass es ein anderes Schiff sein musste, denn es zog weiterhin am Horizont seine Bahn und verschwand schließlich aus dem Sichtbereich.

„Ihr müsst nicht enttäuscht sein. Vielleicht kommt sie ja wirklich erst morgen an", versuchte Rodrigo zu trösten.

Stella ließ sich noch einmal genau erklären, welche Route die Andretta normalerweise nehmen werde. Rodrigo malte mit einem Stock die Insel Singapur in den Sand, die Küstenlinie Malaysias und zeichnete die beiden infrage kommenden Häfen ein.

„Wenn wir annehmen, dass der Wind kräftig bläst und die See ruhig bleibt, dann sollte sie genau an diesem Punkt für uns sichtbar werden." Er stieß mit dem Stock auf die Stelle.

Stella zog das Fernglas aus. „Also ungefähr da …" Sie setzte es überrascht noch einmal ab und stieß einen Jubelschrei aus, als sie es erneut ans Auge hob. „Da, da, da!!! Da ist sie! Zweifel ausgeschlossen."

Einen Augenblick später bestätigte Rodrigo, dass sie sich nicht geirrt hatte. Die Takelage des Seglers, welcher Jahr für Jahr seine eigenen Waren ins Mutterland brachte, hätte er unter Hunderten Schiffen sofort erkannt.

Keine zehn Pferde hätten es jetzt geschafft, Stella vom Hügel zu bekommen. Sie stand wie angewurzelt und folgte dem stolzen Segler. Fast zwei Stunden harrte Rodrigo neben ihr aus und beobachtete amüsiert Stella. Als er sie ansprach, drehte sie sich, voll im Bann der Andretta, sogar mit dem Fernrohr am Auge zu ihm um.

Rodrigo brach in schallendes Gelächter aus und nahm es ihr schließlich weg. „Sie übernachten auf Reede und kommen morgen früh mit der Flut in den Hafen. Ich schicke dann Amin mit einem Boot hinaus, damit morgen alles klargeht."

„Langsam, langsam", bremste Rodrigo auf dem Weg nach unten, weil Stella immer schneller wurde. „Ihr werdet Euch noch das Genick brechen. Ihr habt gesehen, dass es das Schiff und demzufolge auch den Kapitän gibt, der uns morgen trauen wird. Schön ein Schritt nach dem anderen. Gut Ding will Weile haben."

„Und das sagt ein Mann, der eine Blitzhochzeit angesetzt hat", murmelte Stella, worauf Rodrigo erneut zu lachen begann.

„Soll ich sie verschieben?"

„Nein!!!" Stella stolperte vor Schreck über ihre eigenen Füße.

Rodrigo fing sie, noch immer lachend, auf. „Ich bin doch genau so ungeduldig. Ich kann es nur besser verstecken."

Ein Offizier aus dem Fort kam ihnen entgegen. „Der Kommandant lässt fragen, ob Ihr mit zum Schiff fahren wollt. Er wird in einer halben Stunde aufbrechen."

„Ich komme mit", legte Rodrigo fest. „Ich werde pünktlich am Fluss sein."

Und an Stella gewandt. „Euch möchte ich bitten, das Haus nicht zu verlassen, solange ich unterwegs bin. Amin wird Euch inzwischen Gesellschaft leisten und gut auf Euch aufpassen."

„Ich verspreche es", flüsterte Stella etwas ängstlich.

Amin schloss auch sofort die Tür ab, als sein Herr gegangen war. Zudem steckte er sich einen Dolch in den Gürtel. Die Schneiderin musterte ihn ziemlich argwöhnisch, als sie etwas später das Brautkleid brachte.

Stella erklärte schließlich mit wenigen Worten, weshalb Senhor Alvarez' Diener bis an die Zähne bewaffnet war.

„Oh, ich habe davon gehört, was Euch widerfahren ist." Die Schneiderin musterte ihre Landsfrau neugierig. „Ihr wollt trotzdem auf einem Schiff heiraten?"

Stella lächelte verschmitzt. „Schiffe sind wohl mein Schicksal. Zudem gibt es hier keinen Geistlichen, der uns vor dem Gesetz verbinden könnte. Warten wollen wir, nach allem, was passiert ist, auch nicht."

„Das kann ich sehr gut verstehen." Die Frau prüfte den Sitz des Kleides und bekam, als Stella rundum zufrieden war, von Amin den ausgehandelten Betrag.

Inzwischen war Rodrigo auf der Andretta eingetroffen. Das von mehreren Soldaten geruderte Boot schaukelte neben dem Segler auf den Wellen. Ein paar versiegelte Briefe wechselten ihre Besitzer, Rodrigo erhielt eine nicht unbedeutende Summe aus dem Verkauf der letzten Ladung, dann kamen der Kapitän und seine beiden Gäste zum gemütlichen Teil.

„Gleich nach dem Löschen Eurer Ladung habe ich einen größeren Anschlag auf Euch vor", wandte sich Rodrigo an Kapitän Carvalho.

„Oha! Wo brennt es denn?" Carvalho zupfte sich am Ohr.

„Ich möchte, dass Ihr mir meine Liebste vor dem Gesetz als Weib antraut", schmunzelte Rodrigo.

„Senhor Alvarez, Ihr wollt tatsächlich auf meinem Schiff heiraten? Aber mit Vergnügen!" Der Kapitän rieb sich freudestrahlend die Hände.

„Das ist das erste Mal, dass ich zu solch außergewöhnlichen Ehren komme. Ich werde es genießen. Danach gibt es Landgang für die ganze Mannschaft."

„Den könnt Ihr völlig unbesorgt genehmigen, meine Leute werden nicht nur ein wachsames Auge auf Eure Andretta werfen", versprach ihm der Festungskommandant.

Carvalho schaute dem ablegenden Boot eine Weile hinterher, dann trieb er seine Männer an: „Morgen muss das Schiff blitzen, wie neu aus der Werft! Es ist Schauplatz für eine Hochzeit. Macht mir bloß keine Schande, sonst wird der Landgang gestrichen!"

Breit grinsend verschwand er in seiner Kajüte und putzte eigenhändig die Messingknöpfe seiner Galauniform auf Hochglanz. Der Erste Offizier mutierte bei solchen Androhungen ganz allein zum Bluthund, der in jedem Winkel schnüffelte, ob Ordnung herrsche.

Das tat er auch diesmal, ohne einen ernsthaften Grund zu Beanstandungen zu finden. Also teilte er den üblichen Wachdienst ein und ließ den Rest der Mannschaft zur Nachtruhe abtreten.

Rodrigo war nach einem kurzen Besuch für letzte Absprachen beim Gouverneur mit langen Schritten nach Hause geeilt. Stella stand schon seit Stunden am Fenster. Amin hatte sie nicht einmal für einen Nachmittagstee begeistern können.

„Tut mir leid, dass Ihr so lange warten musstest", entschuldigte sich Rodrigo, die Türklinke noch in der Hand. Hungrig wie ein Wolf spähte er nach dem Abendessen aus.

Stella ließ ihre Fingerspitzen über seinen Handrücken gleiten, lächelte und deckte gemeinsam mit Amin den Tisch. Ein kurzer Blick zu Rodrigo, dann stellte sie ein drittes Gedeck bereit. Bevor Amin in die Küche verschwinden konnte, deutete sie aufmunternd, aber sehr bestimmt auf diesen Platz.

„Na, setz dich schon!", forderte ihn Rodrigo auf. „Erstens gibt sie sonst keine Ruhe und zweitens hat sie recht. Wozu alles doppelt erzählen, wenn man es einfacher haben kann."

Dann bat er auch gleich um den Bericht, ob mit Brautkleid und Schuhen für Stella alles in Ordnung gegangen sei. Im Gegenzug erzählte er über Zusammenkunft und Absprachen mit Kapitän Carvalho.

Stellas leuchtende Augen machten jede Frage überflüssig.

„Ich habe für morgen vier Cousins gebeten, sich als Bewacher für Bintang unter das Volk auf dem Weg zum Schiff zu mischen", verriet Amin.

Rodrigo erwiderte erfreut: „Dann kann ich es mir sparen, den Gouverneur zu belästigen. Deine Leute passen garantiert besser auf meinen Schatz auf."

Amin nickte. „Ja, denn für uns ist es eine Frage der Familienehre. Ein schwarzer Fleck kann nur mit Blut wieder abgewaschen werden. Für andere als Euch würden sie es allerdings nicht tun. Nicht einmal für alles Gold dieser Welt."

Rodrigo reichte Amin über den Tisch hinweg die Hand, um dessen Hand fest und dankbar zu drücken.

„Mit dem Einsetzen der Flut wird die Andretta den Ankerplatz verlassen. Etwa eine halbe Stunde später sollte sie im Hafen festmachen", erklärte Rodrigo. „Das Löschen der Ladung wird gegen dreizehn Uhr beendet sein. Wir machen uns um diese Zeit auf den Weg, damit der Mannschaft etwas Ruhe bleibt."

Auf den fragenden Blick Stellas: „Ich habe meine Geschäfte schon gestern getätigt. In vier Tagen läuft die Andretta wieder aus. Also muss ich in drei Tagen spätestens meine Waren zum Hafen bringen. Für uns beide bleibt trotzdem genügend Raum.

Kapitän Carvalho wird uns, wie bei jedem Stopp in Malakka, übermorgen zum Abendessen besuchen."

Die letzte Information war besonders für Amin bestimmt, der sich auf die Marotten des Gastes einstellen musste. Carvalho rauchte nämlich mit Vorliebe Pfeife und auf dieses Vergnügen verzichtete er auch in Gesellschaft nicht. Im Hause Alvarez war es ungeschriebenes Gesetz, Carvalho den besten Tabak zukommen zu lassen, den man in den Kolonien auftreiben konnte. In seinem eigenen Interesse suchte Rodrigo Sorten heraus, die einen angenehmen Duft verströmten.

„Mein Großvater mütterlicherseits war leidenschaftlicher Raucher", warf Stella ein. Dabei ging ihr Blick in weite Ferne. „Großmutter schimpfte ständig, weil er seine geliebte Rosenholzpfeife nie aus dem Mundwinkel nahm."

„Vielleicht hilft es Euch, Erinnerungen zurückzuholen, wenn der alte Seebär von seinen Reisen erzählt", hoffte Rodrigo.

„Ja, das wäre schön", seufzte Stella.

Rodrigo schaffte es trotzdem, unbemerkt Amin ein paar Aufträge zum Umgestalten seines Schlafzimmers zu geben. Getrennte Zimmer kamen für ihn nach der Trauung nicht infrage. Platz, um zwei Betten zu einem großen zusammenzuschieben, war, nur der Tisch musste weichen. Er bat ihn auch, die Betten fest zu verbinden, damit sie sich nicht *in der Hitze des Gefechtes* verschieben konnten.

Amin nahm den Auftrag mit einem kaum merklichen Lächeln entgegen. Wie heiß die Schlacht werden würde, konnte er sich bestens vorstellen. Die kleinen *Vorkämpfe* hätten schon glatt das Bettzeug in Brand setzen können.

Für den heutigen Abend war Stella von all der Vorfreude so ermüdet, dass sie wohl noch auf der Bettkante eingeschlafen sein musste. Zumindest trug sie am Morgen volle Kleidung und lag, die Beine von der Kante hängend, quer.

„Ihr seht etwas mitgenommen aus", stellte Rodrigo bei Tisch beunruhigt fest, worauf sie schmunzelnd von ihrem Missgeschick erzählte.

„Amin wird Euch ein anregendes Bad bereiten", schlug Rodrigo vor. „Sonst fallt Ihr mir noch um, bevor uns Carvalho in goldene Ketten legt."

„Widerrede zwecklos. Ich weiß", lachte Stella. „Ich werde auch nicht schimpfen wie ein Rohrspatz."

Rodrigo zog sie an seine Brust, küsste ihre Stirn. „Ich liebe Euch, mehr, als ich mit Worten beschreiben könnte."

Sie schmiegte sich fest an. „Eure Taten sprechen um so deutlicher."

„Und das sagt eine Frau, die lieber ertrunken wäre, als einen anderen zu heiraten", murmelte Rodrigo amüsiert. „Wir müssen wohl doch füreinander bestimmt sein."

Stella blieb fast eine Stunde im Badezuber. Sie wusste, dass ihre Haut auch noch nach Stunden blumig duften werde, was Rodrigo sehr mochte.

Umgezogen und frisiert, stieg sie mit der Anmut einer Königin die Treppe herunter. Rodrigo konnte sich kaum sattsehen an diesem Bild. Kaum hielt er sie in den Armen, zog er das Beutelchen aus der Hosentasche.

Mit den Worten: „Eine kleine Aufmerksamkeit für die schönste Frau der ganzen Kolonie", legte er ihr den Aquamarinschmuck an.

„Oh, mein Gott. Ist das wundervoll", hauchte Stella überwältigt. Sie bemerkte vor Freude nicht einmal, dass Rodrigo und Amin sorgenvolle Blicke tauschten.

Erst, als ein Laufbursche in den Hof rannte, wurde sie aufmerksam.

„Senhor Alvarez!", rief der Kleine außer Atem. „Die Kutsche hat Achsbruch. Die Reparatur dauert ungefähr zwei Stunden."

Rodrigo wurde blass. Stella zuckte mit den Schultern, zeigte zum Stall: „Dann reiten wir eben."

Amin zäumte rasch die beiden Pferde auf, half Stella zu Rodrigo auf den Schimmel und schon trabten sie unter den neugierigen Blicken der Nachbarn zum Hafen. Der Kleine machte sich den Spaß, vor den Pferden herzurennen und zu rufen: „Macht Platz für das Brautpaar!"

Den Ratsherren und deren Frauen blieben fast die Münder offen stehen. Der Gouverneur eilte ihnen entgegen. Er half Stella vom Pferd, das Amin sofort mit seinem im Schatten einiger Palmen festband.

Kapitän Carvalho begrüßte das Brautpaar an Bord, wobei er nicht umhin konnte, festzustellen, dass die hübsche Blondine wohl auch genau seine Kragenweite gewesen wäre. Dass sie nicht auf einer Kutsche bestanden hatte, imponierte ihm. Dieses von Herzen kommende Lächeln tat ein Übriges und der stolze Kapitän lief zur Höchstform auf.

Er hatte nach dem, wie er seinen Geschäftspartner Alvarez kannte, die Bibelstellen herausgesucht und stellte nun fest, damit goldrichtig zu liegen.

Rodrigo streifte seiner Liebsten nun auch noch den Trauring mit dem großen wasserklaren Aquamarin über den Finger.

Zwei Matrosen sangen ein deftiges Seemannslied, welches der Braut ein amüsiertes Kichern entlockten.

„Werdet glücklich und mehret Euch, wollte ich noch sagen", lachte Carvalho. „Aber ich glaube, das dürfte nicht schwierig werden."

Rodrigo nickte nur für ihn und Stella sichtbar und blinzelte. Carvalho brach in dröhnendes Lachen aus. Er ließ es sich aber auch nicht nehmen, die frischgebackene Senhora Alvarez durch sein ganzes Schiff zu führen. Natürlich erstaunte es ihn sehr, wie selbstverständlich sie Dinge benennen konnte, ehe er lange Erklärungen geben musste.

„Ihr werdet das Geheimnis erfahren", versprach sie ihm mit charmantem Lächeln.

Welch ein Weib, dachte der Seebär. „Ich gebe zu, junger Mann, dass ich Euch um sie beneide."

„Ich habe die leise Vermutung, dass Ihr da nicht der Einzige seid", schmunzelte Rodrigo. „Ihr werdet noch die Ohren anlegen, wenn Ihr die ganze Geschichte erfahrt."

Im Triumphzug brachte er seine junge Frau zum Fort. Die vier Bewacher waren auch hier an allen Ecken des Platzes zu finden, nur diesmal völlig entspannt. Rodrigo prostete ihnen zu und sie dankten auf gleiche Weise.

Für Essen und Trinken war reichlich gesorgt und es wurde auch niemand abgewiesen, den der Trubel sonst noch anlockte. Am Tisch der beiden Jungvermählten wetteiferten die anwesenden Herren, möglichst geistreich zu sein. Stella versuchte gar nicht erst, eine ernsthafte Unterhaltung zu führen. Außerdem wollte jeder mit der Braut tanzen.

Als sie sich ein paar Minuten ausruhte, flüsterte sie Rodrigo ins Ohr: „Ich kenne einen, der hätte sich das tausend Mal mehr verdient, als die meisten hier. Nur gäbe es einen handfesten Skandal, täte ich es."

„Stimmt ohne Abstriche", raunte Rodrigo zurück.

Der, den das betraf, machte sich als Mundschenk für die hohen Herrschaften nützlich, was ihm die unauffällige Möglichkeit verschaffte, ganz nah bei Stella und Rodrigo sein zu können.

„Wollt Ihr mir nicht Euern Diener abtreten?", fragte Gouverneur Gomes zu fortgeschrittener Stunde, weil Amins Umgangsformen einfach perfekt waren.

„Niemals!", riefen Stella und Rodrigo synchron und völlig entrüstet, was die ganze Gesellschaft zu Lachsalven rührte.

Amins Augen blitzten. Solch eine öffentliche Ehrbezeigung war selten in den Kolonien.

„Na gut, ich gebe auf!", witzelte der Gouverneur. „Sonst erklärt mir Eure resolute Gemahlin noch den Krieg." Mit breitem Grinsen genehmigte er sich noch einen Tanz mit Senhora Alvarez, die ihm die Bitte ganz sicher niemals abgeschlagen hätte.

Kurz nach Mitternacht endete das Fest. Amin folgte dem jungen Paar in einigem Abstand, um sicher zu sein, dass sie unbehelligt das Haus erreichten. Dann hatte er es eilig, die Pferde zu versorgen und ins Bett zu kommen. Den Morgendienst durfte er unter keinen Umständen verschlafen.

Etappensiege

Auch Rodrigo und Stella hatten es überaus eilig, ins Bett zu kommen, nur eben aus völlig anderen Gründen. Rodrigo trug sie über die Schwelle des Hauses und setzte sie nicht einmal ab, als er sich mit ihr ins Bett sinken ließ.

Genau genommen drehten sich seine Gedanken schon seit dem Aufbruch nur um das Eine. Aufgrund der anzüglichen Bemerkungen einiger Damen war Stella auf eine äußerst schmerzhafte Erfahrung gefasst. Ihr etwas ängstlicher Blick bewirkte, dass Rodrigo trotz reichlichem Alkoholgenuss nicht völlig die Kontrolle über sich verlor.

Stella registrierte nur am Rande den festeren Griff seiner Hände, die Eile, mit der er ihr Kleid hochschob, um sich Platz zu schaffen. Plötzlich besann er sich ganz anders.

„Ich möchte, dass Ihr ausnahmslos wunderschöne Erinnerungen habt", flüsterte er und begann, sie genüsslich auszuziehen, um anschließend ihren Körper mit heißen Küssen zu bedecken.

Seine streichelnden Hände beruhigten sie und regten sie gleichzeitig an. Und die Gewissheit, weder gegen Tabus noch gesellschaftliche Normen zu verstoßen, beflügelten Stellas Fantasie. Rodrigo ließ seiner Kreativität freien Lauf.

Das Mondlicht reichte aus, um mehr als Umrisse aus der Dunkelheit zu schälen. Also nahm sich Rodrigo die Freiheit, die Worte der Hebamme noch einmal selbst zu überprüfen. Sehr zufrieden schickte er sich an, den bestehenden Zustand zu ändern, in der Hoffnung den zweiten Teil der Aussage gleich mit zu beeinflussen.

Die neuen Erfahrungen drängten geradezu auf stetige Wiederholung und so graute schon der Morgen, als ihm langsam doch die Kraft ausging. Stella kuschelte sich mit einem Lächeln auf den Lippen in seine Arme und schlief von einer Sekunde zur anderen ein. Rodrigo warf einen Blick zum Fenster, zuckte mit den Schultern und tat es ihr gleich. Ein Stündchen Schlaf war wirklich dringend nötig.

Amin schlich auf Zehenspitzen durch das Haus, um die beiden bloß nicht zu wecken.

Rodrigo war nach zwei Stunden topfit, während Stella selig weiterschlummerte. Also hauchte er ihr einen Kuss auf die Stirn und zog leise die Tür hinter sich zu. Er setzte sich auch gleich zu Amin in die Küche, um das Frühstück in Gesellschaft zu genießen.

„Stella wird wohl erst mittags munter werden", orakelte er.

„Dann hattet Ihr eine wirklich gute Nacht", vermutete Amin und bekam ein hellauf begeistertes Nicken zur Antwort.

Eine Viertelstunde später öffnete Rodrigo die Salontür und prallte zurück. Dort stapelten sich die Hochzeitsgeschenke. Ehe er zum Fragen kam, wann denn das alles gebracht worden sei, klopfte es bereits wieder.

Zwei Fischer standen vor der Tür und hielten ihm fröhlich lächelnd ein kleines Säckchen hin. Der malaiischen Sprache nicht mächtig, rief Rodrigo Amin hinzu.

Die beiden Fremden hatten mit im Boot gesessen, als Stella gerettet wurde, waren bei der Feier bewirtet worden und brachten dem glücklichen Paar einige seltsam geformte, aber wundervoll glänzende Perlen als Geschenk.

Der Verkauf hätte ihnen nicht viel gebracht. Nur der Händler wäre reich damit geworden. Man hätte ihnen vor Augen gehalten, dass nur makellos runde Perlen wertvoll seien. Sie wussten es besser. Wenn, dann sollten die begehrten Kleinode an jemanden gehen, der ihrer würdig war und den wahren Wert zu schätzen wusste. Sie hatten sich nicht geirrt, Senhor Alvarez bedankte sich überaus herzlich.

Die Unterhaltung an der Tür weckte Stella, die erst einmal ganz vorsichtig die Augen öffnete und sich umschaute. Nein, die vergangenen Stunden waren kein Traum gewesen. Sie lag in einem Doppelbett und die Laken berichteten überdeutlich von einer sehr langen heißen Nacht. Das dumpfe Knarren eines Dielenbrettes verriet Rodrigo, dass Stella aufgestanden war. Er eilte in den ersten Stock, um ihr einen wundervollen Morgen zu wünschen.

Stella streckte ihm beide Arme entgegen. Sie genoss es, wie er sie hochhob und sich mit ihr lächelnd im Kreis drehte und dabei: „Mein geliebtes Weib", jubelte.

Er ließ sich auf das Bett fallen, sodass Stella auf ihm zu liegen kam. „Ich glaube, ich habe viel zu viel an", stellte er mit einem langen Blick über ihren nackten Körper fest und begann, die Bänder seines Hemdes zu öffnen. „Schließlich möchte ich meine ehelichen Pflichten gewissenhaft erfüllen."

Stella schmunzelte. „Dieser Teil der Pflichten hat es Euch besonders angetan."

„Euch doch auch", entgegnete Rodrigo, sich auf die Antwort freuend.

Stella blinzelte, streifte ihm das Hemd ab und öffnete, sich gleich zur Seite rollend, seinen Gürtel. Im nächsten Augenblick ging es so heftig zu Sache, dass sich Amin, der etwas unfreiwillig aber mit großen Ohren lauschte, am Wasserkessel die Hand verbrannte.

„Heiß, heiß, heiß!" Er wedelte mit der Hand, grinsend, weil es auch bestens auf das passte, was gerade im Schlafzimmer der beiden abging. „Bin gespannt, ob sie es bis zum Mittagessen schaffen, aus dem Bett zu kommen." Er schaute nach dem Stand der Sonne und eilte auf den Markt.

Als er wiederkam, brachte Stella gerade die ziemlich in Mitleidenschaft gezogenen Betttücher ins Waschhaus. „Ich helfe gleich in der Küche", rief sie im Vorbeigehen. „Wir bringen dir schließlich den ganzen Zeitplan durcheinander."

Rodrigo hatte für den Abend noch einige Papiere zusammenzustellen, die er Carvalho mitgeben wollte. Dass sich Stella, bis er fertig sei, nicht langweilen werde, war ziemlich sicher. Sie hatte schon als Gast immer mit zugefasst. Als Frau des Hauses befand sie es als ganz normal, selbst zu arbeiten und nicht wegen jeder Kleinigkeit Amin zu scheuchen. Zumal der lieber Rodrigo zur Hand gehen sollte, damit die Geschäfte auch weiter florierten.

Also musste sich Amin auch nicht sorgen, mitten im Kampf gegen das Gemüse zu seinem Herrn gerufen zu werden. Stella übernahm und irgendwann duftete es nach gegrilltem Fisch und Gemüse aus dem Wok.

Sie deckte auch wieder drei Plätze ein. „Ich möchte, dass Amin, wenn wir keine Gäste haben, die Hauptmahlzeiten mit uns einnimmt", sagte sie im Tonfall einer Festlegung.

Rodrigo nickte zustimmend. „Zu Befehl, General!"

„Na, so war das aber nicht gemeint", murmelte Stella, dunkelrot anlaufend. „Ich dachte ja nur …"

Rodrigo zog sie in die Arme. „Ihr wisst doch, dass ich Eure Wünsche gern erfülle, besonders dann, wenn sie für alle hilfreich sind. Und das ist so ein Wunsch, dem ich viel Gutes abgewinnen kann. Genauso wisst ihr, dass ich mir durchaus Respekt verschaffen kann, wenn mir etwas wirklich missfällt." Er küsste sie zärtlich.

Amin drückte gerade die Tür auf, um zu servieren. „Oh, verzeiht!", stammelte er und wollte wieder gehen.

Rodrigo winkte. „Komm rein! Wir werden es überleben. Liebesgeflüster tauschen wir eh woanders."

Amin musterte überrascht das dritte Gedeck. Er hatte nicht gewusst, dass jetzt schon Besuch erwartet wurde.

Rodrigo begann zu lachen. „Alles falsch. Dies ist ab sofort drei Mal täglich dein Platz, an jenen Tagen, wo kein Gast da ist. Befehl von der Frau des Hauses." Er zog scherzhaft den Kopf ein, als ihm Stella entrüstet mit dem Finger drohte.

Amin setzte sich etwas verschüchtert, nachdem er den beiden die Teller gefüllt hatte. Stella überspielte die Situation, indem sie munter drauflos erzählte, wie wundervoll die Hochzeitsfeier für sie gewesen sei. Rodrigo amüsierte sich über ihre gelungene Analyse bezüglich des Verhaltens der Herren. Amin musste sich fast auf die Zunge beißen, um nicht lauthals zu lachen. Nicht einer der Genannten ahnte, dass sämtliche Bemühungen genau das Gegenteil bewirkt hatten.

Der Einzige, der nicht krampfhaft versucht hatte, besonders geistreich zu erscheinen, war der Kapitän der Andretta gewesen. Der hatte sich und seine Worte, selbst mit ziemlich viel Alkohol im Blut, voll im Griff gehabt. Durch seine trockene Art sorgte er viel punktgenauer für Heiterkeitsausbrüche bei den anderen.

„Dafür lieben ihn seine Männer", verriet Rodrigo. „Er fährt seit Jahren mit der gleichen Besatzung."

Kapitän Carvalho klopfte am späten Nachmittag an Rodrigos Tür. „Ich bin zeitig dran. Hoffentlich komme ich nicht ungelegen."

„Keinesfalls! Tretet ein", bat der Hausherr, der gleich selber geöffnet hatte, weil er ohnehin im Flur stand.

Stella empfing den Gast mit einem strahlenden Lächeln. Sie hatte sich den ganzen Tag schon darauf gefreut, den Mann wirklich kennenzulernen, der ihren schönsten Traum erfüllt hatte. Dass er ein kühner Kapitän war, der sein Schiff heil schon durch so manchen Tropensturm gebracht hatte, pfiffen die Vögel von den Dächern.

Der verwegene Mittdreißiger mit dem rabenschwarzen Haar erspähte sofort die wundervollen Zeichnungen, welche Amin seinen Herrschaften zur Hochzeit geschenkt hatte. Rodrigo hatte sie auf den anderen Geschenken so nebeneinander an die Wand gelehnt, dass alle fünf ins Auge stechen mussten.

„Umwerfend! Wer ist der Meister?" Carvalho betrachtete die Kunstwerke beinahe andächtig.

„Amin ist der Künstler. Er hat unsere Geschichte von der ersten Sekunde an quasi dokumentiert", erklärte Rodrigo.

Carvalho schaute den Diener achtungsvoll an. „Dass in dir mehr schlummert, wusste ich schon lange. Aber von solchen Talenten hätte ich nicht zu träumen gewagt. Jetzt kann ich mir auch das Entsetzen deiner Herrschaften erklären, als Gomes nach dir verlangte."

„Man müsste mich wohl bewusstlos schlagen und gefesselt aus diesem Haus bringen", erklärte Amin mit fester Stimme.

„Und das werde ich zu verhindern wissen", warf Rodrigo ein. „Wie ich schon zu Senhor Gomes sagte, Amin ist eine Vertrauensperson, die ich nicht missen möchte. Aber da Ihr die Bilder schon ins Herz geschlossen habt, werden wir Euch wohl auch gleich die ganze Geschichte erzählen."

Rodrigo begann. Der Kapitän unterbrach ihn nicht, ließ nur seinen Blick erstaunt und zuweilen ungläubig zwischen Stella und Rodrigo wandern, nahm hin und wieder einen Schluck Kaffee. „Mir tut es fast leid, dass die Andretta nicht im Hafen lag, als Ihr Euch ein Versteck suchtet", sagte er schließlich mit einem melancholischen Lächeln.

„Eure Galeone wäre zu gut bewacht gewesen. Auch hätte ich Angst gehabt, als blinder Passagier eines so großen Seglers einfach irgendwo ausgesetzt zu werden."

„Oh je! Traut Ihr mir das wirklich zu?"

„Jetzt ganz bestimmt nicht mehr. Aber damals wusste ich noch nichts über Euch", erklärte Stella.

„So eine hübsche Frau hätte ich nicht ausgesetzt, sondern eher ganz in meiner Nähe einquartiert und ihr täglich den Hof gemacht", erwiderte Carvalho. „Euer Gatte ist in allem zu beneiden, findet so etwas wie eine Meerjungfrau und schafft es auch noch, sie für sich zu gewinnen. Jedenfalls wundere ich mich nicht, dass Ihr Euch auf Schiffen auskennt. Wie lange wart Ihr denn an Bord?"

„Als Küchenjunge nur ein paar Tage", wiegelte Stella ab. „Das Meiste habe ich mir auf der Fahrt von Portugal nach Singapur erklären lassen."

Carvalho trat noch einmal vor die Bilder, um jedes Detail zu studieren und sich die erklärenden Worte dazu ins Gedächtnis zu rufen. Ohne sich umzudrehen, fragte er Rodrigo: „Wie lange sind wir nun schon Geschäftspartner? Zehn Jahre?"

„Fast elf sogar. Genau seit dem Tod meiner Eltern", antwortete der nach kurzem Nachdenken.

„Und wir haben es beide, glaube ich, nie bereut."

„Das ist so wahr, wie ich hier stehe", bestätigte Rodrigo.

Carvalho setzte sich wieder an den Tisch. „Eure Frau ist tatsächlich die einzige Überlebende der Estrelle. Gomes hat mir erzählt, dass er nachforschen will, wo das Vermögen ihres Vaters abgeblieben ist."

Rodrigo nickte. „Stella wäre damit sehr geholfen, zumal sie noch immer an Amnesie leidet und nur ganz langsam und bruchstückhaft die Erinnerungen wiederkommen. Ihr wisst, dass ich sie aus Liebe geheiratet habe und nicht, um an ihr Erbteil zu kommen, von dem ich nicht einmal wusste, dass es überhaupt eines geben könnte."

„Ist mir alles sonnenklar", entgegnete der Kapitän mit einem flüchtigen Lächeln. „Ich biete Euch beiden an, mich auch um die Sache kümmern. Schon, weil ich möchte, dass der Gold- und Edelsteinhandel Filipe Marques' in Zukunft über meine Kanäle läuft."

Rodrigo fasste sich an die Stirn, Stella sprang auf und schaute Carvalho mit unnatürlich großen Augen an. „Mein Vater war der legendäre *Filipe D'Oro*?"

Der Kapitän nickte. „Daran besteht, nachdem, was Euch kürzlich widerfahren ist, nicht der geringste Zweifel. Es hat schon immer geheißen, er habe eine außerordentlich hübsche Tochter. Das kann ich nun mit bestem Gewissen bestätigen." Carvalho deutete eine Verbeugung an.

„Dann ist die Mitgift in der Tat so immens, dass sich das Verbrechen einer Entführung für diesen Oliveira durchaus rentiert hätte", murmelte Rodrigo. „Auch hier hatte Gomes den richtigen Riecher."

Stella saß wie eine Statue. Die Gedanken fuhren Achterbahn. Wie durch Watte drangen die Worte der Männer an ihr Ohr. Und – sie erinnerte sich.

„Wenn Ihr es tatsächlich schafft, mir das Ende des roten Fadens in die Hand zu spielen, dann wird zukünftig jeglicher Schiffshandel über Euch laufen", versprach Rodrigo. „Meine Gattin wird sicher keinen Einspruch erheben, wenn die Quote der Gewinne gleich bleibt und schon gar nicht, wenn diese höher wird."

Stella atmete tief durch. „Da ich keine Ahnung habe, was mich erwartet, ernenne ich meinen Gatten zum Verwalter meines Vermögens und Euch gebe ich freie Hand, im Rahmen der Gesetze, alle Informationen über den Verbleib dieses Vermögens zu beschaffen. Ich werde Euch eine entsprechende schriftliche Vollmacht ausfertigen."

Sie ließ sich von Amin sofort Papier, Tinte und Federkiel bringen. Rodrigo nickte den Text ab, ehe sie ihn in Schönschrift zu Papier brachte. Sie unterschrieb mit Stella Marques, verehelicht Alvarez, setzte Ort und

Datum hinzu. Kaum trocken, händigte sie das Schreiben Kapitän Carvalho aus.

Amin tafelte das Abendessen auf und Carvalho ließ es sich nicht nehmen, ihn noch einmal wegen der grandiosen Bilder zu loben. „Wenn es dein Dienstherr zulässt, dann könntest du vielleicht ein Bild von meiner Andretta malen", regte er an. „Ein kleines Zubrot kommt dir sicher sehr gelegen."

„Sehr gern, mein Herr." Amins Freude war nicht zu übersehen.

Das Gold der Marques'

„Im Nachlass meines Vaters müssen Aufzeichnungen meines Urgroßvaters zu finden sein, auf welche Weise das Imperium Marques entstanden ist", sinnierte Stella. „Großvater hat mir oft von dessen Reisen erzählt."

Carvalho schmunzelte. „Er hat sicher die Seefahrt glorifiziert, um seine kleine Enkelin zu beeindrucken."

„Vielleicht ganz am Anfang", erwiderte Stella. „Je älter ich wurde, um so realistischer berichtete er."

„Ihr meint: Um so brutaler."

Nicken. Stella zog die Augenbrauen zusammen. „Mein Urgroßvater stand unter dem Befehl von Afonso de Albuquerque, als 1511 die Flor de la Mar unterging. Er war auch unter jenen Überlebenden, die einen Teil der unglaublichen Schätze hoben, die die Flor geladen hatte."

Beide Männer schauten die zierliche Frau überrascht an. Stella schien es nicht zu bemerken. Sie berichtete, was in den Monaten davor geschehen war, als sei sie selbst dabei gewesen. Sie sprach von Raubzügen durch ganz Malaysia, von goldenen Statuen, von Rubinen, Diamanten und dem Tod, der allgegenwärtig war.

„Euer Urgroßvater muss die See sehr geliebt haben", warf Carvalho versonnen ein.

Stella seufzte. „Das Gold wohl noch mehr. Auf dem Schiff sollen 60 Tonnen Gold und Juwelen gewesen sein. Ein kleiner Trupp hat unter Lebensgefahr und mit dem drohenden Richtschwert im Nacken, weil es ja eigentlich Diebstahl an der Krone war, geborgen, was zu bergen war. Der Hauch des Korsarentums liegt seitdem wie ein Fluch auf unserer Familie."

„Den Ihr aber durchbrechen könnt, oder schon gebrochen habt", erklärte Rodrigo.

„Wie mir scheint, kommt das dicke Ende erst noch. Es läuft mir förmlich hinterher", sagte Stella leise.

„Glaube ich nicht." Rodrigo schüttelte heftig den Kopf. „Ihr seid von Grund auf ein ehrlicher Mensch. Ihr seid gütig und das merkt man hier. Ihr behandelt andere nicht wie Abfall, nur weil sie unter einem anderen Himmel geboren sind. Wir werden uns gemeinsam dem Fluch stellen und die finsteren Schatten für immer vertreiben."

„Geld und Gold verderben nicht immer den Charakter." Carvalho zielte mit beiden Zeigefingern auf Rodrigo.

„Stimmt!" Stellas Miene hellte sich sofort auf. „Ein besseres Beispiel kann es nicht geben. Packen wir es an!"

Spät in der Nacht verabschiedete sich der Kapitän mit einem Handkuss von Stella. Rodrigo brachte ihn bis an das Gartentor und bat Amin, den Gast sicher zum Schiff zu geleiten.

„Eure Frau ist ein wundervolles Geschöpf", erklärte Carvalho hingerissen.

„Sagt das nicht zu oft, sonst werde ich eifersüchtig." Rodrigo versuchte, vorwurfsvoll zu schauen.

Der Kapitän drückte ihm schmunzelnd die Hand. „Unsinn. Ich bin übermorgen Meilen und Monate weg. Ich werde sicher von ihr träumen."

„War ja klar, dass das jetzt kommen musste!" Rodrigo stemmte die Arme in die Hüften.

Carvalho winkte ihm amüsiert lachend zu und ritt in Amins Begleitung zum Hafen. Unterwegs musste Amin schier unzählige Fragen beantworten, was ihm nicht schwerfiel und er auch gern tat. Der Kapitän gehörte schließlich auch zu jenen, die Menschen nicht nach ihrer Herkunft, sondern ihren Taten bewerteten.

Am Ende brachte Amin noch das geliehene Pferd Carvalhos zu seinem Besitzer zurück und schaute sich vom Kai aus die stolze Andretta genauestens an. Ein paarhundert Jahre später werde man sagen, Amin habe ein fotografisches Gedächtnis gehabt.

In dieser Nacht malte Amin keinen Strich, denn am nächsten Morgen standen Arbeiten im Speicher an und da musste er topfit sein. Bei der Rückkehr herrschte schon tiefe Stille im Haus.

Ein kurzer Blick in die Küche, wo Stella bereits die Essenreste entsorgt und das Geschirr vorsortiert hatte. Der Abwasch konnte bis zum Morgen warten. Dankbar trollte sich Amin ins Bett.

Mit dem Sonnenaufgang versorgte er die Pferde und traf vor der Küchentür mit Stella zusammen, die fröhlich einen „Guten Morgen!", wünschte.

Amin dankte, hängte den Wasserkessel übers Feuer und übernahm ganz selbstverständlich die groben Arbeiten. Stella deckte den Tisch, trug die Teekanne hinüber und rief Rodrigo, der an seinem Schreibtisch zu Gange war.

„Ihr könnt dann gleich zum Speicher gehen. Das bisschen Abwasch schaffe ich auch allein", schlug sie vor.

„Damit wäre mir wirklich sehr geholfen", freute sich Rodrigo.

Stella rührte einen Löffel Palmzucker in ihren Tee. Sie schien über etwas nachzudenken. Sie rührte nämlich noch immer, als sich die Kristalle schon lange gelöst hatten. Rodrigo schaute sie schließlich fragend an.

„Angenommen", sagte sie schließlich, „es gelingt mir tatsächlich, meines Vaters Erbe anzutreten, so wird ein gewaltiger Haufen zusätzlicher Arbeit auf Euch einstürzen."

„Das ist richtig", gab Rodrigo zu.

„Dann werdet Ihr sicher Hilfe brauchen."

„Am Anfang ganz sicher und später hin und wieder, denke ich."

„Ich werde versuchen, Euch in jeder Weise zu unterstützen", erklärte Stella. „Nur werde ich irgendwann, hoffentlich, in erster Linie Kinder erziehen und mich dem Hauswesen widmen. Wie wäre es, wenn wir Amin das Lesen und Schreiben beibringen und ihn als vollwertigen Gehilfen ausbilden.

Ihm vertraue ich in jeder Hinsicht. Einen Fremden möchte ich ungern in die Geheimnisse meiner Familie schauen lassen. In Zeiten erhöhter Handelsaktivitäten kann ich noch immer mit einspringen."

„Was sagst du dazu?", wandte sich Rodrigo an Amin, der völlig verdattert am Tisch saß und seinen Ohren nicht trauen wollte.

„Ich … ich bin sprachlos."

„Das kommt selten vor", lachte Rodrigo. „Aus deinen Augen lese ich aber vollste Zustimmung ab."

„Ja, ja ich will alles lernen und Euch niemals enttäuschen", versprach Amin mit tiefer Dankbarkeit in der Stimme.

„Heute Nachmittag geht es los, wenn Rodrigo in seinem Büro arbeitet", legte Stella fest. „Dann setzen wir beide uns draußen an den Tisch und üben Buchstaben. Einfache Zahlen hast du ja fast nebenbei schon gelernt." Dann blinzelte sie. „Der Rest funktioniert wie auf dem Markt, nur mit größeren Beträgen."

Amins Augen blitzten. Dort hatte er schon oft zum großen Vorteil seines Herrn gekauft und von diesem einen Sonderbonus erhalten. Er freute sich darauf, nun die höheren Weihen des Handels zu bekommen.

Rodrigo sah Stella tief in die Augen. „Wisst Ihr, dass Euch der historische Hauch Korsarentum ausgezeichnet steht? Mit diesem Hintergrund,

und dass ich Euch in Seemannskleidung als Schiffbrüchige fand, habt Ihr fast schon etwas Mystisches."

Stella lächelte melancholisch. „Malakka ist offenbar das Schicksal meiner Familie. Aber warum muss für einen kompletten Neubeginn erst immer ein Schiff dran glauben?"

„Das möchte ich nicht als Regel verstanden wissen", tröstete Rodrigo. „Solche Katastrophen zwingen nur zu blitzschnellen Entscheidungen. Die Mitglieder Eurer Familie, Ihr als Paradebeispiel, scheinen da nur kreativer, konsequenter und schneller als andere zu handeln. Wenn andere überlegen, wie es denn nun weitegehen soll, zwingt Ihr das Schicksal sofort unter Euren Willen."

Amin sperrte die Ohren auf. Schließlich war er bei der Unterhaltung am vergangenen Abend nicht dabei gewesen. Das Geheimnis um seine Herrin schien noch verworrener zu sein, als er bisher angenommen hatte.

Rodrigo merkte schließlich, dass Amin völlig im Dunkel tappte. Dass er nicht einmal ahnte, womit in Zukunft gehandelt werden sollte. „Es geht um Gold", sagte er unvermittelt.

Es war das erste Mal im Leben, dass Amin der Mund offen stehen blieb.

„Deine Herrin ist, wenn sie an ihr Erbe antreten kann, eine der reichsten Frauen Portugals", fügte Rodrigo deshalb noch hinzu. „Sagt dir der Name Afonso de Albuquerque etwas?"

„Wer kennt hier seine Geschichte und die seines Schiffes nicht?", flüsterte Amin. „Seid Ihr mit ihm verwandt?", fragte er Stella.

„Nein. Ich bin eine Nachfahrin eines jener Männer, die damals das Gold der Flora de la Mar bei Nacht und Nebel gehoben haben. Einen riesigen Teil haben sie versteckt und für sich behalten."

Plötzlich erzählte Amin die Geschichte weiter: „Zwei ihrer einheimischen Helfer gerieten in Streit und haben sie ein paar Monate später verraten. Die Malaysier wurden aufgeknüpft, die fünf Portugiesen konnten fliehen. Sie mussten fast die ganze Beute zurücklassen. Der dritte Mann war ihnen treu ergeben. Er hat das Gold bis zu seinem Tode gehütet und dann die Aufgabe an seinen ältesten Sohn übergeben.

Eines Tages kam einer der Portugiesen wieder. Der Sohn erkannte ihn sofort. In Juteballen gewickelt, nahmen Gold und Edelsteine als Tee und Gewürze deklariert ihren Weg nach Portugal. Die Familie des Einheimischen wurde reich belohnt. In das Geheimnis wird bis heute nur der älteste Sohn eingeweiht.

Und der bekräftigt hier und heute noch einmal den Schwur auf ewige Treue." Amin kniete sich vor Stella auf den Boden und senkte den Kopf.

„Oh, mein Gott!", hauchte Stella, Amin an den Händen auf die Füße ziehend. „91 Jahre Geschichte, die plötzlich lebendig werden."

Rodrigo wiegte beeindruckt den Kopf. Mit dieser Wendung hatte keiner rechnen können. Nun hatte er noch mehr Anlass, Amin die bestmögliche Ausbildung zukommen zu lassen. Denn wenn einer Gründe hatte, treu zu ihnen zu halten, dann dieser.

„Langsam setzt sich ein ziemlich buntes Mosaik zusammen", freute sich Stella. „Jetzt kenne ich endlich den Teil, über den meine Vorfahren nie gesprochen haben. Rodrigo, seid so gut, erzählt Amin im Laufe des Tages über meine Familie."

„Gern, mein Schatz! Es wird mir ein echtes Vergnügen sein." Rodrigo hauchte ihr einen Kuss auf die Nasenspitze.

„Ich packe Euch etwas für unterwegs ein. Vor lauter Aufregung habt Ihr ja kaum etwas gegessen." Stella holte einen Korb. Sie schaute lächelnd hinterher, wie die beiden Seite an Seite den Weg zu Speichern gingen. Dann widmete sie sich dem Abwasch.

Die ganze Zeit über saß ein verstecktes Lächeln in ihren Mundwinkeln. Sie hatte endlich wieder etwas über ihre Familie herausgefunden. Langsam verschwanden auch die weißen Flecke auf ihrem Gedächtnis. Die Fahrt auf der Galeone nach Singapur stand überdeutlich vor ihrem Auge.

Vater hatte es für ein gutes Geschäft gehalten, sie mit dem verarmten Prinzen Stefano verheiraten zu wollen. Die Frau brachte das Geld, der Gatte den Titel. An sie und ihre Gefühle hatte er nicht einen einzigen Gedanken verschwendet.

Geld, Geld, Geld – jeder zweite Satz ihres Vaters drehte sich nur darum. An manchen Tagen hatte es sie regelrecht angewidert. Den Satz: *Es ist alles zu Eurem Besten*, hatte sie gehasst, wie sonst nichts auf der Welt.

Sie erinnerte sich an die Dienerschaft, die von früh bis spät schuften musste, ohne jemals ein Dankeschön zu bekommen. *Ihr seid wohlhabend, was kümmert es Euch, wenn andere für uns arbeiten müssen, um leben zu können.*

„Vater, Ihr hattet unrecht", murmelte sie und spülte weiter Teller und Besteck. „Es kümmert mich und es wird mich weiter kümmern. Ich bin stolz darauf, so aus Eurer Art geschlagen zu sein. Ich bin eine Marques, in der Urgroßvaters Blut fließt. Eine, die Hilfe und Treue zu würdigen weiß, wie er. Und ich kann arbeiten wie er." Sie betrachtete ihre Hände, die auf der Flucht schon etwas anderes gelernt hatten, als faul im Schoß zu liegen.

Stella räumte das Geschirr in die Regale, fegte aus und zupfte gleich noch ein wenig Unkraut im Kräutergarten. Bevor die Männer zurückkamen, nahm sie noch die Wäsche von der Leine. Vorbeiflanierenden Nachbarinnen fielen fast die Augen aus dem Kopf. „Euer Mann hat doch nicht etwa den Diener entlassen?"

„Mitnichten." Stella faltete das letzte Tuch zusammen. „Für einen kräftigen, intelligenten Mann gibt es nur sinnvollere Aufgaben, als Wäsche abnehmen." Sie verschwand mit dem vollen Korb im Haus. Mochten die anderen jetzt denken, was sie wollten.

Amin war gerade dabei, mehrere Träger für die Verladearbeiten der Warenballen aufzutreiben, als Gouverneur Gomes am Hafen eintraf. Der beobachtete, dass sich Amin nicht einmal wirklich mühen musste, denn, um für Senhor Alvarez arbeiten zu dürfen, drängelten sich die Halbwüchsigen.

Amin handelte den Lohn aus und teilte die Knaben in drei Gruppen ein, die er gleich noch über ihre Aufgaben instruierte. Gomes staunte, wie schon so oft, über welche Vollmachten Amin verfügte.

Rodrigo gab mit ein paar Handzeichen Anweisungen für die draußen, die Amin in Worte fasste und an die Träger weitervermittelte. Carvalho stand mit der Pfeife im Mund an der Reling und beobachtete das genau so intensiv wie der Gouverneur. Am Ende verschloss Rodrigo den Speicher, zahlte die Helfer aus, klopfte Amin auf die Schulter und schlenderte mit ihm zur Andretta.

„Wunderbares Arbeiten!", lobte der Kapitän. „Die anderen werden ja ewig nicht fertig!"

In der Tat wuselten Dutzende Träger aller möglichen Händler wild durcheinander und die Stauer rauften sich die Haare.

Gomes kam heran. „Beeindruckendes Schauspiel. Ihr würdet mir Euern Diener sicher nicht für einen Abend ausborgen."

Rodrigo schüttelte den Kopf. „Senhor Amin ist im Auftrag meiner Gattin seit Neuestem als Handelsgehilfe mit festem Lohn angestellt."

Gomes klappte der Unterkiefer fast bis auf die Stiefelspitzen. Carvalho begann dröhnend zu lachen. Das Gesicht des Gouverneurs hatte einen geradezu dümmlichen Ausdruck angenommen. „Ach was …", stotterte der nur.

Carvalho konnte sich kaum beruhigen. „Grüßt Eure kluge Gattin von mir", bat er Rodrigo. „Eine weise Entscheidung hat sie da getroffen."

„Wisst Ihr etwas, das ich nicht weiß?", fragte ihn Gomes sofort.

Rodrigo nickte kurz und Carvalho erklärte: „Sie hat gestern ihre Erinnerungen wiedergefunden. Sie ist die Tochter D'Oros."

„Großer Gott!" Gomes schlug die Hände vors Gesicht.

„Ihr solltet ihr schleunigst helfen, an ihr Erbe zu kommen", Carvalho grinste breit und Rodrigo tauschte mit Amin einen belustigten Blick.

Der ausgefuchste Seebär wusste den Gouverneur, genau an der richtigen Stelle seiner Ehre zu packen. Ihn ließ er die Arbeit machen, um sich später ganz beruhigt den schönen Seiten, sprich dem Edelsteinhandel mit den beiden Alvarez', widmen zu können.

„Geschickt eingefädelt", schmunzelte Amin auf dem Heimweg, worauf Rodrigo herzlich lachte. „Das ist typisch Carvalho. Mich hat er am Anfang auch zwei Mal ausgeholt, bis ich es ihm mit gleicher Münze heimgezahlt habe. Seitdem kann sich einer auf den anderen felsenfest verlassen."

Stella erwartete sie schon mit dem Nachmittagskaffee. Amin machte keine Anstalten, sich zu setzen. Rodrigo schmunzelte. „Was wundert Ihr Euch, die Rede war von den Hauptmahlzeiten."

„Sofort hinsetzen!", gebot Stella. „Ich erweitere auf alle Pausen!"

„Kommt mir sehr entgegen", freute sich Rodrigo und gab seine schnelle Entscheidung auf dem Schiff bekannt.

Stella begann hellauf zu lachen. Sie erzählte, was sie den Nachbarinnen kundgetan hatte. Amin wurde sehr verlegen, ihm behagte es nicht, so im Mittelpunkt zu stehen.

„Das wird in Zukunft öfter vorkommen", prophezeite Rodrigo mit einem Schulterzucken. „Besonders in den nächsten Tagen, weil meine Gattin und ich zeitgleich eine Katze aus dem Sack gelassen haben, die eigentlich noch etwas in Selbigem bleiben sollte."

„Oh weh", seufzte Amin.

„Vielleicht ist es ganz hilfreich. In den nächsten zwei Tagen fahren zwei kleine Schiffe nach Singapur, um die Insel mit Vorräten zu versorgen", erzählte Rodrigo. „Ich werde eine Nachricht an die Verwaltung mitgeben, dass ich mit meiner Gattin im November kommen werde, um die Erbschaftsangelegenheiten zu klären.

Ich erwarte, dass alle Handelspartner des verblichenen Senhor Marques am 15. versammelt sind, um die zukünftigen Handelsbeziehungen zu besprechen.

Dabei werde ich den Befehlston bevorzugen und die Höflichkeitsfloskeln einsparen, so gut es geht." Er zog die Augenbrauen nach oben. „Du, mein lieber Amin, wirst, als unser dienstbarer Geist, immer mit dabei sein. Es wird nicht ganz uninteressant für dich werden."

Den ganzen Nachmittag büffelte Amin unter Anleitung von Stella Buchstaben. Um Papier zu sparen, malten sie die Zeichen in den Sand. Außerdem hatten sie sich eine Ecke des Hofes ausgesucht, welche die Nachbarn nicht einsehen konnten.

Es ging niemanden etwas an, wie eilig und intensiv der ehemalige Diener auf seine neuen Aufgaben vorbereitet wurde. Natürlich vergaß er auch nicht, sich seinen alten Aufgaben zu stellen. Er zauberte ein schmackhaftes Abendbrot aus dem Wok und freute sich, weil Stella genüsslich die Augen verdrehte.

Rodrigo ließ ihn gleich nach dem Abwasch Feierabend machen. Amin nutzte das, um endlich das Bild für Kapitän Carvalho zu malen. Er saß die halbe Nacht daran und freute sich darauf, es ihm am Morgen mit auf große Reise geben zu können.

Stella und Rodrigo nutzten die Zeit, sich hautnah miteinander beschäftigen zu können. Der Hauch Korsarentum, das finstere Geheimnis ihrer Familie, machte sie nur noch aufregender für ihn. An diesem Abend übernahm Stella plötzlich die Initiative und Rodrigo ließ sich von seiner wundervollen Freibeuterin nur zu gern kapern.

Zur Tagesende ebbte der wilde Sturm langsam ab und Stella kuschelte sich als sanfte Schmusekatze in Rodrigos Arme, wo sie sofort tief und fest einschlummerte. Er hingegen dachte noch lange über die vielen Informationen nach, die wie Hammerschläge auf ihn eingeprasselt waren.

Es wäre wohl besser, sofort mit einem der Schiffe aufzubrechen, ehe jemand Stellas Vermögen verschwinden lassen konnte.

Erbschaftsangelegenheiten

Diesen Entschluss teilte er ihr und Amin auch sofort am Frühstückstisch mit.

„Wenn wir die Andretta verabschieden, kümmere ich mich um den Transfer für uns alle drei auf die Insel", legte er fest. „Amin wird gesellschaftsfähig eingekleidet und gleich die Feuertaufe als unser Gehilfe erleben. In ein paar Tagen sind wir wieder hier. Wir werden also nichts verpassen."

Nach dem Essen nahm Rodrigo Stella zu sich auf das Pferd. „Ich werde mich, entweder um einen Wagen oder noch ein Pferd kümmern müssen", stellte er lakonisch fest.

Stella zuckte mit den Schultern. „Ich liebe Abenteuer."

„Unbestritten." Rodrigo blinzelte ihr amüsiert zu.

Carvalho hatte schon nach ihnen ausgespäht. Er kam sogar noch einmal auf den Kai, um ihnen würdig auf Wiedersehen zu sagen. Rodrigo informierte ihn über seine Entscheidung.

„Der Brief bleibt bestehen", hakte Stella sofort ein. „Wenn Ihr irgendwo erfahrt, dass meine Waren in undurchsichtige Kanäle fließen, gebt uns Bescheid, so schnell Ihr könnt."

„Ich werde die Augen und Ohren offen halten", versprach der Kapitän, schon in seinem eigenen Interesse.

„Ich habe auch noch ein Papier für Euch", ließ sich Amin vernehmen, ihm die Rolle mit der Zeichnung in die Hand drückend.

Carvalhos Augen wurden geradezu riesig. Er stand mit der Zeichnung vor seinem Schiff, verglich sie mit dem Original und staunte. Seine Galeone mit geblähten Segeln auf dem Meer und er am Steuerrad, die geliebte Pfeife im Mundwinkel.

„Komm in meine Arme!", rief er und drückte Amin fest an sich. Zog einen Beutel aus der Tasche, steckte ihn Amin zu. „Danke!"

„Dank und Freude sind ganz meinerseits", stotterte Amin überrascht. Mit einigem Stolz bemerkte er die neugierigen Blicke der Matrosen, aber auch der Tagelöhner am Kai.

Rodrigo rieb sich zufrieden die Hände. „Da haben wir doch gleich das Thema des heutigen Tages für die Klatschweiber. Besser konnte es gar nicht kommen. Auf, zur Ouriço do Mar!"

„Wer nennt denn sein Schiff *Seeigel*?!", platzte Stella lachend heraus.

„Einer mit Humor. Genau so einen können wir brauchen." Rodrigo lotste sie zum Ankerplatz.

Der Kapitän, ein Mann, für den der Name des Schiffes wohl Programm war, denn er trug einen merkwürdigen Stoppelbart, schaute ihnen erwartungsvoll entgegen.

Rodrigo wechselte ein paar leise Worte mit ihm, worauf alle drei unter einer angedeuteten Verbeugung auf das Schiff gebeten wurden. Der Handel war schnell geschlossen. Man kannte den alten Marques und es wäre für den Kapitän tödlich für jegliches weitere Geschäft gewesen, dessen Tochter abzuweisen.

Zudem adelte es den kleinen unscheinbaren Segler, so hochherrschaftliche Passagiere an Bord zu haben.

„Ihr seid unglaublich geschickt beim Verhandeln", schwärmte Stella auf dem Heimweg. „Da ist mir um meine Ware auch nicht bange."

„Zumal ich den Vorteil habe, schon bevorzugter Händler bei Hof zu sein. Ihr wisst ja aus sicherer Quelle, dass alles handelbare Gold der portugiesischen Krone gehört und nur der Handelsakt selber den Lohn bringt. Ich werde oft genug in die untersten Schubladen greifen müssen, um den König und Euch zufriedenstellen zu können."

Stella seufzte. „Ich bin in jeder Weise glücklich, dass es Euch gibt. Es sind so viele Dinge, um die ich mich nie kümmern musste oder durfte. Mein Vater hat mich von allem ferngehalten."

„Wusstet Ihr, dass aus chronischer Materialknappheit ab 1383 keine Goldmünzen mehr im eigenen Land geprägt wurden?", fragte Rodrigo.

Stella schüttelte erstaunt den Kopf. „Meint Ihr das ernst?"

„Todernst. Weise Männer mahnen gar, dass Portugal zu einer Kolonie Spaniens verkommen könnte."

„Davon habe ich gehört", entgegnete Stella. „Auf der Estrelle sprach man darüber. Ich habe es nicht glauben wollen. Aber aus Eurem Mund nehme ich es sehr ernst. Durch Euer Geschäft wisst Ihr besser als andere über diese Dinge Bescheid."

„Was geschieht, wenn eines Tages fremde Eroberer kommen?", fragte Amin leise.

Rodrigo schwieg eine Weile. „Wenn wir es zeitig genug erfahren, wandern wir zurück nach Portugal. Ich habe dort zwei große Häuser."

Amin schluckte.

Rodrigo legte ihm eine Hand auf die Schulter. „Selbstverständlich wirst du uns begleiten. Mach dir darüber keine Sorgen."

„Ich meine, an Wohnraum dürfte es uns nicht mangeln", warf Stella ein. „Mein Vater nannte vier Häuser sein Eigen. Nur müssen wir sie erst einmal für uns erkämpfen", fügte sie etwas leiser hinzu.

„Herr, bei dem Wort Haus fällt mir ein, wäre es nicht besser, wenn meine Cousins ein Auge auf Euer Anwesen hier hätten?", wagte Amin vorzuschlagen.

„Oh, dafür wäre ich sehr dankbar. Eine ausgezeichnete Idee." Rodrigo atmete auf. „Ich habe mir in der Tat schon Gedanken gemacht, den Gouverneur zu fragen. Zu deinen Leuten habe ich jedenfalls mehr Vertrauen. Sie werden es nicht bereuen."

„Ich gebe ihnen sofort Bescheid!"

„Ja, tu das. Und wir beide beginnen zu packen." Dann wandte er sich an Stella: „Außerdem müssen wir noch Amin herausputzen, damit die feine Gesellschaft nicht die Nase rümpft." Rodrigo öffnete seinen Schrank. „Hier ist einiges, das er gern haben kann. Es dürfte ihm auch passen."

Stella sichtete die Kleidung, die ihr Gatte zur Verfügung stellte. Sie hatte keine Einwände. Die Wäsche, die er für sich mitzunehmen gedachte, legte er auf das Bett. Stella erschrak, als er Dolch und Degen aus einer Truhe nahm.

„Das ist leider unerlässlich, wenn man auf Reisen geht. Besonders aus solchen Gründen, wie wir es tun. Es könnte durchaus sein, dass ich gezwungen werde, mir auf diese Art Respekt zu verschaffen", erklärte Rodrigo, die Waffen genauestens kontrollierend.

Stella atmete tief durch. „Beinahe hätte ich wieder gefragt, ob Ihr es ernst meint. Dabei habe ich inzwischen begriffen, dass ich mir genau das sofort abgewöhnen sollte. Passt bitte auf Euch auf."

„Ich verspreche es."

Amin fiel fast aus allen Wolken, was ihm Rodrigo in den Arm drückte. „Das ist für mich?"

„Natürlich. Schon vergessen, dass du für viele nun Senhor Amin bist?"

„Nein … ja … oh je …"

Rodrigo lachte aus vollem Hals. So konfus hatte er Amin noch nie erlebt. „Zieh es an und gewöhne dich bis morgen an das Gefühl", schlug er vor.

„Aber erst nach der Arbeit." Amin brachte seine Schätze in seine Kammer und widmete sich dem Kochen.

Stella half ein wenig. „Warst du schon einmal in Singapur?"

„Nein. Ich war noch nie wirklich aus Malakka fort. Durian Tunggal ist der weitest entfernte Ort, den ich je besucht habe. Ich bin etwas aufgeregt."

„Das kann ich sehr gut verstehen." Stella kostete die Suppe. „Ich war auch sehr aufgeregt, als es hieß, ich solle mit nach Singapur fahren. Das waren viele Monate auf dem Schiff. Noch dazu wusste ich, dass ich nie mehr nach Hause kommen würde, weil ich diesen Stefano heiraten sollte. Es war einfach grauenhaft. Ich fühlte mich wie eine Sklavin, die man irgendwohin verkauft." Sie schüttelte sich bei diesen Erinnerungen.

„Herrin, ich bin sicher, wir haben beide das höchste Glück erfahren, zu Senhor Alvarez gekommen zu sein."

„So ist es", bestätigte Stella. „Und wir sollten alles daran setzen, dieses Glück niemals zu trüben."

„Das schwöre ich", sagte Amin mit der Hand auf dem Herzen.

Beim Essen gab Rodrigo einige Verhaltensregel aus, die vonnöten waren, um nicht in Fallen zu tappen, von denen man nicht wusste, ob es sie tatsächlich gab. Amin werde also in erster Linie als Leibwächter für Stella agieren.

Dass er aus diesem Grund seinen Kris noch einmal extra schärfen werde, stand außer Frage. Die wellenartig geformten Klingen dieser Dolche rissen schwere und meist tödlich Wunden.

Stella kannte bisher den sanften, stillen Amin. Sie konnte sich aber sehr gut vorstellen, dass er zum wilden Tier werden konnte, wenn man Familie oder Dienstherrschaft angriffe. Sie selber fasste nach ihrer Frisur, um Rodrigo eine ihrer ziemlich spitzen Bambushaarnadeln zu reichen. „Notfalls geht auch das."

„Ihr seid gut bewaffnet meine Liebe", staunte der, die fast 15 Zentimeter lange Nadel betrachtend, von der insgesamt vier Stück das lange Haar kunstvoll hochgesteckt hielten. Bisher hatte er sich nie Gedanken darüber gemacht. Nun sah er den Zierrat der Frauen mit etwas anderen Augen.

„Euern Blick wohl richtig deutend, stellt Ihr Euch gerade ein Duell mit diesen Dingern vor", kicherte Stella. „Keine Sorge, das ist der letzte Weg, wenn es nicht genügt, sich mit den Fingernägeln gegenseitig die Augen auskratzen zu wollen."

Rodrigo blieb verblüfft der Mund offen stehen. „Ihr macht mir Angst."

„Das lag mir fern. Ich wollte Euch nur demonstrieren, dass ich nicht völlig wehrlos bin."

„Ihr habt noch einen Vorteil – von so einem zarten, engelsgleichen Wesen erwartet niemand einen Angriff."

„Das hat dieser impertinente Oliveira auch nicht geahnt. Ich bin gespannt, ob der uns auf der Insel in die Quere kommt", sinnierte Stella.

Rodrigo grinste. „Den überlasse ich mit Freuden Euch. An solch einem Widerling könnt Ihr gern sämtliche Kampftechniken ausprobieren, die Euch in den Sinn kommen."

Eine Stunde später waren sie schon auf dem Weg zum Schiff. Amins Cousin hatte einen kleinen zweirädrigen Pferdekarren aufgetrieben, wie ihn die Reishändler benutzten und wo sie zu dritt auf den provisorischen Kutschbock passten.

Die Deckelkörbe mit dem Gepäck standen sicher auf der Ladefläche. Rodrigo warf ihnen trotzdem immer wieder einen Blick zu, damit sie nicht unbemerkt herunterfallen konnten. Amin wurde von der Nachbarschaft mit großen Augen betrachtet. Der sah in seiner neuen Kleidung glatt wie ein Standesherr aus.

Kapitän *Ouriço*, also Igel, wie ihn Stella scherzhaft nannte, wartete schon auf sie. Er stellte ihnen für die Überfahrt seine Kajüte zur Verfügung. Nur hielt es die Drei nicht lange unter Deck. Sie standen bald an der Reling und schauten übers Meer. Der Kapitän gesellte sich zu ihnen und erklärte die Lage von gefährlichen Riffen, den Verlauf der kaum noch sichtbaren Küstenlinie und freute sich, in ihnen wirklich interessierte Zuhörer zu haben.

So kam die Sprache auch auf andere Schiffe und das Ende Estrelle. Stella verkniff sich jeden Hinweis, an Bord gewesen zu sein. Stattdessen fragte sie nach der Portalegre.

„Von der erzählt man sich wundersame Sachen!", rief der Kapitän. „Komplettes Seemannsgarn, wenn Ihr mich fragt!"

„Wie das?" Rodrigo zog die Stirn in Falten.

„Der sollen zwei Leute, ausgerechnet hier auf meinen Routen, über Bord gegangen sein. Das bringt Unglück." Der Kapitän bekreuzigte sich.

„Dann sind sie also tot?", fragte Rodrigo.

„Der Mann auf alle Fälle. Den haben sie mausetot aus dem Wasser gezogen, nachdem ihn die Frau in die Tiefe gerissen hat", erzählte der Seemann. „Dann sei sie wie ein Fisch davongeschwommen." Er bekreuzigte sich erneut, schaute sich um, winkte die Drei noch näher heran und flüsterte: „Wenn es wirklich so gewesen ist, dann kann nur eine Meerjungfrau gewesen sein. Die holen Schufte mit finsteren Plänen von Schiffen, um sie zu ertränken. Sogar ganze Schiffe, auf denen Unrecht geschieht, sollen sie auf Riffe locken, damit sie mit Mann und Maus untergehen."

„Ihr fürchtet sie?", wollte Stella genau so flüsternd wissen.

„Ja, ich fürchte sie. Aber ich habe nie Unrechtes getan. Gott ist mein Zeuge."

„Was sagt man, was der Mann verbrochen habe?"

„Das will ich lieber gar nicht wissen", wisperte der Kapitän abwinkend und wechselte das Thema.

Amin hatte staunend zugehört. Die sagenumwobenen Meerjungfrauen jagten also auch gestandenen Seebären Angst und Schrecken ein. Er konnte sich seine Herrin gut als Nixe vorstellen. Ihr würden die Männer auch reihenweise zum Opfer fallen, tauchte sie irgendwo aus dem Nichts auf. Schon war die Idee für eine neue Zeichnung geboren.

Der Wind wehte beständig und aus fast perfekter Richtung, sodass sie nach ein paar Stunden bereits das Ziel vor Augen hatten. „Was tut Ihr, wenn der Wind mal von vorn kommt?", fragte Stella, die weißen Segel neugierig betrachtend.

„Dann muss ich entweder ankern oder halsen, je nachdem wie viel Zeit ich habe, um mein Ziel zu erreichen. Das heißt, ich muss im schlimmsten Fall gewagte Manöver durch den Wind fahren, um mit ständigen 360 Grad Kurven wenigstens ein Stück vorwärtszukommen. Mein Segler ist klein genug, um hier genügend Fahrwasser zwischen den Riffen zu haben. Die großen schnellen Galeonen müssen ausnahmslos ankern. Denen schlitzen die Korallen sonst den Bug auf."

Der Kapitän betrachtete mit liebevollem Stolz seine Ouriço do Mar.

„Land! Land in Sicht!", tönte es vom Ausguck.

„Hervorragend!" Kapitän Silva beeilte sich, das Steuer selbst zu übernehmen.

„Aha, Seemannsgarn", meinte Rodrigo trocken. „So richtig geheuer, scheint ihm das alles trotzdem nicht zu sein." Er blinzelte Stella verschwörerisch zu. „Meerjungfrau."

„Eindeutig", stellte Amin fest. „Wenn selbst Senhor Carvalho dieser Meinung ist."

Worauf Stella die Männer mit einem überaus charmanten Lächeln bedachte.

Die Ouriço do Mar näherte sich rasch dem Hafen. Um die Matrosen nicht zu behindern, stiegen die Reisenden in die Kajüte hinunter und beobachteten aus dem Bullauge das Anlegemanöver. Die dicken Schiffstaue wurden um die Poller gelegt und gesichert.

Rodrigo zahlte für die Passage und bemerkte, dass er, so es sich ergäbe, die Rücktour auch mit Silva fahren wolle. Der vernahm es mit Freude. Es war durchaus damit zu rechnen, dass sein Schiff in einer Woche wieder hier im Hafen lag.

Ein Matrose trug das Gepäck an Land. Amin wollte es übernehmen, wie er es gewohnt war. Rodrigo hielt ihn zurück. „Das ist Sache der Tagelöhner", sagte er leise. „Wir dürfen hier von Anfang an keinen Meter Boden vergeben. Zeigt in den nächsten Tagen niemals Schwäche."

Er winkte zwei Burschen heran, die ihnen gleich den Weg zu einer standesgemäßen Unterkunft wiesen. Stella erkannte das Gebäude sofort wieder. Hier hatte sie mit ihrem Vater gewohnt, bis es zum Streit gekommen war.

„Da drüben ist das Kontor meines Vaters", machte sie Rodrigo aufmerksam.

Der schaute sich prüfend um. „Noch steht der Name Marques dran. Ein gutes Zeichen. Heute holen wir unauffällig Informationen ein und morgen in aller Frühe beehren wir die Herren mit einem Blitzbesuch."

Den kurzen Rest des Tages flanierten die Drei scheinbar ziellos durch die Stadt, am Strand entlang und über die Hafenanlagen wieder zurück.

Amin sog jedes Detail der Insel auf, das vor seine Augen kam. Die erste Reise seines Lebens und dann gleich als jemand, dem andere das Gepäck trugen und der mit einer Verbeugung empfangen wurde. Die Kleidung schien die dunkle Haut vergessen zu machen.

Carvalho hatte Rodrigo einen vertrauenswürdigen Rechtsverweser genannt, den er noch am selben Abend zu sich bat. Der sichtete sofort alle Papiere, die ihm seine neuen Auftraggeber vorlegten. Wenige Blicke genügten, um festzustellen, dass er es nicht mit irgendjemanden zu tun hatte.

„Im ungünstigsten Fall könnt Ihr Euch auf die Krone berufen", gab er Auskunft über Rodrigos Vollmachten vom Königshof.

An Stella gewandt: „Existiert ein Papier, über eine geplante Ehe mit dem Prinzen oder war das ein Handel mit Handschlag? Verzeiht mir den unschönen Ausdruck."

„Ich bin ziemlich sicher, dass es kein Schriftstück darüber gibt."

„Nun gut, wir werden morgen alle gemeinsam den Verwalter Ihres verblichenen Vaters aufsuchen und ihn vor die Tatsachen stellen. Eure Ehe ist rechtsgültig und dem Gatten der einzigen Tochter des Verstorbenen scheint, so nicht noch ein anderslautendes Testament auftaucht, das gesamte Erbe in Treuhand gegeben zu werden."

Als sie mit Amin bei einem Glas Wein beisammensaßen, gab Stella zu: „Jetzt bin ich sehr aufgeregt. Hoffentlich zieht dieser Stefano nicht doch noch einen Trumpf aus dem Ärmel."

„Meint Ihr, Euer Vater hätte Euch gegenüber mit falschen Karten gespielt?"

„Ich weiß es nicht. Mein Glaube ist zutiefst erschüttert." Stella verzog den Mund.

„Bloß nicht weinen", bat Rodrigo. „Ich werde alles tun, um Euch zu Eurem Recht zu verhelfen. Ein Prinz der Pleite ist, hält mich schon gar nicht auf. Erst recht nicht, weil ich habe, was er begehrte. Und wenn er eine Ahnung davon hätte, was ihm außer materiellen Gütern tatsächlich entgangen ist, dann täte er mir fast schon leid."

Über Stellas Gesicht huschte ein dankbares Lächeln. Amin stellte wieder einmal fest, dass die glitzernde Welt der reichen Europäer auch oft nur schöner Schein mit vielen finsteren Schatten war. Er hoffte inständig, dass sich für die Alvarez' alles zum Guten wenden werde.

Rodrigo gab ihm die wichtigsten Papiere zu Aufbewahrung. „Es ist besser, wenn du sie hast. Ich habe ein verdammt miserables Gefühl."

Stella klammerte sich an seinen Arm. „Wie meint Ihr das?"

Rodrigo nahm ihre Hände. „Ich gehe davon aus, dass man Euch heute hier erkannt hat. Damit meine ich nicht nur diese Herberge. Sind Euch beim Abendbrot nicht die forschenden Blicke aufgefallen? Oder die beiden Männer, die hereinkamen, Euch sahen, mit dem Wirt getuschelt haben und sofort wieder gegangen sind?"

Stella schüttelte ängstlich den Kopf. „Ihr denkt, das könnten Leute des Prinzen gewesen sein?"

„Ich halte es nicht für ausgeschlossen." Rodrigo streichelte ihre Wange.

Er tauschte einen schnellen Blick mit Amin, der mit einem kurzen Nicken antwortete. Seinem phänomenalen Gedächtnis war nicht ein einziges Gesicht in der Wirtschaft entgangen. Ganz in Alarmbereitschaft hatte er einen besonders leichten Schlaf, schreckte von jedem Geräusch hoch und lauschte in die Dunkelheit.

Ein schabendes Kratzen außen an der Wand ließ ihn hellwach werden. Dann flatterte ein Vogel von der Dachkante auf. Amin huschte er aus dem Bett und spähte aus dem Fenster. Außer unglaublich vielen Sternen war nichts zu sehen. Möglich, dass ein kleines Raubtier den Vogel vertrieben hatte.

Plötzlich splitterte nebenan Glas. Stellas Entsetzensschrei stoppte jede Überlegung. Amin riss seinen Kris vom Tisch und rannte hinaus. Er warf sich mit seinem ganzen Gewicht gegen die Tür des Paares und brach sie aus den Angeln.

Rodrigo setzte sich mit Degen und Kerzenleuchter gegen zwei Einbrecher zu Wehr, die bestimmt nicht zur freundschaftlichen Unterhaltung eingedrungen waren. Stella drückte sich in eine Ecke, mit Entsetzen das Geschehen beobachtend.

Amin sprang vor und stieß zu. Er schlitzte dem Fremden den Unterarm vom Ellenbogen bis zum Handgelenk auf. Den herabfallenden Degen seines Gegners stieß er mit dem Fuß unters Bett. Der zweite Mann sah sich plötzlich unterlegen und versuchte zu entkommen, indem er sich aus dem Fenster stürzen wollte.

Aber auch das wusste Amin zu verhindern. Er warf ihm einen Stuhl in den Rücken, welcher den Sprung in eine Bauchlandung genau auf dem Fenstersims verwandelte. Das Sitzmöbel hingegen flog hinaus auf die Straße und zerschellte.

Sofort flackerten mehrere Lichter auf und der Wirt kam die Treppe heraufgeeilt, um nach seinen Gästen zu schauen. Entsetzt prallte er zurück, als ihm Rodrigo und Amin in voller Bewaffnung gegenüberstanden und auf dem Boden eine riesige Blutlache langsam in die Dielenbretter sickerte.

„Ist es nachts bei Euch immer so unruhig?", fragte Rodrigo, den Degen in die Lederscheide zurücksteckend.

„N … nein, mein Herr. Ich schwöre, dass das noch nie vorgekommen ist", stammelte der Wirt.

„Und warum ausgerechnet heute?" Rodrigo trat einen Schritt näher auf ihn zu.

„Wegen Eurer Frau, aber nach dem wirklichen Grund müsst Ihr die da fragen!" Der Wirt rang die Hände.

Amin beugte sich über den Mann am Boden. „Der dürfte nie wieder etwas sagen. Und der andere … sollte erst mal aus seiner Ohnmacht aufwachen." Er zog ihn vom Fenstersims.

Stella zitterte wie Espenlaub. Amin hängte ihr eine Decke um und brachte sie in sein Zimmer. Für Etikette war keine Zeit. „Ich lasse Euch meinen Dolch hier."

Sie nickte. Dabei hätte sie die Waffe auf dem Tisch nicht freiwillig angefasst. Schon, weil noch immer das Blut des Toten daran klebte. Mitleid konnte Stella nicht empfinden, denn dieser war gekommen, um mit seinem Kumpan Rodrigo zu töten.

Amin hatte das mit seinem beherzten Auftritt verhindert. Die tiefe Dankbarkeit, für alles, was Amin für sie beide tat, erhielt neuen Nährstoff.

Auf der Treppe erhellte schließlich Fackelschein das Haus. Ein paar Uniformierte führten den überwältigten Einbrecher ab und schleppten den Zweiten, in eine Decke gewickelt, aus dem Haus. Amin brachte die Habe seiner Herrschaften in seinem Zimmer in Sicherheit.

Rodrigo erschien ebenfalls und bat Stella, noch ein paar Stunden zu ruhen. Er und Amin wollten gut auf sie aufpassen. Die leisen Stimmen der beiden, die sich über den Vorfall unterhielten, schläferten sie recht bald ein.

„Nun ahnst du vielleicht, welcher Reichtum zur Debatte steht, wenn jemand dafür sogar über Leichen geht", sagte Rodrigo. „Hättest du nicht eingegriffen, dann läge ich jetzt da unten in der Decke. Ich werde dir ewig dankbar sein."

„Ich bin froh, noch rechtzeitig gekommen zu sein", entgegnete Amin. „Es hätte Eurer Frau das Herz gebrochen und ich mich ein Leben lang schuldig gefühlt. Was wird uns wohl morgen erwarten?"

„Ich weiß es nicht. Ich kann nur hoffen, dass die Gegner aufgeben, wenn wir das Goldimperium übernehmen." Rodrigo ließ seinen Blick über die schlummernde Stella gleiten. „Sie konnte von alledem nichts ahnen. Man hat sie stets von allem ferngehalten. Eben ein reiches Mädchen, das standesgemäß oder höher heiraten und einfach nur seinem Mann gehorchen sollte. Mir ist die Stella, ich geheiratet habe, tausend mal lieber – neugierig, abenteuerlustig, intelligent, warmherzig und gütig.

Hier, in den Kolonien darf sie auch so sein, wie sie möchte. Im Mutterland hätte man sie schon lange empört zur Ordnung gerufen", schmunzelte Rodrigo.

„Ihr liebt sie wirklich sehr."

„Ja, Amin. Deshalb nehme ich auch solche Wagnisse auf mich, wie wir sie gerade eben erleben. Aber sie hat für mich auch alles riskiert."

„Die Sonne geht auf, Herr." Amin deutete aus dem Fenster.

„Wenn der Tag genau so rosig wird, wie sich jetzt die Sonne präsentiert, dann wäre es perfekt." Rodrigo streckte sich. „Erinnere mich bitte, wenn wir wieder in Malakka sind, dass ich dringend Fechttraining nehmen muss. Meine Künste sind doch etwas eingerostet."

„Aber dafür war es hervorragend. Schließlich musstet Ihr die Angriffe von zwei Angreifern parieren und das habt ihr mit Bravour getan."

„Danke, Amin. Ein bisschen Lob baut auf." Rodrigo blinzelte.

Als die Sonne zum Fenster hereinschien, blinzelte auch Stella. Ganz verschlafen und etwas desorientiert schaute sie sich um. „Oh je! Habt Ihr etwa die halbe Nacht hier am Tisch gesessen?"

„Uns blieb nichts weiter übrig", erklärte Rodrigo. „Erstens wollte wir Euch nicht allein lassen und zweitens hatte ich keine Lust, noch lange mit dem Wirt zu diskutieren. Der war eh schon völlig mit der Situation überfordert. In den nächsten drei Stunden sollte er sich schleunigst etwas einfallen lassen, ehe ich laut werde."

Stella spähte vorsichtig zum Tisch. Sie atmete auf. Amin hatte den Kris schon gereinigt und an seinem Gürtel verschwinden lassen. Also kleidete sie sich rasch an und ließ sich an Rodrigos Arm zum Frühstück führen. Amin folgte ihnen.

Die scheuen Blicke der Hausmädchen ignorierte er nach außen hin, während er sich innerlich freute, den Status eines gefürchteten Beschützers erlangt zu haben.

Sein Herr setzte wenig später noch eins obendrauf, indem er einem anderen Gast erklärte: „Der Leibwächter meiner Gattin fragt nicht nach, wenn wir angegriffen werden. Er geht davon aus, dass man uns töten will, und dreht den Spieß sofort um."

„Er ist ein Malaysier. Ihr vertraut ihm?"

„Wie mir selbst." Rodrigo schaute seinem Gegenüber fest in die Augen.

Ein Lauffeuer hätte nicht schneller sein können. Selbst der Rechtsverweser wusste schon Bescheid, als er zwei Stunden später die Drei in der Herberge abholte. Er rieb sich zufrieden die Hände. „Wenn der Gefangene auch nur Andeutungen macht, dass der Prinz hinter dem Ganzen steckt, dann kann seine durchtriebene Durchlaucht hier einpacken. Dieser Mensch macht mir nicht zum ersten Mal Kopfschmerzen."

Die kleine Gruppe betrat forschen Schrittes das Kontor. Der Inhaber sprang beim Anblick von Stella auf und wurde leichenblass. „Ihr lebt?"

„Wundert Euch das? War der gestrige Überfall Euer Werk, um mich aus dem Weg zu räumen?", fragte sie kühl.

Der Mann streckte abwehrend die Hände vor. „Nein, nein, nein! Ich weiß nichts von einem Überfall! Ihr müsst mir glauben! Die Männer von der Portalegre, der Kapitän eingeschlossen, haben berichtet, Ihr wäret mitten auf dem Meer über Bord gefallen und ertrunken."

„Meint Ihr nicht, dass ich dafür erstaunlich lebendig bin?" Stella setzte sich.

„Sie haben es gesagt", jammerte der Kontorist mit weinerlicher Stimme. „Sie haben es gesagt."

„Na gut. Jetzt seht Ihr ja selbst, dass ich quicklebendig bin. Ich erwarte, dass Ihr mich als Erbin meines Vaters akzeptiert und mir seine Papiere aushändigt.

„Das darf ich nicht." Der Mann wurde noch blasser und Schweiß sammelte sich auf seiner Stirn.

„Wer sagt das?", wollte Stella wissen.

„Euer Vater. Er hat testamentarisch festgelegt, dass Prinz Stefano das Vermögen verwalten soll", hauchte der Kontorist kaum hörbar.

„Zeigt mir das Testament!", forderte Stella energisch.

Der Mann schlurfte, sich an den Möbeln abstützend, in einen anderen Raum und übergab ihr das gesiegelte Schriftstück.

Stella hielt es so, dass auch Rodrigo und der Anwalt mitlesen konnten. Kaum am Ende angelangt, begann sie zu lachen. „Ich hoffe doch sehr, dass Ihr wirklich lesen könnt. Von einem Prinzen namens Stefano steht hier nicht ein einziges Wort. Hier steht: ... *ist mein gesamtes Vermögen, dem Ehemann meiner Tochter Stella in Verwaltung zu übergeben.*

Vollstreckt sofort dieses Testament, indem Ihr meinem Gatten, Senhor Rodrigo Alvarez, alle Papiere zugänglich macht!"

Stella warf das Schreiben mit einer Zornesfalte zwischen den Augen auf den Tisch. „Mein Rechtsverweser wird Euch hier und jetzt die Eheurkunde und sämtliche anderen erforderlichen Dokumente vorlegen."

„Aber der Prinz ..."

„Was geht mich Euer Prinz an?! Haltet Euch gefälligst an das geschriebene Wort!" Stella gab dem Anwalt per Handzeichen zu verstehen, in Aktion zu treten.

Rodrigo und Amin wechselten erleichterte und zufriedene Blicke. Stella hatte keine Sekunde Zweifel daran gelassen, wie hart sie durchgreifen werde.

Innerhalb weniger Minuten lagen verschiedene Papiere vor dem neuen Herrn des Imperiums, der sie gründlich las und schließlich seine Unterschriften darunter setzte.

„Ihr wisst, was Loyalität einem Herrn gegenüber ist?", wandte er sich an den Kontoristen. Auf das vorsichtige Nicken: „Dann habt Ihr gute Chancen diesen Handelsposten auch weiterführen zu dürfen. Ich werde in den nächsten Tagen alle Bücher prüfen und Euch meine Entscheidungen mitteilen.

Bis morgen Abend ist das Geschäftsschild gegen *Rodrigo & Stella Alvarez* auszutauschen." Rodrigo erhob sich. „Gehen wir, meine Liebe." An der Tür drehte er sich noch einmal um. „Auf Wiedersehen, bis morgen, um die gleiche Zeit."

„Bis morgen", flüsterte der Inhaber, ernsthaft um seinen lukrativen Posten fürchtend, obwohl er nie an Marques vorbeigewirtschaftet hatte. Er beeilte sich sehr, einen Maler mit dem neuen Schild zu beauftragen. Den Namen Alvarez kannte er ziemlich gut und auch dessen Stellung im Auftrag des Königs, obwohl er noch nie mit dem jungen Mann zusammengetroffen war.

Er konnte sich aber, nach dem heutigen Auftritt, gut vorstellen, dass der die Zügel straff in der Hand halten werde. Stella, das zarte Mädchen, das Vater so gern vor der Welt versteckt hätte, hatte seine Herkunft ziemlich deutlich offenbart und auch, welchen Platz in der Gesellschaft es nun einnahm. Hier kam Reichtum zu Reichtum und Einfluss auf den Handel bei Hofe.

Die drei Männer feierten indes mit Stella den Erfolg.

„Schnell verdientes Geld", schmunzelte der Rechtsverweser, seinen vorab verhandelten Lohn in die Tasche steckend. „Eure resolute Gattin hat mir nicht viel Arbeit übrig gelassen."

Stella blinzelte und streckte Rodrigo die Hand hin. Der zahlt ihr scherzhaft den gleichen Betrag aus, wie ihn auch der Anwalt bekommen hatte.

Am nächsten Morgen wurde gerade das neue Schild aufgehängt, als sie in die Straße am Hafen einbogen. Es glich dem vorherigen bis auf die Namen. Rodrigo sprach dem Kontoristen seinen Dank dafür aus. Der atmete auf. Der neue Herr schien zumindest kein Unmensch zu sein.

In ungläubiges Staunen kam er, als Stella Amin anhand der Bücher die Besonderheiten des Goldhandels erklärte. „Ihr lasst Euren Leibwächter in Eure Geschäfte sehen?", fragte er perplex.

„Er ist unser Gehilfe. Mein Leibwächter ist er ganz nebenbei und aus Überzeugung", erklärte Stella.

„Und darin erstaunlich gut, sagt man."

„So? Sagt man das?" Stella warf Amin einen belustigten Blick zu. „Er ist der Beste, wenn Euch die Meinung seiner Dienstherrin interessiert."

Am dritten Tag kam der Anwalt ins Büro. „Es gibt Neuigkeiten, die ich Euch nicht vorenthalten möchte. Der Einbrecher ist in seiner Zelle vergiftet worden."

„Ach, schaut an!" Rodrigo fasste sich an den Kopf.

„Noch etwas. Prinz Stefano ist nach Indien abgereist."

„So plötzlich? Ein Schelm, wer Böses dabei denkt", lachte Stella.

„Ich wusste, dass ich Euch erheitern kann", schmunzelte der Anwalt und verabschiedete sich.

Die Alvarez' steckten noch ein paar Tage die Köpfe in die Geschäftsbücher, um am Ende zu verkünden: „Ihr habt eine hervorragende Arbeit geleistet. Seid so gut, auch weiterhin für uns zu arbeiten. Allerdings werden die Transporte ab sofort über die Galeone Andretta unter Kapitän Carvalho laufen."

„Nichts lieber als das!", freute sich der alte und neue Kontorist. „Es wird mir ein Vergnügen sein, mit Kapitän Carvalho zu verhandeln. Die Andretta ist ein schnelles, gut bewaffnetes Schiff. Die hat schon manchen Verfolger ablaufen lassen."

„Freut mich, dass Ihr meine Entscheidung vorbehaltlos teilt." Rodrigo drückte ihm die Hand. „In zwei Tagen reisen wir ab, werden Euch aber jedes Jahr besuchen, um wichtige Absprachen persönlich zu treffen. Ansonsten wisst Ihr ja, wo Ihr uns auf der Hauptinsel ganz schnell findet.

Wundert Euch nicht, wenn Carvalho bei Euch auch Tee und Gewürze umschlägt. Meine bisherigen Geschäfte haben den gleichen Adressaten. Na, Ihr werdet ja an den Frachtpapieren sehen, wie damit zu verfahren ist. Stellt am besten noch jemanden ein."

„Ihm wird nichts anderes übrig bleiben", meinte auch Stella auf dem Weg zum Hafen, wo sie nach einem geeigneten Schiff für die Heimreise Ausschau halten wollten.

Allerlei Überraschungen

Mit der Flut liefen zwei Schiffe ein. Eine spanische Karavelle und kurz darauf die Ouriço do Mar.

„Klappt perfekt, der Igel ist da", lachte Stella.

„Senhor Silva wird bei Euch seinen Spitznamen sicher nicht mehr los", mutmaßte Rodrigo.

„Mit dem Bart wird es schwierig", erhielt er kichernd zur Antwort.

Amin konnte nicht umhin, ihr recht zu geben. Rodrigo musste grinsen. Ihm selber wäre es auf der Fahrt beinahe passiert, den Kapitän statt mit Silva, mit Ouriço anzusprechen.

Sie blieben stehen und schauten beim Löschen der Ladung zu. Der Kapitän gab ruhig und gelassen seine Anweisungen. Er wurde auch nicht ungehalten, als ein Tau riss und das Netz mit den Stoffballen in den Laderaum zurückkrachte.

„Alles in Ordnung da unten?", rief er stattdessen. „Keiner verletzt? Nein?! Gut, dann fiert das andere Paket an! Na bestens. Geht doch."

Er erspähte die Drei auf der Mauer und winkte grüßend, ohne, seine Männer wirklich aus den Augen zu lassen.

„So stachelig ist der Igel gar nicht", bemerkte Stella. „Ich bin beeindruckt."

Amin sagte gar nichts. Er schaute angestrengt in eine völlig andere Richtung. Dann streckte er plötzlich die Hand aus. „Von wegen vergiftet. Da drüben spaziert der Kerl herum, der Euch töten wollte."

Rodrigo fuhr herum. „Bist du sicher?"

„Es sei denn, er hätte eine Zwillingsbruder. Ansonsten ist jeder Irrtum völlig ausgeschlossen." Amin folgte dem Fremden mit den Augen.

„Ihm nach!", ermunterte ihn Rodrigo. „Aber bringe dich um Himmels willen nicht in Gefahr. Schau einfach, wohin er geht und was er tut. Wir treffen uns in der Herberge."

Amin eilte davon.

Stella war blass geworden und verlor jetzt noch mehr Farbe. „Ob die Idee wirklich gut ist?"

„Ich denke schon. Wir suchen jetzt sofort den Anwalt auf und dann sehen wir weiter. Irgendwer muss ihm ja die falsche Information zugespielt haben." Rodrigo reichte ihr den Arm.

Besagter Rechtsverweser fiel fast in Ohnmacht, als er von der Sichtung hörte. „Unmöglich! Der Doktor hat den Tod festgestellt. Der ist ganz sicher kein Sympathisant des Prinzen."

Rodrigo winkte ab. „Die Einheimischen kennen Pflänzlein, welche den Herzschlag fast zum Erliegen bringen. Würde mich nicht wundern, wenn das hier auch geschehen ist. Ich hoffe nur, dass Amin unbemerkt bleibt."

Der war dem Fremden nun schon zwei Stunden auf den Fersen und ganz sicher, denselben Mann wie in jener Nacht vor sich zu haben. Denn der traf sich mit den beiden, die an jenem Abend die Gastwirtschaft Hals über Kopf verlassen hatten, und bekam einen Beutel Geld zugesteckt.

Als er jetzt auch noch die Richtung zur Unterkunft seiner Herrschaften einschlug, fasste Amin einen schnellen Entschluss. Kurz vor der Tür holte er ihn ein, schlug ihn mit einem schnellen Hieb nieder.

Seine Handkante hatte die Halsschlagader gut getroffen. Der Mann sackte ohne Laut zusammen. Amin schleppte ihn ungesehen die Treppe hinauf und fesselte ihn, geknebelt, damit er nicht schreien konnte, auf einen Stuhl in seinem Zimmer.

Dort fanden ihn schließlich die Alvarez', die sich große Sorgen um Amin gemacht hatten. Der kam soeben vom stillen Örtchen und freute sich über die verblüfften Gesichter der beiden.

Rodrigo ließ sofort nach dem Anwalt schicken, der seinerseits den Verwalter informierte. Zwar zog es der Gefangene vor, beim Verhör zu reden, um der Folter zu entgehen, hatte aber trotzdem sein Leben verwirkt. Am nächsten Morgen wurde er ganz unspektakulär aufgeknüpft. Sein Auftraggeber und Drahtzieher des Ganzen hatte sich ja schon Tage zuvor nach Indien abgesetzt.

Stella schüttelte sich. „Mir wird übel, wenn ich daran denke, dass ich dieses Scheusal heiraten sollte."

„Den ereilt das Schicksal auch noch", prophezeite Rodrigo. „Irgendwann macht er einen Fehler und dann ist er fällig. Hier kann er sich nicht mehr blicken lassen. Für Portugal fehlt ihm das Geld. Und wir werden all unsere Partner bitten, sie mögen die Augen offen halten."

Amin nickte. „Jeder, der Euch Böses wollte, hat ein unrühmliches Ende gefunden. Warum sollte der Prinz die Regel brechen?"

„Eben. Eine Meerjungfrau kriegt jeden Verbrecher an den Haken", flüsterte Rodrigo blinzelnd.

„Sagt das nur nicht, wenn Fremde zuhören, sonst verbrennt man mich noch wegen Hexerei", befürchtete Stella.

„Wir werden insgesamt vorsichtiger sein", schlug Rodrigo vor. „So viel Besitz weckt Neider. Ich sollte ernsthaft überlegen Amins Cousins fest zu engagieren. Auch muss ich mir Gedanken machen, wegen möglicher Intrigen des Prinzen bei Hof in Ungnade zu fallen."

Amin hob erstaunt den Kopf. Senhor Alvarez sagte nie Dinge, die er nicht wirklich gründlich durchdacht hatte.

„Stella, Ihr seht sorgenvoll aus", murmelte Rodrigo, ihre Hand nehmend.

„Ich habe Angst, dass ich Euch auch Unglück bringe. Angst vor dem Fluch des Goldes. Angst davor, dass er unsere Seelen genau so vergiftet, wie er es mit meinem Vater getan hat."

„Lasst es mich auf meine Art angehen. In genau einem Jahr sagt Ihr mir dann, was Ihr davon haltet. Ist das in Ordnung?"

Stella schmiegte sich in Rodrigos Arme. „Tut mir leid, ich weiß, dass ich nicht zweifeln sollte. Ihr seid schon so lange Händler, dass Euch die Art der Waren nicht aus der Bahn werfen dürfte."

„Es gibt nur eine Art Ware, mit der ich niemals Handel treiben werde – Menschen. So wahr mir Gott helfe."

Zwei Tage später gingen sie bei Kapitän Silva an Bord, dem die Freude darüber aus den Augen leuchtete. Ein paar Stunden später wäre die Karavelle ausgelaufen und hätte die Reisen durchaus im Hafen von Malakka absetzen können.

„Bei Euch ist es ganz einfach familiärer", erklärte Rodrigo mit breitem Lächeln.

„Ihr heckt doch etwas aus", vermutete Silva.

„Schon geschehen. Da Ihr regelmäßig und planbar im Verkehr mit der Insel steht, habe ich vor, Euch zu meinem Korrespondenzboten mit dem Kontor zu machen. Natürlich nur, wenn Ihr dem zustimmt."

„Was für eine Frage! Natürlich stimme ich zu!" Silva rückte seinen Dreispitz zurecht. Dieser neueste Schrei der Hutmodewelt verlieh ihm ein verwegenes Aussehen. Zumal er darunter ein rot kariertes Tuch um den Kopf trug, das den Schweiß aufsaugen sollte und der etwas groß geratenen Kopfbedeckung den richtigen Halt gab.

„Ganz Singapur spricht davon, dass Ihr den Handel übernommen habt. Wer würde Nein sagen, wenn ihm direkt ein Stück vom Kuchen angeboten wird?", gab Silva freimütig zu. „Ein echter Seeigel weiß sich auch recht gut zu verteidigen." Er deutete auf einige tiefe Narben an seinen Armen.

„Schiff voraus!", meldete der Matrose vom Ausguck.

„Entschuldigt mich, aber das muss ich sehen!" Silva hastete auf die Brücke und äugte argwöhnisch durch das Fernrohr.

Die Drei waren ihm gefolgt. Rodrigo zog sein eigenes Glas aus der Tasche. „Der Takelage nach, möchte ich fast behaupten, das ist die Andretta."

„Sie ist es, junger Mann", bestätigte der Kapitän.

Eine halbe Stunde später waren sich die beiden Segler auf Rufweite nahe gekommen.

„Hallo Seeigel, sind die Stacheln noch spitz?", rief Kapitän Carvalho lachend herüber. „Ihr liegt ungewöhnlich tief im Wasser."

„So spitz, dass ich sie Euch in den Hintern steche, wenn Ihr nicht aufpasst", gab Silva zurück. „Was gibt es Neues in der großen weiten Welt?"

„Immer wieder dasselbe, die Menschen sind schlecht."

„Soll ich Euch trösten?", witzelte Silva.

„Vielleicht später. Im Augenblick ist kein Bedarf."

Dann war die Andretta auch schon vorbeigezogen.

„Sag mal, Amin, du hast doch auch die Frau an seinem Fenster gesehen?!", murmelte Rodrigo sichtlich verwirrt in eher fragendem Tonfall.

„Habe ich", bestätigte der nachdenklich.

Stella schaute überrascht der Andretta hinterher.

„Eher ein junges Mädchen", berichtigte Rodrigo. „Sie tauchte nur ganz kurz am Fenster auf. Amin hatte zufällig die gleiche Blickrichtung, sonst hätte er sie sicher nicht bemerkt."

„Ach, wer weiß. Wir sind doch hier auch in der Kapitänskajüte", wiegelte Stella ab.

„Mich macht nur den Tonfall stutzig, dass er momentan keinen Bedarf an Trost hat. Kein Wunder bei der Konstellation."

Stella wusste nicht, ob Rodrigo das im Ernst oder eher spaßig gemeint hatte. Sie fragte auch nicht weiter nach, denn der Hafen war in weiter Ferne schon zu erkennen.

„Wir schaffen es gerade noch mit dieser Flut", rief Silva zur Tür herein und eilte sofort wieder davon.

„Gott sei Dank", seufzte Stella. „Ich freue mich wie wahnsinnig auf zu Hause."

Rodrigo und Amin schmunzelten. Ihnen ging es ganz genau so.

Der höchste Punkt der Flut war gerade überschritten, als die Ouriço do Mar noch in den Hafen huschte. Amin ging als erster Passagier an Land, um einen Pferdewagen für die vielen Gepäckstücke aufzutreiben, die man ihnen in Singapur ausgehändigt hatte. Kein Wunder, dass der Seeigel mit dem Bäuchlein tief im Wasser lag, was Carvalho mit geschultem Auge sofort erkannt hatte.

Stellas ganzer Besitz und das, was ihr Vater auf Reisen dabei hatte, war bis unter die Decke des Laderaumes gestapelt. Amin gelang es zwar, einen Pferdewagen zu bekommen, aber der war ziemlich klein.

„Nimm Stella mit und die Hälfte des Gepäcks", wies Rodrigo an. Es wurde langsam dunkel, Regenwolken zogen auf und er wollte sein geliebtes Weib in Sicherheit wissen. „Ich warte, bis du wiederkommst."

Stella bestimmte die Dinge, die am wertvollsten waren, für die erste Fracht und Rodrigo setzte sich auf eine Kiste, um zu warten. Silva leistete ihm Gesellschaft, bis Amin zurückkam.

Stella hatte die Kisten im Hausflur stehen lassen und sich lieber gleich an die Zubereitung des Abendbrots gemacht. Um bei dem fürchterlichen Wetter rasch wieder da zu sein, nahm Amin sogar sein eigenes Pferd mit, als er den Wagen zurückbrachte. Dabei stellte er fest, dass sich seine Cousins erstklassig auch um die beiden Tiere im Stall gekümmert hatten.

Rodrigo stand vor dem Stapel und kratzte sich am Ohr. Mindestens die Hälfte der Kleidung konnte Stella hier nicht gebrauchen, weil es dafür viel zu warm war.

„Kann man es irgendwo einlagern, wo es niemanden stört?", fragte sie, weil sie genau die gleichen Gedanken wälzte.

„Auf dem Dachboden ist Platz. Amin muss uns nur einen Tipp geben, wie wir Motten und andere Schädlinge fernhalten können."

„Zitronenöl und Zedernholz", hörten sie ihn beim Eintreten sagen. Er hatte sich ebenfalls schon mit dem Thema beschäftigt und die letzten Worte gehört.

„Meine Großmutter hat, so glaube ich mich zu erinnern, Lavendelsäckchen in die Schränke getan", erzählte Stella.

Rodrigo hob die Hände. „Das wird hier zu teuer. Den müsste ich aus Europa importieren. An die anderen beiden Mittel komme ich ohne Probleme. Aber darüber denken wir morgen nach. Ich habe Hunger und dann ist Feierabend für heute. Für alle", fügte er noch hinzu, weil er wusste, dass Amin sich nicht angesprochen fühlen werde.

Mitten im schlimmsten Gewittersturm klopfte es laut an die Tür der Alvarez'. Amin ließ das Gemüse fallen und eilte, um zu öffnen. Eine große kräftige Gestalt, die Kapuze tief ins Gesicht gezogen, stand vor dem Haus und schien unter dem Umhang etwas zu verbergen.

„Wen darf ich melden?", fragte Amin beunruhigt.

Der Besucher schob die Kapuze etwas nach hinten.

„Senhor Carvalho! Tretet ein!" Amin deutete einladend in den Flur, wo soeben Rodrigo erschien, um nachzuschauen, was es denn Ungewöhnliches gäbe. Er prallte regelrecht zurück. „Oh mein Gott! Was ist passiert? Wo ist Euer Schiff?"

„Damit ist alles in Ordnung", beruhigte ihn der Kapitän rasch. „Es liegt auf Reede vor dem Hafen. Ich hatte Euch im allerletzten Moment an Deck der Seeigel gesehen und bin sofort zurückgesegelt. Das Manöver hat bei dem widrigen Wind recht lange gedauert und mit der Ebbe in den Hafen zu fahren, wäre Wahnsinn gewesen. Ich brauche dringend Eure Hilfe."

Amin nahm Carvalho den Umhang ab und machte genau so große Augen wie Rodrigo. Ein junges Mädchen kam unter dem weiten Mantel zum Vorschein. Und, wenn sie nicht beide irrten, genau das, welches sie in der Kajüte des Kapitäns gesehen hatten.

Amin hängte den Umhang auf einen Stuhl neben den Herd auf und brachte Tücher, damit sich die beiden wenigstens etwas abtrocknen konnten. Rodrigo bat sie kurzerhand ins sein Arbeitszimmer, weil die Polster des Salons doch sehr unter der Feuchtigkeit leiden würden.

Stella schaute genau so ungläubig wie Rodrigo, als sie den späten Gast erkannte. Sie legte überaus beunruhigt die Warenliste beiseite, welche sie noch einmal mit den Augen überflogen hatte.

Der Kapitän begrüßte die Frau des Hauses wie immer mit Handkuss. „Senhora Alvarez, Ihr seid meine einzige Hoffnung."

Stella erschrak über den beinahe resignierten Tonfall, bot den Gästen Plätze an, bat Amin um Tee für alle und bedeutete Carvalho, zu sprechen.

„Es geht um sie", erklärte er, auf das Mädchen deutend. „Klingt vielleicht herabwürdigend, aber ich muss sie dringend in liebevolle Hände abgeben. Auf meinem Schiff kann sie nicht bleiben, sonst beginnt die Mannschaft, und das ganz zu recht, zu meutern.

Wie alt sie ist, kann ich Euch nicht sagen. Ich habe sie einem Kerl buchstäblich unter dem Beil weggerissen, mit dem er sie enthaupten wollte. Fragt mich nicht warum, ich weiß es nicht. Sie dauerte mich und da habe ich sie mitgenommen. Ein paar Tage ist ein anschmiegsames Weibchen im Bett ja nicht übel. Aber für einen alten Seebären wie mich, auf Dauer zu anstrengend.

Nicht der Potenz wegen!", rief er, Rodrigo auf das anzügliche Lachen mit dem Finger drohend. „Ich kann es nicht haben, wenn den ganzen Tag jemand an mir klebt. Auf einem Schiff gibt es nicht so viele Möglichkeiten, sich wirklich aus dem Weg zu gehen. Ehe es deswegen und wegen meiner Männer Ärger gibt, möchte ich sie lieber hergeben.

Ich habe schon in allen möglichen Häfen versucht, sie in guten Dienst zu vermitteln. Vergeblich. Sie gerettet zu haben, damit sie woanders vor die Hunde geht, ist wirklich nicht, was ich will."

Ein kurzer Blickwechsel zwischen Rodrigo und Stella. „Macht Euch keine Sorgen, wir werden uns um sie kümmern. Ich hatte sowieso vor, mir ein vertrauenswürdiges Hausmädchen zuzulegen."

„Danke, Senhora." Carvalho atmete auf. „Sollte ich ihr ein Andenken hinterlassen haben, na Ihr wisst schon, dann sagt es mir. Ich werde dafür geradestehen."

Von einem ganzen Sorgenberg befreit, fragte er: „Was habt Ihr in Singapur erlebt und erreicht? Erzählt!" Er schaute neugierig in die Runde.

Rodrigo berichtete in wenigen Sätzen, was sich zugetragen und, dass Stella ihr Erbe angetreten hatte.

Der Kapitän hörten äußerst aufmerksam zu und maß die Drei mit wertschätzenden Blicken. „Unter diesen Umständen kann ich verstehen, dass Eure Frau ein Hausmädchen nehmen möchte. Ihr habt ja nun mehr als die doppelte Arbeit."

Stella nickte schmunzelnd und zeigte auf die Liste. „Amin hat sich schon erstklassig in den ganzen Kram eingearbeitet."

„Wundert mich überhaupt nicht", erklärte Carvalho überzeugt und setzte für das Mädchen erklärend hinzu: „Das ist nämlich der Mann, der das geniale Bild von meinem Schiff gemalt hat." Worauf Amin fast ehrfurchtsvolle Blicke aus einem schmalen Gesicht trafen.

Carvalho erhob sich. „Ich muss zurück aufs Schiff. In drei Stunden stechen wir in See. Danke für die riesengroße Hilfe."

Er verabschiedete sich herzlich von allen. Das zukünftige Hausmädchen schaute ihm wehmütig hinterher.

Stella brachte es auf den Punkt. „Carvalho ist schon ein Mann, der bei Frauen einen tiefen Eindruck hinterlässt. Er hat dich sicher immer gut behandelt", wandte sie sich an das Mädchen, das seine Herrin trotz allem etwas ängstlich musterte.

„Ja, das hat er."

„Vor uns musst du auch keine Angst haben. Amin wird dir alles zeigen und dir deine Aufgaben zuteilen. Ihm musst du genau so gehorchen wie uns."

„Ja, Herrin." Sie warf Amin einen scheuen Blick zu.

Die beiden Männer standen noch im Flur. Rodrigo nickte zu Stellas Worten und raunte Amin ins Ohr: „Ein Rat unter Männern: Wenn du sie für dich begeistern möchtest, werde ich nichts dagegen haben. Selbst dann nicht, wenn du nicht begeistert bist und trotzdem ein wenig Spaß haben willst. Nachdem sie dem Kapitän gehört hat, wäre sie woanders für alle Freiwild."

Amin antwortete nur mit den Augen.

„Wie heißt du?", fragte Rodrigo das Mädchen, weil darüber noch kein Wort gefallen war.

„Suria."

„Das heißt Sonne", gab Amin Auskunft.

„Interessant", sagte Rodrigo. „Der Name meiner Frau bedeutet Stern", erklärte er Suria.

„Was heißt eigentlich Amin?", fragte Stella.

„Der Vertrauenswürdige", ließ sich Suria leise und etwas ängstlich vernehmen, weil man sie nun sicher für sehr vorlaut halten werde.

Stattdessen staunte Rodrigo. „Das ist er in allen Punkten."

„Rodrigo – der Ruhmreiche", ergänzte Stella und das trifft auch voll ins Schwarze.

„Und alles zur richtigen Zeit am richtigen Ort", orakelte Rodrigo. „Ich glaube an die Vorsehung, denn so viele Zufälle gibt es nicht."

Stella unterdrückte mühsam ein Gähnen. „Es ist schon spät. Lasst uns rasch noch über die unausweichlichen Veränderungen im Haus sprechen. Amin bekommt das Zimmer am Ende des Ganges", bestimmte sie. „Suria zieht dafür in die Gesindekammer ein."

„Einverstanden. Dann hat er auch einen großen Tisch zum malen und mehr Licht durch das größere Fenster." Rodrigo hieß die Entscheidung mit sichtbarer Freude gut.

Suria hörte aufmerksam zu. Keine Angst haben zu müssen, schien wahr zu sein.

Rodrigo schmunzelte: „Außerdem führt nun kein Weg mehr an einem eigenen Kutschwagen vorbei. Auch nicht an einem Zugpferd, denn unsere beiden edlen Wallache werden wir kaum dazu missbrauchen."

„Dann wisst Ihr ja gleich, was Ihr mit Amin in den nächsten beiden Tagen bevorzugt erledigen müsst", legte Stella fest.

„Ich bringe gleich meine Sachen in das andere Zimmer, damit sich Suria oben zur Ruhe legen kann", erwiderte Amin. „Ein Öllämpchen lasse ich dort, damit sie nicht im Finsteren sitzt. Habt Ihr noch eine Decke für sie?"

„Natürlich." Stella nahm Suria mit in jenes Zimmer, das sie Amin zugedacht hatte, damit sie sich Kissen und Decke von da holen konnte. Denn Amin kam ihnen gerade mit dem ersten Stapel seine Habe entgegen.

„Du hast keine persönlichen Dinge auf dem Schiff gehabt?", vergewisserte sich Stella noch einmal.

„Nein, mir gehören nur das was ich am Leib habe und mein Leben. Und das nicht einmal wirklich", flüsterte Suria.

Stella legte ihr dem Arm um die Schulter. „Damit eines klar ist, du bist hier als Dienstmädchen und nicht als Sklavin. Kapitän Carvalho weiß das ganz genau. Sonst hätte er dich nicht mitten in der Nacht hierher gebracht.

Du wirst bekommen, was du brauchst und wenn du deinen Dienst ordentlich verrichtest, auch noch ein bisschen mehr. Gute Nacht, Suria."

„Gute Nacht, Herrin und vielen Dank für Eure Freundlichkeit."

Auf neuen Pfaden

Suria war von den Ereignissen des Tages völlig fertig. Sie schlief sofort ein, als ihr Kopf auch nur das Kissen berührte. Die anderen im Haus brauchten noch eine Weile, um das Geschehen zu analysieren.

Amin lag mit offenen Augen in den Schwärze der Nacht, hörte auf das Trommeln des Regens und ließ sich Rodrigos Worte immer wieder durch den Kopf gehen. Vielleicht fand ihn das neue Hausmädchen ja nicht ganz unsympathisch. Sie war keine Schönheit. Eher eine Blume, die bisher im tiefen Schatten wachsen musste und nie die Möglichkeit gehabt hatte, ihre Blüte richtig zu entfalten.

Irgendwann schlief Amin ein und träumte wirres Zeug. Die Geschehnisse aus Singapur, von den Schiffspassagen und des plötzlichen Besuchs Carvalhos verwoben sich zu einem beängstigenden Chaos an Bildern, die einfach nicht zusammenpassen wollten.

Stella und Rodrigo schoben recht bald die ganzen Sorgen für den nächsten Tag beiseite und widmeten sich lieber inniger Zweisamkeit. Die unterschwellige Angst, noch einmal überfallen zu werden, hatte sie in der Herberge daran gehindert, Zärtlichkeiten zu tauschen. Auch waren die Räumlichkeiten nicht dazu angetan gewesen, sich wirklich wohlzufühlen.

„Zu Hause ist es am allerschönsten", hauchte Stella, sich rundum glücklich in Rodrigos Arme schmiegend.

Er zog sie als Antwort fest an sich.

Der neue Tag begann mit strahlendem Sonnenschein. Amin sprang etwas irritiert aus dem Bett, weil die Strahlen hier in seinem neuen Zimmer in einem anderen Winkel einfielen. Zuerst glaubte er, er habe verschlafen. Schuld war nur das große Fenster, das viel mehr Licht hereinließ, als er gewohnt war.

Kaum öffnete er die Tür, erklangen leise Schritte auf der Treppe. Suria hatte schon auf der oberen Stufe gesessen und gewartet, weil sie sich nicht auskannte.

Flüsternd führte Amin sie durch das Haus, zeigte ihr, wo sie sich waschen und zur Toilette gehen konnte. Suria beeilte sich sehr, um ihn bloß nicht warten zu lassen. Schon die Ausstattung der Küche bestärkte sie in der Annahme, nicht nur bei wohlhabenden, sondern sehr wohlhabenden Herrschaften im Dienst zu stehen.

Von der Unterhaltung der letzten Nacht, hatte sie nicht allzu viel begriffen. Sie sprach zwar ganz passabel portugiesisch, konnte aber dem sehr schnellen Plauderton nicht folgen. Die anderen hatten das sofort gemerkt und trotz ihrer Anwesenheit über alle Themen gesprochen.

Stella steckte den Kopf zur Tür herein. „Guten Morgen!"

„Guten Morgen!", entgegneten auch die beiden mit dem gleichen Lächeln.

„Wie war die erste Nacht in unserem Haus?", fragte Stella Suria.

„Sehr gut. Ich habe ganz fest geschlafen."

„Das freut mich." Stella wandte sich Amin zu. „Und wie gefällt dir dein neues Zimmer?"

„Alles bestens. Ich werde vielleicht noch ein wenig umräumen."

„Oh je, das war das Stichwort. Ihr müsst mir heute helfen, meine ganzen Kisten und Körbe zu sichten. Aber erst wird gefrühstückt, sonst fallen wir vor Schwäche um. Ich stelle schon das Geschirr bereit."

Amin trug das schwere Tablett, Suria die Kaffeekanne.

„Du wirst mit bei uns am Tisch sitzen." Rodrigo wies Suria einen Platz zu.

Amins dankbares Lächeln nahmen die Alvarez' mit einem Blinzeln entgegen. Suria ließ sich ganz verschüchtert auf dem Stuhl nieder. Noch niemals hatte sie in einem Raum mit den Herrschaften essen dürfen und erst recht nicht am gleichen Tisch. Auch auf dem Schiff musste sie allein bleiben, während der Kapitän mit seinen Männern in der Messe die Mahlzeiten einnahm.

Nun schenkte sie den Kaffee in drei Tassen aus, ließ ihre aber leer.

„Magst du keinen Kaffee", fragte Stella.

Suria schüttelte ganz zaghaft den Kopf und hauchte kaum hörbar: „Nein."

„Dann bekommst du eben Tee." Stella hob die Schultern. „Na husch! Brüh dir schnell welchen auf!"

„Bleib sitzen", warf Amin ein. „Der steht viel zu weit oben. Ehe du ihn gefunden hast, ist Mittag. Ich mach dir welchen." Er ging rasch ans Werk.

Nun traute sich Suria kaum noch, den Blick zu heben. Sie wurde feuerrot, als Amin die kleine Kanne hereinbrachte. „Vielen, vielen Dank."

„So richtig oft haben deine Wünsche wohl niemanden interessiert", stellte Rodrigo treffend fest.

Ein verschämtes Kopfnicken.

„Sonst hast du wohl Saft getrunken?", fragte Stella, weil ihr das gerade in den Sinn kam.

„Nein, Wasser aus der Pferdetränke", flüsterte Suria, das Gesicht verziehend, als begänne sie gleich zu weinen.

Alle Drei schauten sie entsetzt an.

„Nur bei Kapitän Carvalho habe ich Tee und richtiges Essen bekommen", fügte sie schnell hinzu. „Er ist sehr gütig."

„Lass es dir gut schmecken und fass zu, bis du wirklich satt bist", sagte Rodrigo. „Ein leerer Magen ist kein guter Wegbegleiter."

„Wie lange könnt Ihr heute Amin entbehren?", fragte Stella.

Rodrigo überlegte. „Ich denke, bis zum Mittagessen kann er Euch helfen. Dann müssen wir dringend im Speicher nach dem Rechten sehen."

„Gut. Am Nachmittag werde ich mit Suria auf den Markt gehen", erklärte Stella. „Wir werden ein bisschen Kleinkram holen. Die großen Einkäufe muss Amin morgen tätigen."

Kaum war der Tisch abgeräumt, das Geschirr abgewaschen, begann Amin die Kisten zu öffnen. Natürlich zuerst jene, die für Stella am wertvollsten waren. Sie hob mehrere kleine Schatullen heraus.

„Die kommen in Rodrigos Arbeitszimmer und müssen eingeschlossen werden", erklärte sie, eine kurz öffnend und nur Amin einen Blick auf den Inhalt gewährend.

„Verstanden." Amin trug den überaus wertvollen Schmuck allein an den angegebenen Ort und bat Rodrigo, diesen sofort sicher zu verwahren.

Das, was weniger kostbar und für den täglichen Gebrauch war, ließ sie auf das Schränkchen neben ihrem Bett stellen. Diesmal durfte Suria Amin begleiten, um gleich auch noch diese Örtlichkeit kennenzulernen.

Sämtliche Winterkleidung blieb in den geschlossenen Kisten und Amin trug sie mit Suria zusammen auf den Boden. Fast 20 Kleider aus den anderen Kisten wanderten in Stellas Schrank.

Sogar Amin staunte, welch prachtvolle Exemplare sich darunter befanden. Suria war bisher der Überzeugung gewesen, solche Garderobe könne nur einer Königin gehören. Sie fasste die Stoffe äußerst vorsichtig und beinahe ehrfürchtig an.

Zuletzt sichtete Stella die vier Reisekörbe, die ihrem Vater gehört hatten.

„Was werdet Ihr mit alldem tun?", fragte Rodrigo etwas ratlos.

Stella deutete auf die besonders teuren Stücke. „Dies lasse ich für Amin abändern. Dann hat er eine Auswahl für geschäftliche Anlässe und sehr gute Feiertagskleidung. Den Rest werde ich für wohltätige Zwecke weggeben."

Sie beauftragte Amin und Suria mit dem Kochen, um selber ganz in Ruhe noch einmal ihre Habe sortieren zu können.

Amin gab klare Anweisungen. Suria hatte seit dem Frühstück, wo er ihr extra Tee gebracht hatte, auch keine Angst mehr vor ihm. Die Zusammenarbeit machte Spaß, denn er schlug sie auch nicht, als sie versehentlich ein Messer fallen ließ und gleich noch einen leeren Krug mit umstieß. Ja, er schimpfte nicht einmal.

Mit stoischer Ruhe schwenkte er den Wok, schmeckte das Gemüse ab und erklärte ihr ganz genau, warum nur wenig Gewürz daran durfte.

Suria trug das Essen auf, füllte die Teller und war über die freundlichen Blicke ihrer Herrschaften glücklich. Sie hatte ein Dach über dem Kopf, ein eigenes Bett in einem eigenen Kämmerchen und niemand quälte sie aus Langeweile.

Amins Essen schmeckte vorzüglich und sie dankte im Stillen Senhor Carvalho, der sie hierher gebracht hatte.

„Du siehst heute etwas entspannter aus", schmunzelte Stella.

„Ich bin es, Herrin", bestätigte Suria.

„Ihr kommt miteinander klar?", wandte sich Rodrigo an Amin.

Der nickte. „Ja, alles läuft reibungslos."

„Sehr gut. Suria, achte heute auf alles, was Amin tut. Ab morgen sind sehr viele Dinge davon allein deine Aufgabe", erklärte Rodrigo.

„Jawohl, mein Herr." Suria war froh, überhaupt noch eine kurze Galgenfrist zu haben. Woanders hätte man sie buchstäblich ins eiskalte Wasser geworfen.

„Vor allem, frage, wenn du etwas nicht weißt oder anderweitig Hilfe brauchst", bat Stella. „Hier ist alles auf einen großen starken Mann eingerichtet. Ein schmächtiges Mädchen wird damit nicht immer zurechtkommen."

Das hatte Suria schon gemerkt, als es um den Tee ging. Sie hätte auf einen Stuhl steigen müssen, um das Beutelchen vom Regal nehmen zu können. Auch der Wasserkessel hatte eine Größe, die sie nicht handhaben konnte. Sie war deshalb zweimal mit einem Krug gelaufen, um ihn zu füllen.

Amin hatte aus einem Impuls heraus helfen wollen, es sich aber sofort verkniffen. Suria musste versuchen, auf ihre Weise die schwierigen Aufgaben zu lösen. Für wirkliche Notfälle werde er immer ein offenes Ohr haben.

Als die Männer zu den Speichern liefen, rief Stella nach Suria. „Komm, wir beide gehen auf den Markt. Nimm den mittleren Korb und verliere mich nicht aus den Augen. Und falls wir doch getrennt werden, dann fragst du nach dem Haus Alvarez."

Suria nickte und folgte ihrer Herrin mit zwei Schritten Abstand.

Stella blieb stehen. „Komm ruhig heran. Ich beiße nicht und möchte mich gern ein bisschen mit dir unterhalten. Außerdem habe ich dich so besser im Auge, damit du mir nicht verloren gehst."

Suria versuchte, sich wenigstens ein paar Gesichter der vielen Menschen zu merken, die ihre Herrin ehrerbietig grüßten. Stella grüßte auch ausnahmslos alle zurück, egal ob reich oder bettelarm.

Man mag sie wohl überall sehr, weil sie so freundlich ist, überlegte Suria und freute sich, wenn sie selbst neugierig gemustert wurde. Sie wunderte sich nur, dass ihre Herrin, Besitzerin unglaublich vieler schöner Kleider, ausgerechnet zuerst an jenen Ständen stehen blieb, wo es welche zu kaufen gab.

Stella prüfte die Stoffe, verglich, ließ sich noch ein paar Sachen aus dem Korb zeigen und kaufte genau die beiden Stücke, die auch Suria am besten gefielen. Woanders kam noch ein Tuch hinzu, dessen Farbe sich in beiden Kleidern wiederfand.

Senhora Alvarez zahlte, packte die Sachen in den Korb, wünschte einen schönen Tag und flanierte mit Suria weiter zwischen den Ständen herum.

„Heute ohne Amin?", staunte der Gemüsemann, als Stella selbst den Einkauf zusammenstellte.

„Er ist mit meinen Mann unterwegs und die beiden sind sehr beschäftigt", entgegnete Stella lächelnd. „Dafür habe ich Suria mitgebracht, unser neues Hausmädchen. Sie wird nun öfter bei dir einkaufen."

Der Gemüsemann betrachtete das zierliche Mädchen skeptisch.

Stella lachte. „Die großen Einkäufe erledigt weiterhin Amin. Suria müsste sonst ja drei Mal laufen, um alles nach Hause zu bringen."

Suria glaubte, sich verhört zu haben. Es gab tatsächlich vier Menschen auf der Welt, die es ehrlichen Herzens interessierte, was mit ihr geschah. Der Erste war Kapitän Carvalho gewesen.

Der Gemüsemann schmunzelte. „Ihr müsst das halbe Hühnchen wohl noch ein bisschen füttern, damit einmal eine richtig Henne daraus wird."

Suria wurde puterrot und Stella begann zu lachen. Sie drohte dem blinzelnden Händler lustig mit dem Finger und verabschiedete sich. Suria eilte ihr rasch mit dem Korb hinterher.

„Darfst es ihm nicht übel nehmen", erklärte sie. „Er ist ein lustiger Geselle, der ganz einfach sagt, was er denkt. Wenn du ihn richtig kennst, wirst du ihn mögen."

Da war sich Suria nicht so sicher. Sie fürchtete sich jetzt schon ein bisschen, allein Gemüse kaufen zu müssen.

Auf dem Rückweg kamen sie noch einmal da vorbei. Der Händler winkte ihnen schon von Weitem zu. Stella änderte auch sofort die Richtung.

„Ich habe was", flüsterte der Mann. Er fasste in einen Korb und holte eine reife, saftige Mango heraus, welche er aufschnitt, um den großen Kern zu entfernen. „Nur eine kleine Kostprobe, weil sie im Moment noch selten sind."

„Isst du keine Mango?", fragte er, weil Suria unentschlossen stehen blieb.

„Sie ist noch etwas ängstlich", verriet Stella und nickte Suria zu. „Na, nimm schon."

„Vielen, vielen Dank", flüsterte das Mädchen, sofort von dem wundervollen Geschenk kostend.

„Oh je, dann habe ich sie vorhin wohl völlig verschreckt?", überlegte der Mann laut.

Stella nickte und hob gleichzeitig die Schultern.

„Keine Angst, Suria, wir beide raufen uns schon zusammen", schmunzelte er.

Suria nickte ganz vorsichtig, zumal sie ja gar keine andere Wahl hatte. Außerdem schien der Mann mit dem kullerrunden Gesicht doch ganz nett zu sein, wenn er ihr auch ein Stück der begehrten Frucht geschenkt hatte. Ihr gelang sogar ein winziges Lächeln, beim auf Wiedersehen sagen.

Stella wählte den gleichen Weg, um nach Hause zu gelangen, damit sich Suria schnell eingewöhnen konnte. Das Haus der Alvarez' wirkte bei Tageslicht freundlich und einladend. Genau so, wie seine Bewohner waren.

Sie mochte kaum noch glauben, wie sehr sie in der Nacht vor der Tür gezittert hatte, wirklich hierbleiben zu müssen. Dabei hatte ihr Senhor Carvalho immer wieder versichert, dass sie es gut haben werde. Er hatte recht behalten.

„Senhora Alvarez! Senhora Alvarez!" Ein kleiner Laufbursche kam die Gasse hinaufgehastet, als Stella gerade die Haustür aufschließen wollte. Er brachte einen versiegelten Brief.

Stella dankte und schenkte dem Knaben eine Münze. Der ließ sie lachend in seiner Hosentasche verschwinden und hüpfte pfeifend den Weg zurück, wie es kleine Kinder gern und oft taten. Suria schaute ihm lächelnd nach.

Rasch lief sie ihrer Herrin hinter, die schon an der Küchentür wartete. Sie nahm das Gemüse vorsichtig aus dem Korb und das große Bananenblatt, welches darunter gelegen hatte, um die Kleider auf dem Boden des Korbes vor Schmutz zu schützen.

„Was sonst noch drin ist, trägst du in deinen Schrank", wies Stella an.

Suria stand da, wie vom Donner gerührt. „Das ist für mich?" Dabei schwang soviel Zweifel in ihrer Stimme mit, dass Stella zu lachen anfing.

„Aber ja! Das ist alles für dich. Du bist bei einem der wohlhabendsten Männer Malakkas angestellt, entsprechend solltest du angezogen sein."

Das Mienenspiel verriet, wie schwer es Suria fiel, zu begreifen, dass sie hier wirklich frei und keine Sklavin war. Ein Blick an sich hinunter zeigte auch, wie abgenutzt das Kleid schon aussah, das ihr Kapitän Carvalho vor Monaten gekauft hatte.

Suria nickte heftig und beeilte sich, den Auftrag zu erfüllen. Sofort kam sie zurück. Für diesen einen Tag werde es das alte Kleid noch tun, zumal sie nicht noch einmal damit in die Öffentlichkeit musste.

Weil bis zur Rückkehr der Männer noch genügend Zeit war, bot Stella ihr an, ein Bad zu nehmen. Suria nahm mit riesengroßer Freude an. Es war schon ewig her, dass sie Baden konnte. Entsprechend hatte sie die gründliche Morgenwäsche genossen.

Stella zeigte ihr, wo alles zu finden war, schenkte ihr noch ein Fläschchen Badeöl und widmete sich, bis Suria zurückkam, dem Studium der alten Geschäftspapiere ihres Vaters.

Suria erschien mit strahlendem Lächeln und in einem der neuen Kleider. Sie hatte sogar ihr Haar geflochten und mit einer hölzernen Nadel hochgesteckt, die sonst Jutesäcke verschloss.

Stella staunte. Wenig später fanden sich auch die Männer ein. „Oho!", machte Rodrigo überrascht. Amin schaute gleich mehrmals hin. Ihm wurde schlagartig klar, dass er sich auf jeden Fall bemühen werde, mindestens auf Tuchfühlung zu kommen.

Die gute Behandlung und der geregelte Tagesablauf bei den Alvarez' mussten sicher dafür sorgen, die dunklen Schatten unter Surias Augen verschwinden zu lassen und ihr ein paar dringend nötige Pfunde auf die Rippen zu zaubern.

Für den späten Nachmittag bekam Suria den Auftrag, Wäsche zu waschen, während sich Stella der Schreibstunde mit Amin widmete. Er hatte täglich geübt und konnte beinahe fehlerfrei, wenn auch noch langsam, einfache Diktate schreiben. Mit dem Lesen klappte es noch besser.

Stella war im Besitz mehrerer gedruckter Märchenbücher. Das brachte sie auf eine Idee. Nach dem Abendbrot bat sie Amin, ihr daraus vorzulesen, wobei Suria mit zuhören durfte, um besser Portugiesisch zu lernen.

Dass er lesen und schreiben konnte, ließ Suria fast ehrfürchtig werden. Entsprechend gab sie sich Mühe, die Texte zu verstehen, obwohl sie einem völlig fremden Kulturkreis entstammten. Aber die Moral der Geschichten passte auch in ihre Welt.

Amin merkte in den nächsten Tagen rasch, dass ein kleiner Funke echter Zuneigung bei Suria aufflammte. Genauso fiel ihm auf, wie gern Stella seiner tiefen Stimme lauschte. Rodrigo wunderte sich am Anfang, wie mucksmäuschenstill es nebenan zuging. Er steckte den Kopf zur Tür herein und setzte sich nach wenigen Augenblicken mit ins Publikum des Märchenerzählers.

„Wenn du das zu Weihnachten beim Gouverneur machst, bist du der Größte für die Kleinen", prophezeite Rodrigo.

„Geniale Idee!", rief Stella. „Wir suchen ein Märchen mit einem Bären heraus. Du bist der Erzähler, der Bär und die Männer und ich lese das Bärenjunge, die Kinder sowie die Frauen."

Die Zeit bis Dezember verging wie im Fluge. Die beiden Akteure probten ihr Stück, bis es perfekt war. Suria schaute inzwischen zu Amin wie zu einem Halbgott auf. Sie drückte beiden ganz fest die Daumen, dass die Aufführung genau so grandios wie die Proben sein möge.

„Sei nicht traurig, dass du nicht mitgehen darfst", tröstete Rodrigo Suria. „Morgen feiern wir mit dir auch noch ein bisschen."

Der Gouverneur und die vielen Gäste glaubten zu träumen, als Stella Amin in den Sessel des Märchenerzählers bat und sich selber neben ihn auf einen Stuhl setzte. Die Augen wurden noch größer, weil tatsächlich Amin das Buch aufschlug und mit der Geschichte begann.

Die Kinder hörten mit heißen Ohren zu und zuckten jedes Mal zusammen, wenn der gefährliche Bär laut brummte.

Am Ende gab es stehende Ovationen für die beiden Künstler. Weil die Kinder so bettelten, las ihnen Amin noch ein anderes Märchen vor. Reich mit Geschenken beladen und erfreut über die Achtung, die man ihm entgegengebracht hatte, kehrte er nach Hause zurück.

Die Alvarez feierten mit den Mitgliedern der christlichen Gemeinde weiter das Weihnachtsfest.

Suria freute sich für Amin. Er hatte die vielen Gaben redlich verdient.

„Du kannst Feierabend machen", sagte er, sich in der Küche einen Schluck Wasser holend.

„Darf ich baden?", fragte Suria mit einem Augenaufschlag, der Amins Herz schneller pochen ließ.

„Warum nicht? Die beiden kommen irgendwann nach Mitternacht. Lass dir ruhig Zeit und die Tür offen, wenn du jemanden zum Rückenwaschen brauchst."

Suria lächelte amüsiert und huschte an ihm vorbei durch die Tür.

„Ich Idiot!", stöhnte Amin. „Jetzt hält sie mich garantiert für den letzten Volltrottel."

In seinem Kummer, es sich mit ihr verdorben zu haben, bemühte er sich etwas intensiver um die Fellpflege der Pferde.

Suria

Auf dem Weg in sein Zimmer ging er an der Tür des Wasch- und Baderaumes vorbei. Mehr in einem Reflex als mit Absicht drückte er die Klinke. Die Tür sprang auf.

„Ich habe gehofft, du würdest kommen", flüsterte Suria.

Amin ging zweite Schritte auf den Badezuber zu, wobei er hinter sich die Tür schloss, was wohl auch eher Gewohnheit als durchdachte Absicht war.

„Steht das Angebot noch, mit dem Rückenwaschen?", hörte er sie leise fragen.

Er trat noch einen Schritt näher. „Es steht noch", erwiderte er, nachdem sich etwas von der ersten Überraschung erholt hatte. Die Ärmel aufkrempelnd fragte er: „Nur den Rücken?"

„Wenn du möchtest, dann gern mehr." Suria schenkte ihm erneut einen Augenaufschlag, dass ihm heiß und kalt zugleich wurde. Das, was er jetzt schon sehen konnte, zeigte, dass sich aus dem halben Hühnchen, wie sie der Gemüsemann genannt hatte, ein sanft an den richtigen Stellen gerundeter Körper entwickelt hatte, den es ganz sicher zu streicheln lohnte. Und wohl auch noch ein bisschen mehr.

Amin stellte sich hinter sie. Doch statt mit dem Rücken zu beginnen, huschten seine Hände rasch über ihre Brüste. Unter dem Stoff ihres Kleides hatte er manchmal erahnt, dass sie gerade hier dank geregelter Mahlzeiten kräftig zugelegt hatte.

In den letzten Tagen waren ihm ihre Blicke regelrecht unter die Haut gefahren und er hatte immer wieder überlegt, ob er sich nicht nur alles einbildete. Das dem nicht so war, fand er heraus, als sie es sichtlich und deutlich hörbar genoss, wie seine Fingerspitzen zwischen ihre Schenkel huschten und tief in sie eindrangen.

Eingedenk der Tatsache, dass sie Carvalhos Bettgespielin gewesen war, nahm sich Amin auch nicht sonderlich zurück.

„Was hältst du davon, nach dem Bad zu mir zu kommen?", flüsterte er ihr ins Ohr.

„Sehr viel."

„Im Bett ist es sicher gemütlicher", fügte Amin noch hinzu, um klare Fronten zu haben. Er streichelte ihr Wange und ging.

Suria schloss für einen Moment wohlig die Augen. *Der Vertrauenswürdige* machte seinem Namen alle Ehre. Sie hatte sogar damit gerechnet, er werde sich wie ein Tier auf sie stürzen. Dass er es nicht tat, rückte ihn auf ihrer Punkteskala ganz nach oben. Sie beeilte sich, aus dem Wasser zu kommen, den Zuber zu leeren und alles in ordentlichem Zustand zu hinterlassen.

Vor Amins Tür blieb sie dennoch einen Augenblick zögernd stehen. Dann kratzte sie zwei Mal mit den Fingernägeln leicht am Holz und trat ein.

Amin hatte am Fenster gestanden. Nun drehte er sich um, kam ihr entgegen, zog sie in die Arme und küsste sie ohne Vorwarnung. In der nächsten halben Stunde fiel nicht ein Wort. Damit wirkte der Zauber dieses Abends noch intensiver.

Suria kannte Regungen, die Amin höchsten Genuss bereiteten. In ihm keimte langsam der Verdacht, Carvalho sei nicht der erste Mann in ihrem Leben gewesen. Als sie später eng aneinandergekuschelt lagen, sprach Amin das Thema an, zumal sie höchstens achtzehn Jahre sein konnte.

Suria drückte ihr Gesicht an seine Brust. „Ich habe diese Frage befürchtet, aber auch erwartet", begann sie leise zu erzählen. „Alles werde ich dir berichten, nur nicht, wo es genau geschehen ist."

„Aus Angst, dass man dir noch einmal ans Leben will?", fragte Amin.

Suria nickte und fuhr in ihrem Bericht fort. „Meine Mutter war als junges Mädchen an einen der Fürsten ganz im Norden verkauft worden. Sie muss einmal sehr hübsch gewesen sein." Suria seufzte. „Man brachte sie in jenen Teil der Palastanlage, in dem die Konkubinen des Prinzen untergebracht waren. Knaben, die von diesen Frauen geboren wurden, verkaufte man stets weiter, Mädchen behielt man meist und machte sie, kaum dass sie halb erwachsen waren, auch zu Konkubinen."

Amin drückte Suria fester an sich. Er hatte schon mehr als ein Mal davon gehört, was den Frauen und Mädchen dort blühte.

„Ich habe nicht den Idealen geglichen, die man in die Gespielinnen des Prinzen und seiner Gäste setzte. Entsprechend abfällig wurde ich behandelt", fuhr Suria kaum hörbar fort. „Man behielt mich wohl nur dort, weil ich von irgendeinem anderen Prinzen gezeugt worden war. Ich musste die schlimmsten und ekelhaftesten Dinge tun, die man den anderen Mädchen nicht zumuten wollte." Suria zog die Nase hoch. Aber sie wollte stark sein und nicht mehr wegen der Vergangenheit weinen. Das hatte sie schon viel zu oft getan.

„Eines Tages waren die Männer völlig betrunken. Ich musste gleich vier von ihnen bei Laune halten. Sie wurden im Laufe des Abends immer brutaler. Irgendwann ertrug ich die Schmerzen nicht mehr und wehrte mich, was mein Todesurteil war."

Sie schwieg eine Weile, um endlich weitersprechen zu können. „Ich könnte nicht einmal sagen, welcher der Vier es war. Einer packte mich mit beiden Händen um den Hals, begann mich zu würgen und zerrte mich, wohl, weil er mich für tot hielt, zum Fluss.

Es war schon mehrmals vorgekommen, dass tote Mädchen da entsorgt wurden. Um ganz sicher zu sein, wollte er mir den Kopf abschlagen. Kapitän Carvalho hat ihm, wie er mir später erzählte, im allerletzten Moment das Beil aus der Hand geschlagen.

Der Kapitän hat mich in seinen Umhang gewickelt, auf seine Schulter geworfen, mitgenommen und sofort auf sein Schiff gebracht. Als ich irgendwann aufwachte, lag ich in einem Bett, das ziemlich heftig schwankte und ein großer bärtiger Fremder schaute mich mitleidig an.

Es dauerte ziemlich lange, bis ich begriff, dass ich auf einem Schiff und in Sicherheit war. Der Kapitän schenkte mir ein Kleid und Sandalen, weil er mir buchstäblich nur das nackte Leben retten konnte.

Er hat mich immer sehr gut behandelt. Auch hat er mich nicht gezwungen, ihm im Bett zu Willen zu sein. Er hat mir echte Zärtlichkeiten geschenkt, die ich gern erwidert habe. Im Grunde genommen hat er es mich erst gelehrt, Lust durch einen Mann zu empfinden. Auch hat er es nie als Druckmittel oder, um Dank zu heischen, gesagt, dass er mich gerettet habe.

Und nun bin ich hier. Ich glaube, das, was ich dir gegenüber empfinde, ist Liebe, die ich nie vorher kennengelernt habe."

Amin streichelte sie, küsste ihre Stirn und versprach: „Egal, wie du dich irgendwann entscheidest, ich werde immer für dich da sein."

„Du bist auch nicht böse, wenn es mich plötzlich nach mehr drängt, als nach einer flüchtigen Umarmung?"

„Im Gegenteil. Gib mir ein Zeichen und wir finden einen Weg. Ich werde dich niemals zu etwas drängen. Auch, wenn du mir gehorchen musst, was den Dienst betrifft, bist du nicht meine Sklavin und auch nicht mein Spielzeug." Amin tupfte ihr mit dem Finger auf die Nasenspitze.

„Bitte lass mich dir jetzt noch einmal von ganzem Herzen Freude schenken. Dann werde ich in meine Kammer gehen. Ich möchte nicht, dass du meinetwegen Ärger bekommst." Suria setzte sich rittlings auf seine Schenkel.

Amin nahm dankend an. Er lag noch die halbe Nacht wach, ehe er wenigstens etwas zur Ruhe kam. Die Grausamkeiten, die Suria widerfahren waren, hatten ihn bis ins tiefste Innere aufgewühlt. Er hörte, wie die Alvarez' nach Mitternacht zurückkamen und ein paar andere Nachtschwärmer, die weniger still den Weg nach Hause suchten.

Schließlich stand er auf und begann zu malen.

Noch vor dem Morgengrauen holte er Wasser aus dem Brunnen und erledigte eine Menge ungeliebten Kleinkram, der zu Surias Aufgabengebiet gehörte. Sie glaubte zu träumen, als sie in die Küche kam, um ihren Dienst zu verrichten.

„Ich konnte nicht schlafen und dachte, ich mache mich ein bisschen nützlich", erklärte Amin lächelnd.

Suria stellte sich auf die Zehenspitzen, hauchte ihm einen Kuss auf die Lippen. „Danke!"

Amin erwiderte den flüchtigen Kuss, blinzelte und flüsterte ihr ins Ohr. „Ich mag dich sehr. Oder besser: Ich liebe dich."

„Oh!" Suria wurde flammend rot. Amins Worte machten sie überglücklich.

Weil im Haus eine Tür klappte, schalteten beide sofort auf Dienst um.

So ging das nun etliche Wochen. Rodrigo bemerkte rein zufällig, dass Amin Suria mehr half, als sich beide anmerken ließen. Er war noch vor dem ersten Sonnenstrahl zum stillen Örtchen unterwegs gewesen und hatte gesehen, wie Amin den großen Wasserkessel am Brunnen füllte und Feuerholz in die Küche trug.

„Ist da mehr, als dass sie hervorragend zusammenarbeiten?", fragte Rodrigo schließlich Stella.

„Ich weiß es nicht, werde aber auch nicht danach fragen", erhielt er zur Antwort. „Suria beginnt jedes Mal zu zittern, wenn ich versuche, Fragen zu ihrer Person zu stellen.

Sie machen beide ihre Arbeit hervorragend und ich habe keinen Grund, einem von ihnen das Leben schwer zu machen, indem ich ihnen unliebsame Gespräche aufzwinge."

„Ich bin gespannt, wie sie auf Carvalho reagiert", warf Rodrigo ein. „Übermorgen müsste ja die Andretta einlaufen."

„Lassen wir uns überraschen", schlug Stella vor, das Gesicht verziehend, wie seit fast fünf Wochen jeden Morgen vor dem Frühstück.

Rodrigo hob die Augenbrauen. „Tippe ich richtig, dass Ihr für mich auch eine Überraschung habt? Oder sollte ich mich im Kalender irren?"

Stella lachte fröhlich. „Warten wir noch zwei Tage, dann glaube ich sicher an eine Überraschung.

Rodrigo zog sie in die Arme. „Es wäre doch nur fair, wenn sich meine Qualitäten endlich sichtbar äußern."

Er führte Stella eng umschlungen in den Salon zum Frühstück. Suria schaute die beiden immer wieder an, weil sie regelrecht vor innerem Glück strahlten. Stella sprach sie schließlich darauf an.

„Ihr seht beide sehr glücklich aus", verriet Suria.

Rodrigo lächelte sie an. „Wir haben vielleicht ein süßes Geheimnis."

Suria faltete die Hände. „Ist das schön!" Sie warf Amin ein winziges Lächeln zu.

„Vielleicht ist da doch mehr", schmunzelte Stella, als die beiden das Geschirr in die Küche trugen.

Rodrigo hob die Schultern. „Sollte mich freuen. Ich hatte ihn schon am ersten Tag ermuntert."

„Ach, schau an!"

Rodrigo machte: „Pssssst!", und hielt den Zeigefinger vor die Lippen. „Er ist ein Ehrenmann, der weder das, noch Surias Situation insgesamt ausgenutzt hat. Sollten ernsthafte Absichten dahinter stehen, dann werde ich es ihnen nicht verbieten."

Für den Abend mit dem Kapitän hatte Amin eine ziemlich lange Einkaufsliste. Er bat Stella, ihm Suria als Helferin zur Verfügung zu stellen. Diese Marktgänge machten dem Hausmädchen immer den meisten Spaß.

Amin kannte beinahe alle Händler beim Namen und immer sprang ein kleines Extra heraus. Hier eine Banane, da ein Becher Saft und einmal bekam Suria eine mehrfarbige Holzperlenkette, die sie seitdem nur zum Baden und bei Regen ablegte.

Auf diese Weise half ihr Amin auch, den finanziellen Sonderbonus, den sie manchmal bekam, zu schonen und mehr herauszuholen, als sie allein geschafft hätte.

Der Gemüsemann, vor dem Suria schon lange keine Angst mehr hatte, spendierte ihnen heute frischen Orangensaft.

„Und, dass du mir die Kleine ja nicht so viel schleppen lässt!", drohte er Amin scherzhaft, als der sich die Riesenkiste auf die Schulter hievte und Suria bat, den Beutel zu nehmen.

„Geht klar, großer Meister", witzelte Amin, mit Suria den Weg nach Hause einschlagend.

Rodrigo spannte gerade das Zugpferd vor den Wagen. „Genau richtig! Stell noch rasch die Kiste in die Küche, dann komm sofort zu mir", rief er Amin zu, mit der Hand auf den rechten Oberschenkel klopfend.

Amin war sofort im Bilde, dass ein Juwelentransport anstand, den er, mit seinem Kris bewaffnet, begleiten sollte. Suria, streichelte, wie immer, wenn er den Dolch mitnahm, seine Hand. „Pass auf dich auf."

Sie beeilte sich sehr, die Einkäufe im Regal zu verstauen, Wäsche zu waschen und ihrer Herrin in einem der beiden leer stehenden Räume zu helfen. Dort sollte das Kinderzimmer eingerichtet werden.

Den kleineren Raum gedachte Rodrigo als Lager für Edelmetalle und Edelsteine zu nutzen, weil ihm der Speicher zu unsicher erschien. Manchmal standen auch jetzt schon die eisenbeschlagenen Truhen darin. Gitter für Fenster und Tür waren bereits in Auftrag gegeben worden.

Am späten Nachmittag kamen die Männer mit zwei kleinen Truhen zurück, die unter einem Sack Reis verborgen waren. Diese Ware sollte die Andretta direkt nach Portugal bringen und bei Hofe abliefern.

Das Schiff lief pünktlich in den Hafen ein, Rodrigo schlug mit Amin und ein paar Helfern seine bestellten Waren um, zahlte den Kapitän aus und freute sich auf den gemütlichen Abend.

Suria hatte bereits nach dem Vesperkaffee die Raucherutensilien in den Salon getragen, damit sich ihr Retter wohlfühlen konnte, kaum dass er angekommen sei.

Sie stand auch der Tür am nächsten, als er klopfte.

„Suria?" Carvalho musste zweimal hinsehen. Er fasst sie an den Schultern und drehte sie nach allen Seiten. „Meine Güte, ich habe dich nur an der Stimme erkannt!"

Rodrigo und Stella warfen sich amüsierte Blicke zu. Die Überraschung des Kapitäns musste riesig sein, statt der unscheinbaren grauen Maus ein blühendes junges Mädchen vorzufinden, das ihn fröhlich mit großen dankbaren Augen anstrahlte.

Natürlich fragte er die Alvarez kreuz und quer über sie aus. Die beiden hatten nur Gutes zu berichten. Carvalho wunderte sich nur, dass Amin das Tablett hereintrug und Suria von diesem austeilte. Als sie etwas später noch einmal Salate brachten, machte er sich einen Spaß.

„Ich wollte dich eigentlich wieder mitnehmen", wandte er sich an Suria.

Die war mit einem Satz hinter Amin und lugte verschreckt hervor. Mit dieser Reaktion hatten Carvalho und auch die Alvarez' nicht gerechnet. Er entschuldigte sich sogar sofort für den unbedachten Scherz.

Suria verließ ihren Schutzschild, nahm Carvalhos Hand. „Ich bin Euch sehr, sehr dankbar für alles, was Ihr für mich getan habt. Besonders dafür, dass ich hier sein darf."

„Ist da mehr?", fragte er, als die beiden den Raum verlassen hatten.

„Sagen wir so: Sie sind sich sehr zugetan", erwiderte Rodrigo.

Erst, als auch Stella einen Moment hinausging, fragte Carvalho: „Schläft er mit ihr?"

Rodrigo antwortete nicht sofort. „Dafür gibt es keine Beweise, obwohl ich es als sehr wahrscheinlich annehme." Er schaute den Kapitän fragend an.

Der winkte ab, als wolle er einen nicht ganz freiwilligen Schlussstrich unter eine Sache ziehen. „Sie ist ein Geschenk, welches durch kein anderes vollwertig ersetzt werden kann", ließ er sich schließlich doch noch zu einer verbalen Erklärung hinreißen.

„Ihr hattet, wenn ich das jetzt nicht missdeute, diesbezüglich auf den heutigen Abend gehofft", stellte Rodrigo in den Raum.

„Ja, das ist die treffendste Umschreibung. Nur käme ich mir wie der letzte Bock vor, von ihr das zu verlangen, wenn sie so offensichtlich glücklich ist. Vergessen wir es einfach und freuen uns mit ihr."

„Das fällt mir leicht und die Hochachtung, die ich für Euch empfinde, ist noch ein Stückchen größer geworden."

„Malt Amin eigentlich noch, jetzt wo er so viele andere Aufgaben hat?"

„Ich denke schon." Rodrigo rief nach Amin. „Senhor Carvalho würde sich gern deine neuen Bilder anschauen."

„Einen kleinen Moment, ich hole sie sofort."

Stella kam zurück. „Ihr seht blass aus, meine Liebe", stellte Carvalho mit besorgtem Blick fest.

„Das hat eine sehr einfache und wunderschöne Ursache", erklärte Stella lächelnd.

„Ein kleiner Alvarez?!"

Stella lachte. „Genau das, Kapitän."

Als Amin seinen Bilderstapel auf den Tisch packte, nahm Carvalho sogar seine Pfeife aus dem Mundwinkel. Am Ende legte er zwei Bilder nebeneinander.

Suria kam mit einem neuen Krug Wein für die Männer und hätte ihn beinahe fallen lassen. „Du hast mich gemalt?", hauchte sie kaum hörbar.

„Bleib hier und schau mit an", erlaubte Rodrigo.

Amin legte noch einmal alle Bilder in zeitlicher Reihenfolge auf den Tisch. Zwischen vielen anderen Zeichnungen tauchten immer wieder Bilder von Suria auf. Mal als Detailstudie, mal als fertiges Bild und auf den letzten Zeichnungen zierte die heitere Ruhe Surias Gesichtszüge, die jeder an ihr mochte.

„Verkaufst du mir die beiden?", bat Carvalho auf die Kunstwerke deutend, die er beiseitegelegt hatte.

„Sehr gern", versicherte Amin und bekam einen Beutel Silbermünzen.

Suria staunte und schaute sich die zwei Werke noch einmal ganz genau an. Auf dem Ersten war ein dünnes Mädchen mit eingefallenen Wangen und ängstlichen Augen zu sehen. Das Zweite, nur ein paar Monate später gemalt, zeigte einen lebensfrohen Wirbelwind, der für sein Leben gern lachte.

„So erlebt sie wohl nur Amin", erklärte Rodrigo lächelnd. „Uns gegenüber ist sie immer noch außergewöhnlich scheu."

Über Surias Gesicht huschte ein Lächeln, als wolle sie damit um Verzeihung bitten. Stella und Rodrigo antworteten genau so.

Suria hatte nicht geahnt, dass Amin schon so viele wundervolle Werke geschaffen hatte. Erst recht nicht, dass er sie schon so lange so intensiv beobachtete. In ihren Augen bekam er alle positiven Superlative, die einen Menschen beschreiben konnten.

Am Ende eines denkwürdigen Abends brachte sie Kapitän Carvalho an die Tür, wo Amin mit dem Pferdewagen wartete.

Carvalho nahm sie, sodass es die anderen sehen und hören konnten, in die Arme: „Ich wünsche dir viel Glück und, dass sich all deine Wünsche erfüllen mögen."

Sie bedankte sich erfreut für die vielen lieben Worte.

Auf dem Weg zum Hafen fragte Carvalho Amin trotzdem noch einmal, ob er ernstere Absichten bei Suria verfolge. Er bekam ein eindeutiges Ja zur Antwort.

„Dann pass immer gut auf sie auf", riet ihm der Kapitän.

„Das werde ich, schon weil sie mir, wohl als Einzigem, ihre ganze traurige Geschichte anvertraut hat." Amin trug die Truhen mit dem wertvollen Inhalt persönlich in die Kajüte des Kapitäns, wo der sich von ihm mit einer festen, ehrlichen Umarmung verabschiedete.

Suria war gedankenversunken hinter der Tür stehen geblieben.

„Alles in Ordnung?", fragte Rodrigo.

„Ja." Suria schien sich mühsam von einem Gedanken loszureißen.

„Worüber grübelst du?"

„Über die Bilder", antwortete Suria. „Viele Situationen habe ich sofort wiedererkannt…" Sie zog die Augenbrauen zusammen. „Dann … dann ist das, was die anderen Bilder zeigen, die von Euch und Eurer Frau, bestimmt auch wirklich geschehen."

„Das ist es", gab Rodrigo zu und dirigierte sie in den Salon, wo er und Stella ihr alles erzählten, wie sie zueinandergefunden hatten.

Als Amin zurückkam, saßen sie noch immer und berichteten. Er setzte sich mit dazu und nickte hin und wieder, wenn Suria ungläubig und verwundert den Kopf schüttelte.

„Wie du siehst, wissen wir auch ziemlich gut, was echter Kummer ist", schmunzelte Stella schließlich. „So, nun rasch ins Bett!"

Suria wünschte eine gute Nacht und flitzte regelrecht die Treppen zu ihrer Kammer hinauf. Die drei anderen schauten amüsiert hinterher. Amin vermutete wohl zurecht, dass sie die ganze Nacht von bösen Prinzen und edlen Rettern träumen werde.

Nun, wo die Katze aus dem Sack war, holte Amin ganz offiziell Wasser und Holz für die Küche, ehe er sich seinen eigenen Belangen widmete.

Beim Frühstück, als alle noch einmal den Abend analysierten, sprach Amin plötzlich die Alvarez' an: „Ich möchte Euch bitten, Suria heiraten zu dürfen. Natürlich nur, wenn sie das möchte."

Alle Augen wandten sich Suria zu, die im selben Augenblick mit einem matten Seufzer ohnmächtig zusammensackte.

„Schnell! Leg sie auf das Sofa!", rief Stella.

Rodrigo zog die Stühle zur Seite, damit Amin genügend Platz hatte. Der fächelte Suria Luft zu und streichelte gleichzeitig ihre Wange. Suria schlug die Augen auf, streckte ihm die Arme entgegen und zog ihn ganz fest an sich. Die beiden Alvarez' applaudierten spontan.

Amin hob Suria vom Polster, um sie vorsichtig auf die Füße zu stellen. „Ich möchte", sagte sie laut und deutlich, um keinen Zweifel daran zu lassen, wie sehr sie seinen Plan begrüßte.

„Ich habe durch die verkauften Bilder ausreichend Geld zusammen, damit ich eine Hochzeit finanzieren kann", verriet Amin.

„Und deine Eltern? Was werden sie dazu sagen?", fragte Rodrigo.

„Seit dem Tod meines Vaters, vor zwei Jahren, bin ich das Oberhaupt der Familie." Amin hatte mit diesem einen Satz alle weiteren Fragen im Keim erstickt. „Für unsere Arbeit wird sich nichts ändern. Nach dem Gesetz ist mir Suria dann sowieso zu Gehorsam verpflichtet." Dabei blinzelte er ihr fröhlich zu.

„Unseren Segen habt ihr", versprach Rodrigo. „Sag einfach Bescheid, wann die Feier steigen soll. Unsere Zeitpläne kennst du und wirst sicher eine geeignete Lücke finden."

Licht und Schatten

Amin wusste auf Anhieb die perfekte Lücke – den Tag vor dem nächsten großen Empfang beim Gouverneur. So konnte er sicher sein, mit seiner jungen Frau am nächsten Abend für ein paar Stunden allein im Haus zu sein und ganz ungeniert die besonderen Freuden des Ehelebens genießen zu können.

Bisher hat die schwangere Stella noch sämtliche Termine wahrgenommen und er hoffte ganz einfach, dass es auch diesmal wieder so sein werde. Suria war viel zu glücklich, um solche Überlegungen anzustellen.

Ein paar Tage vor dem großen Ereignis legte die Ouriço do Mar an. Kapitän Silva hatte es so eilig, das Haus Alvarez aufzusuchen, dass er dem Kommandanten des Forts A Famosa einen Gruß im Vorbeihasten zurief.

Suria öffnete die Tür und meldete den Gast, worauf Rodrigo alles stehen und liegen ließ.

„Kapitän Silva! Tretet ein! Suria, Wein für den Kapitän!"

„Nein. Kein Wein!" Silva bat Suria: „Bring mir lieber einen starken Tee."

„Abstinent geworden?", fragte Rodrigo überrascht.

„Das nicht, nur habe ich Angst, dann etwas von dem zu vergessen, was ich Euch dringend berichten muss. Ist Eure Frau im Haus?"

„Im Augenblick nicht. Soll ich sie rufen lassen?"

„Nein. Es ist mir lieber mit Euch allein zu sprechen." Silva wirkte übernervös.

Suria servierte und zog sich sofort wieder zurück.

Der Kapitän schaute Rodrigo in die Augen und sagte: „Ich habe von einem Komplott gegen Eure Familie erfahren. In einer kleinen Hafenkneipe in Indien brüstete sich ein Kerl, Geld dafür zu bekommen, wenn er die Erben D' Oros beseitigt."

Rodrigo wurde blass, sprang auf und starrte Silva entsetzt an.

„Nicht genug damit", fuhr der Kapitän fort. „Man versucht bereits, die Handelswege auf dem Land für Euer Gold abzuschneiden. Dabei ist wohl jedes Mittel recht. Von Bestechung bis Mord ist die Rede."

Rodrigo begann in seinem Arbeitszimmer auf und ab zu wandern. „Meine Frau ist schwanger", sagte er schließlich.

„Dann solltet Ihr sie niemals aus den Augen lassen", schlug Silva vor. „Diesen Leuten wäre es doch nur billig, sie als Erste zu töten, um Euch leiden zu sehen."

„Habt Ihr Kontakt mit Carvalho von der Andretta?", fragte Rodrigo nach kurzem Nachdenken.

„Ich sehe ihn vermutlich in zwei Wochen in einem Hafen in Burma."

„Erzählt ihm bitte alles, was Ihr auch mir berichtet habt", murmelte Rodrigo. „Sein Schiff ist gut bewaffnet und seine Männer sind verwegene Haudegen. Er hat vielleicht eine Idee, wie wir gegensteuern können, ohne einen Kleinkrieg anzuzetteln."

Stimmen im Flur verrieten, dass Amin von den Speichern zurückgekehrt war. Rodrigo öffnete die Tür seines Arbeitszimmers. „Komm bitte sofort zu mir."

„Kapitän!" Amin deute eine Verbeugung an.

„Nimm Platz", bat Rodrigo und begann sofort zu berichten.

Amin hörte schweigend zu, nur seine Kieferknochen traten scharf hervor, weil er die Zähne aufeinanderbiss. „Wachdienst", stieß er dann düster hervor.

„Kannst du dich darum kümmern? Ich muss versuchen, es Stella schonend beizubringen." Rodrigo wirkte hilflos.

„Keine gute Idee, in ihrem Zustand", erwiderte Amin. „Andererseits wäre es wohl besser, wenn sie wüsste, dass sie und das Ungeborene in Gefahr sind."

Silva erhob sich. „Ich muss zurück."

Rodrigo drückte ihm einen größeren Betrag in die Hand. „Danke. Haltet bitte weiter Augen und Ohren offen."

Silva wies das Geld zurück. „Ich informiere Euch in gegenseitigem Interesse. Euer Geschäftspartner zu sein, ist mir wichtiger, als Euch lebenswichtige Informationen zu verkaufen."

„Ich werde es Euch niemals vergessen", versprach Rodrigo, ihm fest die Hand drückend.

Suria begleitete den Gast zur Tür.

„Soll ich die Hochzeit verschieben?", fragte Amin.

Rodrigo schüttelte entschieden den Kopf. „Diesen Triumph gönne ich meinen Gegnern nicht. Eure Hochzeit wird gefeiert, wie sie geplant ist."

Stella merkte sofort, dass etwas nicht stimmte, dabei war sie im Flur nicht einmal jemandem begegnet. Die Atmosphäre fühlte sich einfach geladen an. Also steckte sie den Kopf in Rodrigos Arbeitszimmer, schaute sich kurz um: „Welcher Art ist der Ärger?"

Beide Männer fuhren herum und musterten Stella erschreckt.

„Ist ein Schiff mit einer Warenlieferung von uns untergegangen oder was ist los?" Sie trat an den Schreibtisch.

Rodrigo atmete tief ein, wechselte einen leidend wirkenden Blick mit Amin und sagte: „Wir sind in Gefahr, besonders Ihr." Dann berichtete er über den Besuch Kapitän Silvas und darüber, was er mit Amin schon beschlossen hatte.

Stella rieb sich mit beiden Händen das Gesicht. „Kann man uns denn nicht einfach in Ruhe lassen?"

„Offensichtlich nicht oder erst, wenn wir zum Gegenangriff übergehen", vermutete Rodrigo.

„Weiß Suria Bescheid?"

„Noch nicht."

„Dann solltet Ihr es ihr schnellstens kundtun."

Suria erschrak gewaltig. Sie fasste sich an den Hals, als spüre sie noch einmal die Hände, die sie bis zur Bewusstlosigkeit gewürgt hatten.

„Achte auf dem Markt auf Fremde, die nicht in unsere Gasse gehören", gebot Rodrigo. „Oder, wenn die auf dem Markt etwas seltsam vorkommt, sag es uns sofort."

„Das werde ich", versprach Suria.

„Ich gehe jetzt zum Gouverneur und werde darum bitten, Schiffe aus Indien, Thailand und Burma auf den Kopf zu stellen, bevor sie in den Hafen einlaufen dürfen. Ausgenommen die Andretta und die Ouriço do Mar." Rodrigo hauchte Stella einen Kuss auf die Stirn und begab sich zum Fort, wo mit Sicherheit der Gouverneur beim Kommandanten zu finden war.

Er sollte sich nicht geirrt haben.

Gouverneur Gomes schwoll die Zornesader auf der Stirn, als er von den Mordabsichten hörte. An Stella hatte er einen Narren gefressen, mochte sie hundert Mal mit Alvarez verheiratet sein. Es war nur eine Frage von Minuten, bis der Kommandant die entsprechenden Befehle empfing und sofort weitergab.

Gomes hatte es schon fast an der Ehre gekratzt, dass er ihr nicht behilflich sein brauchte, als sie ihr Erbe erkämpfte. Nun legte er sich doppelt ins Zeug, zumal es jetzt um Leben und Tod ging. Rodrigo nutzte dessen offensichtliche Leidenschaft für Stella nun gekonnt aus, um sie bestmöglich schützen zu können.

Der Kommandant grinste sich eins. Er konnte durch den Befehl Macht demonstrieren und mehr interessierte ihn nur, wenn er einen direkten Vorteil davon hatte.

Noch am selben Abend bezog der erste Wächter Posten im Anwesen der Alvarez'. Die vier Cousins Amins teilten sich die Wachen selbstständig ein. Die Hauptsache war, dass immer einer eingreifen konnte, falls unliebsamer Besuch auftauchen sollte.

Auch auf der Hochzeit von Amin und Suria waren sie in voller Bereitschaft, denn die Alvarez' hatten die Einladung angenommen und dem Brautpaar damit das schönste Geschenk gemacht. Das Glück leuchtete während des ganzen Tages aus den Augen der Frischvermählten, keiner ahnte und sollte auch jemals erfahren, dass die junge Braut alles andere als unberührt war.

Amin hatte Vorsorge für den Fall getroffen, wo jemand einen Beweis verlangt hätte und ein Fläschchen Hühnerblut in der Hosentasche versteckt.

Die erste wirklich gemeinsame Nacht verlief genau so still wie leidenschaftlich. Amin fühlte sich in jede Regung Surias ein, die ihr Gesicht an seine Brust drückte, um nicht allen davon zu künden, welche Lust sie durch ihn empfand.

„Ich liebe dich", flüsterte sie, als sie sich irgendwann zum Schlafen in seine Arme kuschelte.

„Ich liebe dich auch", murmelte Amin, sie noch einmal zärtlich küssend.

Im Morgengrauen berührte er sie leicht an der Schulter.

„Ist noch ein Moment Zeit?", fragte sie, zum Fenster blickend, vor dem die aufgehende Sonne gerade zu erahnen war.

Amin lächelte. „Das will ich doch ganz stark hoffen. Mir liegt sehr viel daran, den Tag heute so zu beginnen, wie der gestrige geendet hat."

Suria wäre die Letzte gewesen, die etwas dagegen gehabt hätte. Sie genoss die vielen Zärtlichkeiten in vollen Zügen und freute sich schon jetzt auf den Abend, der ganz ihnen gehören sollte, so nicht widrige Umstände zum Umdisponieren zwangen.

Amin erledigte, bevor die Herrschaften aufstanden, alle schweren Arbeiten für Suria, die sich revanchierte, indem sie zur gleichen Zeit Federkiele schnitt. Amin hatte ihr alle Handgriffe beigebracht und sie war ehrgeizig genug, immer beste Qualität zu liefern. So ließ er ihr auch die Freude, ihm auf dieses Weise helfen zu können.

Zwischendurch gab es ein paar liebevolle Blicke und, wenn es sich gerade einrichten ließ, einen schnellen Kuss. Trotzdem wurde das Frühstück pünktlich fertig und am Tisch herrschte fröhliche Stimmung. Vor allem, weil es sich Rodrigo nicht ganz verkneifen konnte, wegen der Hochzeitsnacht anzügliche Bemerkungen zu machen. Amin lächelte sehr breit, die beiden Frauen kicherten amüsiert.

Am Ende waren sich Stella und Rodrigo einig, dass es Suria schon am ersten Tag sichtlich gut bekam, Amins Frau zu sein. Sie beteiligte sich endlich an den Unterhaltungen, wo sie früher ständig Angst hatte, als vorlaut zu gelten.

Auch das herzhafte Lachen, welches sie nur von Amins Bildern her kannten, bekamen sie plötzlich zu hören.

Den ganzen Tag arbeiteten die Männer im Speicher, während sich Stella auf den Abend im Fort einstimmte. Sicher, dass Amins Cousins gut auf ihre Herrin achteten, eilte Suria auf den Markt. Stella hatte plötzlich Appetit auf Mango bekommen.

Man rief ihr so viele gute Wünsche zur Hochzeit zu, für die sie dankte, dass sie auf dem Rückweg etwas außer Atem kam, weil sie die verlorene Zeit aufholen wollte.

„Gibt es Neuigkeiten?", fragte Stella, wie nach jedem Marktbesuch.

„Drei Schiffe liegen im Hafen. Unter ihnen die Portalegre und die Ouriço do Mar", gab Suria Auskunft. „Auf Reede hat man zwei Galeonen gesehen."

„Woher die Schiffe kommen, weißt du nicht?"

„Eins soll aus Indien kommen, habe ich gehört", erinnerte sich Suria. „Aber das durfte noch nicht einlaufen."

Stella atmete tief durch, streichelte unbemerkt ihren Babybauch und meinte: „Rodrigo wird schon das Richtige tun, zumal wir ja auf Gewürze aus Indien warten."

Rodrigo kam mit Amin eine Stunde später. Der Inder war soeben in den Hafen gekommen und hatte seine Ladung zu löschen begonnen. Neben den Lieferungen für die Alvarez' hatte er seltene Teesorten an Bord, wovon Rodrigo gleich noch zwei Kisten gekauft hatte.

„Hmmm, der duftet!" Stella schnupperte an einem kleinen Probebeutel. „Gibt es den gleich heute?"

„Wenn Ihr möchtet, auch sofort!", schmunzelte Rodrigo und wies Suria an, gleich eine Kanne voll zu bereiten.

Stella konnte es kaum erwarten, zu kosten und verbrühte sich fast noch die Lippen. „Wo ist der her?"

„Irgendwo aus dem Hochland", gab Rodrigo Auskunft. „Die Sendung war ursprünglich für Holland bestimmt, ist aber wegen widriger Witterung hier gelandet, ehe die wertvolle Ware verdirbt."

„Eine fabelhafte Sorte!" Stella ließ sich noch einmal die Tasse füllen.

Augenblicke später wurde sie blass, bekam Schweißausbrüche und murmelte: „Ich habe furchtbare Bauchschmerzen."

Alle sprangen auf und versuchten zu helfen. Rodrigo brachte die stöhnende Stella ins Bett. Amin rannte aus dem Haus, um einen Arzt zu holen und Suria saß zitternd in der Küche und wusste sich keinen anderen Rat, als leise vor sich hin zu weinen.

Und alle hatten nur einen Gedanken: Der Tee musste vergiftet gewesen sein. Dass sie zu viert davon getrunken hatten und drei von ihnen keinerlei Symptome zeigten, kam vor lauter Panik niemandem in den Sinn.

Suria hörte plötzlich Rodrigo völlig ratlos nach sich rufen und rannte die Treppe hinauf.

Mit den Worten: „Ich glaube, hier kannst du besser helfen", schob er sie ins Zimmer, wo Stella in heftigen Wehen lag. Er selber blieb draußen vor der Tür stehen und hoffte inständig, dass alles glattgehen möge.

Suria hatte sich in Sekundenschnelle von der Überraschung erholt und leistete, wie sie es im Harem des Prinzen oft genug gesehen hatte, Geburtshilfe. Als etwas später der Doktor kam, tönte ihm schon Babygeschrei entgegen.

Amin schlug sich an die Stirn, schmunzelte fast schuldbewusst in sich hinein und beeilte sich, den Wasserkessel anzuheizen. Er brachte eine große Schüssel und saubere Tücher hinauf. Suria nahm ihm alles vor der Tür mit einem überaus dankbaren Lächeln ab.

Rodrigo stand noch immer wie vom Donner gerührt. Er wartete sehnsüchtig auf ein Zeichen, das Zimmer betreten zu dürfen.

Endlich öffnete sich die Tür, Suria bat ihn lächelnd herein.

„Gratuliere zu einem strammen Stammhalter!", sagte der Doktor sehr zufrieden. „Alles dran und an den richtigen Stellen."

„Oh, mein Gott!" Rodrigo streichelte Frau und Söhnchen und merkte nicht einmal, dass ihm Freudentränen über die Wangen liefen.

„Auf alle Fälle ist der Tee unschuldig", verkündete Stella, noch etwas blass, aber rundum glücklich.

Amin beglich inzwischen die Rechnung des Arztes. Rodrigos Gedanken fuhren noch immer Karussell und an Geld dachte er jetzt als Allerletztes.

Suria kramte indes verdrängtes, aber sehr nützliches Wissen hervor. Sie kannte viele desinfizierende und stärkende Kräuter, die Stella und dem Baby helfen konnten, die ersten riskanten Tage gut zu überstehen. Amin schrieb sich nach ihren Anweisungen eine Liste und besorgte noch am selben Abend, was irgendwie zu bekommen war.

Auf dem Rückweg bemerkte er einen Fremden, der das Haus der Alvarez' zu genau betrachtete. Er schien aber den Wächter im hinteren Teil des Hofes nicht bemerkt zu haben, der ihn seinerseits voller Interesse beobachtete.

Amin bekam per verstecktem Handzeichen Bescheid, dass sich ab dieser Nacht mindestens zwei Wächter um die Belange der Alvarez' kümmern würden.

„Hast du den Mann mit dem Turban gesehen?", fragte auch Suria ziemlich beunruhigt, kaum dass Amin das Haus betrat.

„Hab ich. Er wird bereits von meinen Cousins genauestens unter die Lupe genommen."

„Das beruhigt mich", seufzte sie.

„Wie geht es Stella und dem Kleinen?"

„Gut. Sie schlafen. Rodrigo sitzt schon die ganze Zeit an ihrem Bett und kann kein Auge von seinem Söhnchen wenden", fügte Suria lächelnd hinzu.

„Dann werde ich wohl mal den Papierkram für morgen zusammenstellen", schmunzelte Amin, sich dem Arbeitszimmer zuwendend. „Es wäre das Tagesgespräch in Malakka, wenn wir selber beim Hafenkommandanten zurückgewiesen würden."

Rodrigo kam erst ins Arbeitszimmer, als Stella das Baby stillte. Er war Amin überaus dankbar, weil er nur noch die Unterschriften unter zwei Verträge setzen musste.

„Bekommst du nicht auch noch Geld von mir?", fiel ihm plötzlich ein. Er erstattete sofort den ausgelegten Betrag zurück.

Amin hielt es für besser, Rodrigo von den Beobachtungen des Abends zu erzählen und, was als Gegenmaßnahme bereits stattfand.

Suria war mit kaltem Tee bei Stella, die im Augenblick jede Hilfe dankend annahm. Sie durfte sogar den Kleinen auf den Arm nehmen, worüber sie sich riesig freute.

Stella stand auf. „Pass bitte einen Moment auf ihn auf, ich bin sofort …"

Sie kam nicht dazu, den Satz zu beenden. Ein durchdringender Pfiff aus dem Hof ließ sie zusammenzucken. Das Baby begann zu weinen und Suria übergab es der Mama, um nachschauen zu gehen, was passiert sei.

Auch die Männer im Haus hatten das Signal gehört. Sie griffen nach den Waffen und rannten hinaus. Zu viert trieben sie einen Fremden in die Enge, der sich heimlich auf das Grundstück geschlichen hatte und jetzt mit geradezu affenartiger Leichtigkeit einen Mangobaum erklomm. Von da spähte er aus, ob nicht doch noch eine Möglichkeit zu entkommen sei.

Rodrigo folgte der Blickrichtung. Die Fenster der oberen Etage waren zwar weit weg, wohl aber nicht weit genug, um den gelenkigen Eindringling aufzuhalten. Ohne ein Wort zu sagen, schlich er ins Haus zurück.

„Licht aus!", raunte er Suria zu, ihre Öllampe auslöschend.

Da splitterte oben auch schon Glas und er rannte, immer drei Stufen überspringend, die Treppe hinauf, um Frau und Sohn schützen zu können.

Mit der Festigkeit bleiverglaster Butzenscheiben schien der Fremde noch keine Erfahrungen gemacht zu haben. Entsprechend lange dauerte es, bis er sich von seiner Überraschung erholt hatte. Das genügte Rodrigo, ihn mit einem gezielten Degenstich in den Oberschenkel matt zu setzen, ihm den Dolch zu entreißen und auf die anderen zu warten.

Suria eilte zu ihrer Herrin zurück, die völlig verängstigt das Baby im Arm hielt. „Sie haben ihn!"

„Wen haben sie? Was ist überhaupt passiert?"

„Einen Einbrecher haben sie gefangen. Euer Mann hat ihn fluchtunfähig gemacht und entwaffnet. Nun bringen sie ihn zum Fort in eine Zelle. Keine Sorge unsere beiden Wächter sind hier und passen weiterhin gut auf."

Es stand auch felsenfest, dass diesem Gefangenen niemand zur Flucht verhelfen werde, wie es in Singapur geschehen war. Der Kommandant bürgte persönlich dafür und der galt seit jeher als unbestechlicher Offizier. Sonst hätte er auch kaum diesen, für das portugiesische Königshaus, so lebenswichtigen Posten bekommen.

Ob der Gefangene den nächsten Morgen überhaupt erleben werde, stand auch noch nicht fest. Er hatte viel Blut verloren und niemandem lag wirklich daran, ihm Hilfe zu leisten. Man warf ihm ein paar Stoffstreifen in die Zelle, mit denen er sich notdürftig verbinden konnte. Oder auch nicht, falls die eigene Kraft nicht mehr reichte.

Eines hatte man dabei aber nicht auf der Rechnung – dass sich der Delinquent daran aufhängen könne. Und das tat er, kaum dass die Wache den Rücken gewendet hatte. Als man ihn am Morgen zum Verhör holen wollte, hing er leblos am Fenstergitter.

Zähneknirschend ließ der Kommandant Senhor Alvarez die Nachricht darüber zukommen.

„Verdammt! Jetzt sind wir genau so schlau wie vorher!", grollte Rodrigo. Er betrachtete finster das Turbantuch des Fremden, welches auf der Ecke seines Schreibtisches lag. „Nun muss ich anders herausbekommen, mit welchem Schiff er gekommen ist und wer ihn geschickt hat."

Derartige Nachforschungen hatte der Kommandant bereits in Auftrag gegeben, um sich nicht wegen dieser unschönen Sache am Zeug flicken zu lassen.

Freundschaftsdienste und Heldentaten

Das indische Schiff, welches sofort besonders verdächtig erschien, war sauber. Der indische Kapitän schwor Stein und Bein, den Toten nie gesehen zu haben.

Die Portalegre und die Ouriço do Mar hatten keine Passagiere an Bord gehabt und die Mannschaften waren vollzählig. Beide Kapitäne hatten ihre Daten freiwillig an den Kommandanten gemeldet und auch nicht zu den Verdächtigen gezählt.

Blieb eine der Karavellen, die noch im Hafen lag. Dort herrschte Aufbruchstimmung, obwohl ihr Auslaufen erst für den nächsten Tag angekündigt worden war. Gouverneur Gomes ließ kurzerhand den Kapitän im Fort festsetzen.

Nachdem ihm angedroht worden war, das Schiff zu konfiszieren, gab er schließlich zu, zwei Männer aus der Mannschaft am Morgen ersetzt zu haben, weil die einfach nicht an Bord erschienen waren. Er hatte die beiden verschwundenen Inder in Burma angeheuert.

„Zwei?!" Rodrigo sprang auf, als er die Nachricht erhielt. „Wo, verdammt, steckt der Zweite?"

Gomes hob die Hände. „Da fehlen mir jegliche Informationen. Haltet Eure Frau am besten in den nächsten Tagen im Haus."

„Da bleibt sie im Augenblick sogar freiwillig", verriet Rodrigo schließlich. „Gestern ist unser Sohn geboren."

„Und das sagt dieser Mensch erst jetzt???" Gomes schüttelte dem stolzen Papa ganz fest die Hand. „Kann ich irgendetwas für Euch tun. Braucht Ihr irgendwelche Hilfe?"

„Einen Geistlichen, der ihn taufen kann", seufzte Rodrigo. „Ich habe Silva schon heiß gemacht, mir den ersten Missionar herzubringen, der ihm über den Weg läuft."

„Hat nicht einer einen Geistlichen an Bord?", murmelte Gomez irritiert.

„Das müsstest Ihr besser als ich wissen, nachdem alle Mannschaftslisten gesichtet worden sind", schmunzelte Alvarez.

„Ja, ja, ich weiß …" Gomez ließ vor seinem inneren Auge noch einmal die Liste der beiden Spanier aufblitzen. „Er hat! Er hat!", rief er schließlich erfreut. „Ich lasse ihn sofort holen!"

Rodrigo konnte dem Davoneilenden nur noch verblüfft hinterherschauen. Zwei Stunden später war er in Begleitung eines Mönches wieder da, der sich gern bereit erklärte, am nächsten Tag die Taufe in der kleinen Kapelle auf dem St. Pauls Hügel zu vollziehen.

„Ein gutes Zeichen", freute sich Amin. „Vom Hügel aus habt Ihr gesehen, wie Stella ins Wasser fiel, und konntet sie retten." Er sah Rodrigo bedeutsam an.

„Wenn ich nur wüsste, wo der fehlende Inder steckt", stöhnte Rodrigo. „Wenn der morgen aus dem Hinterhalt zuschlägt, mutiere ich zu einer Bestie, die keiner mehr stoppen kann."

„Zwei bleiben hier, die beiden anderen und ich gehen mit zur Kapelle, wenn auch nicht hinein", versprach Amin. „Euer Sohn wird getauft werden, so wahr ich hier stehe. Wir werden auch den Mönch im Auge behalten, damit diesem nichts zustößt."

„Danke, Amin. Mich nimmt es ziemlich mit, dass man meiner Familie nach dem Leben trachtet." Rodrigo sah man deutlich die schlaflose Nacht und die Sorge an. Er hatte seine Geschäftspartner stets fair behandelt, genau wie schon sein Vater.

Nun trug er eine Last mit sich herum, die man seiner Frau anhängte, obwohl die mit den Geschäftspraktiken ihres Vaters absolut nichts zu tun gehabt hatte.

„Legt Euch schlafen", schlug Amin vor. „Ich kümmere mich mit Suria, dass die Waren zur Seeigel kommen."

Er spannte auch sofort das Pferd an und rief seine Frau herbei. Rodrigo schloss die Tür ab, um sich neben Stella gleich in voller Montur auf das Bett zu werfen. Innerhalb weniger Sekunden schlief er ein.

Die beiden dienstbaren Geister beluden inzwischen den Wagen mit drei großen Säcken Gewürzen. Suria kletterte schon auf den Sitz, als Amin noch den Speicher verschloss.

Ein unterdrückter Schmerzenslaut ließ sie aufhorchen. Da fühlte sie sich schon am Arm gepackt und wurde unsanft vom Kutschbock zu Boden gerissen. Ob das blutige Messer in der Hand des Fremden Einbildung oder Realität war, wusste sie nicht. Sie griff instinktiv mit beiden Händen in den lockeren Sand und warf ihn dem Mann ins Gesicht.

Als er sie losließ, um seine Augen zu wischen, trat sie ihm mit ganzer Kraft zwischen die Beine. Aufheulend krümmte er sich zusammen. Die ganze miese Behandlung im Harem des Prinzen kam schlagartig hoch. Suria sah rot. Mit einem größeren Steinbrocken schlug sie ihn nieder.

Wo war Amin? Warum half er ihr nicht? Erst auf dem zweiten Blick sah sie ihn reglos vor dem Tor liegen. Suria rannte zu ihm und schrie um Hilfe, so laut sie konnte. Ein Trupp Soldaten kam daraufhin aus dem Fort.

Sie halfen ihr, den am Rücken blutenden, bewusstlosen Amin auf den Wagen zu legen. Zwei begleiteten sie zum Schiff, während die anderen nach dem inzwischen getürmten Fremden fahndeten, dessen Fußspuren auf dem sandigen Boden deutlich zu sehen waren.

„Oh, mein Gott!" Kapitän Silva schlug die Hände vor das Gesicht, als ihm die tränenüberströmte Suria die Waren aushändigte. Sie berichtete auch von der Taufe, und dass Amin nun als Leibwächter ausfallen werde.

Silva beschloss, noch einen Tag länger zu bleiben und mit seinen Männern die Taufe abzusichern. Dass sich der Mordbube bis dahin schnappen ließ, glaubte er nicht. Aber ganz fest daran, dass diesen so viele Männer abhalten konnten, sich an den Alvarez' zu vergreifen.

Stella stand am Fenster, als der Pferdewagen mit zwei Soldaten als Begleitern zurückkam. Sie weckte sofort Rodrigo, der erschüttert vor dem verletzten Amin stand.

„Suria, hol den alten Li! Das ist der Einzige, zu dessen Heilkünsten ich wirklich Vertrauen habe. Nimm gleich den Wagen!"

Suria nickte, wendete im Hof und ließ das Pferd die Gasse hinuntertraben. Nicht einmal eine Viertelstunde später war sie mit dem Alten zurück.

Einer von Amins Cousins kümmerte sich um Pferd und Wagen, während sie mit den Alvarez' am Bett ihres Mannes stand und um dessen Leben bangte. Li betrachtete die lange Stichwunde auf Amins Rücken.

„Die Klinge ist glücklicherweise am Schulterblatt abgerutscht", erklärte er, einen Verband anlegend. „Er muss nur beim Sturz sehr unglücklich mit dem Kopf aufgeschlagen sein. Das macht mir Sorgen."

Er öffnete ein Fläschchen mit einer scharf riechenden Flüssigkeit und hielt es seinem Patienten unter die Nase. Der plötzliche Reiz bewirkte, dass Amin die Augen öffnete und einzuatmen versuchte. Der zeitgleich aufzuckende Schmerz im Rücken trieb ihm Tränen in die Augen.

„Suria", hauchte er kaum hörbar und sie streichelte zärtlich seine Hand.

„Mir geht es gut. Der Schuft hingegen dürfte sich ähnlich, wie du fühlen." Sie lächelte unter Tränen. „Du musst ganz schnell gesund werden. Die Männer der Ouriço do Mar werden dich morgen würdig vertreten. Das hat mir Kapitän Silva ganz fest versprochen."

„Wie bist du ihm entkommen?"

Suria erzählte, was geschehen, nachdem sie vom Wagen gezerrt worden war. So bekamen auch die Alvarez' gleich alle Informationen. „Vermutlich läuft der elende Kerl immer noch frei herum", beendet sie ihren Bericht.

„Du bist sehr tapfer", lobte Rodrigo. „Du hast für heute frei und kümmerst dich um deinen Mann."

„Er wird für ein paar Tage ausfallen", sagte der alte Li vor der Tür. „Er hat eine schwere Gehirnerschütterung."

Rodrigo winkte ab. „Das Wichtigste ist, dass er lebt und wieder bei Bewusstsein ist."

„Ihr seid ein guter Mensch", stellte Li in den Raum, als er ging. „Das wird nicht unbelohnt bleiben."

Rodrigo wiegte sein Söhnchen im Arm, während sich Stella an die Zubereitung des Nachmittagskaffees machte. Sie brühte auch für Suria Tee auf, die Kaffee noch immer nicht sonderlich mochte.

Suria blieb glatt der Mund offen stehen, als es klopfte und Stella das Tablett hereinbalancierte. „Aber Herrin!"

Stella blinzelte und war genau so schnell wieder verschwunden, wie sie gekommen war. Dass das Verhältnis zu Amin und Suria fast schon freundschaftlich geprägt war, ging, außer die Vier, die es betraf, niemanden etwas an. Es hätte auch keiner der anderen Herrschaften verstanden.

Außerdem gab sich Stella die alleinige Schuld daran, dass Amin angegriffen worden war. Jede Widerrede traf auf völlig taube Ohren. Suria hingegen konnte Amin bestens verstehen, der für Stella immer alles getan hatte, ohne zu ahnen, dass er durch einen alten Schwur an sie gebunden war.

Die Fürsorge, die sie am eigenen Leib in diesem Haus erfahren hatte, ließ sie genau so denken. Sie wunderte sich auch nicht, dass die beiden mit ihrem Söhnchen nachschauen kamen, ob sich Amin wenigstens etwas von dem Überfall erholt hatte.

„Solange ich nicht versuche, den Kopf zu heben, geht es einigermaßen", versuchte Amin mit Galgenhumor zu erklären. Dabei konnte er nicht mal den linken Arm bewegen. Schließlich gab er zu: „Es ist ein unschönes Gefühl, körperlich so hilflos zu sein."

„Vielleicht kann dich Miguel ein klitzekleines bisschen trösten", sagte Stella, ihr Söhnchen auf die gesunde Seite neben Amin legend, sodass er mit dem Finger das winzige Gesichtchen streicheln konnte.

„Miguel", sagte Amin versonnen lächelnd. „Miguel Alvarez – das klingt gut, mein kleiner Herr. Ihr werdet sicher einmal ein geachteter Mann werden, wie Euer Vater. Bis dahin müsst Ihr kräftig wachsen."

„Und Amin muss schnell gesund werden, damit er Euch viele nützliche Dinge beibringen kann." Stella nahm den Kleinen wieder an sich. „Wenn es irgendwelche Probleme mit der Wunde gibt, Suria, rufe uns. Selbst, wenn es mitten in der Nacht ist. Und lass dich dann auch nicht von Amin aufhalten. Versprich mir das!"

„Ich verspreche es."

Sie hielt es auch. Noch vor dem ersten Sonnenstrahl klopfte sie ganz zaghaft an die Schlafzimmertür der beiden. Rodrigo war sofort hellwach.

„Amin blutet stark und ich kann es nicht stoppen", klagte Suria, als er herauskam.

Rodrigo rannte die Treppe hinunter, riss einen Alaunblock aus dem Regal und entfernte rasch den blutigen Verband. „Es wird jetzt verdammt wehtun!", warnte er Amin, bevor er den Stein auf die Wunde drückte.

Amin erstarrte. Der Schmerz übertraf alles, was er bisher kannte.

„Ich habe keine andere Wahl", erklärte Rodrigo der entsetzten Suria. „Das allerletzte Mittel wäre, ihm bei vollem Bewusstsein die Wunde zu vernähen."

Amin biss in das Kissen, um nicht zu schreien.

„Die Blutung lässt nach", hörte er wie durch eine Watteschicht seine Frau sagen.

Kurz darauf nahm Rodrigo den Block aus der Wunde. Für Amin dauerte es eine Ewigkeit, ehe der rasende Schmerz langsam abebbte. Suria tupfte ihm den kalten Schweiß aus dem Gesicht. Rodrigo legte einen frischen Verband an und wunderte sich nicht, dass Amin schon währenddessen völlig erschöpft wegdämmerte.

„Man nimmt das Zeug sonst nur für kleine Kratzer, wie sie manchmal beim Rasieren entstehen", erklärte er, den Block abwischend. „Für solche tiefe Schnitt- und Stichwunden ist es, wie du ja selber gesehen hast, völlig ungeeignet. Nur, wenn ich ihm damit das Leben retten konnte, heiligt der Zweck die Mittel. Ich hätte es nicht nähen können."

„Ich auch nicht", gab Suria zu. „Danke."

Sie brachte die blutige Wäsche hinaus und informierte gleich noch die heutige Nachtwache über das Geschehen. Um sie ein wenig zu entlasten, trug der junge Mann das Brennholz bis an die Haustür.

Suria huschte wie ein Schatten durch das Haus, um ihre Arbeit zu machen und alle paar Minuten nach Amin zu schauen. Natürlich hatten die Alvarez' Verständnis dafür, dass sie lieber bei ihrem verletzten Mann essen wollte, als mit ihnen.

Irgendwie schaffte es Suria, pünktlich mit den Vorbereitungen der Kindstaufe fertig zu werden. Es dauerte auch nicht lange, das traf die Besatzung der Ouriço do Mar ein. Sie nahmen die Familie Alvarez so in ihre Mitte, dass kein Schlupfloch blieb.

Die beiden Cousins Amins bewachten inzwischen den Mönch auf dem St. Pauls Hügel.

Alle hielten gleichermaßen Ausschau nach jemandem, der eine große Wunde oder wenigstens einen riesigen Bluterguss an der linken Schläfe haben musste. Den Denkzettel, den ihm Suria verpasst hatte, um selbst am Leben zu bleiben.

Suria rieb sich verwundert die Augen. Dieser jemand flanierte plötzlich ungeniert am Haus vorüber, ziemlich sicher, dass alle der Taufe beiwohnten und an die Alvarez' im Pulk der Matrosen kein Herankommen war.

Also wollte er sich am oder gar im Haus auf die Lauer legen, um größtmöglichen Schaden anrichten zu können.

„Ich hätte fester zuschlagen müssen", murmelte Suria unangenehm überrascht und bangte erneut um Amins Leben.

Sie schaute angestrengt hinaus. Eine Verwechslung mit einem anderen Mann war ausgeschlossen. Er war es. Sie hatte sein Gesicht deutlich gesehen und die Wunde des Kerls da draußen, passte genau auf die Größe des Steines.

Ob die Wächter ihn bemerkt hatten, wusste sie nicht. Sie wollte ihn auch um keinen Preis aus den Augen lassen. Suria fachte das Feuer an, hängte einen Topf in die Glut, den sie zu Dreivierteln mit Öl füllte.

Der Mann spazierte nun schon zum fünften Mal am Tor vorbei. Mal mit Turban, mal ohne. Dann drehte er plötzlich um und sprang über die kleine Mauer neben der Pforte. Geduckt schlich er am Haus entlang auf der Suche nach dem Hintereingang.

Suria war sicher, dass er die beiden Wächter erspäht haben musste, die ihn aber nicht. Genau im toten Winkel huschte er an der Wand entlang. In dem Augenblick, als er unter dem Küchenfenster anlangte, goss Suria das siedende Öl hinaus.

Auf das ohrenbetäubende Gebrüll hin, lief die halbe Nachbarschaft zusammen. Einer holte Hilfe aus dem Fort.

„Das ist der Verbrecher, der meinen Herrschaften nach dem Leben trachtet und gestern meinen Mann niedergestochen hat", erklärte Suria, aus dem Haus tretend. „Jetzt wollte er wohl seinen schändlichen Plan zu Ende führen. Nehmt ihn mit! Ich werde Senhor Alvarez informieren, sobald er wieder zu Hause ist."

„Was war das?", flüsterte Amin mit matter Stimme, als sie nach ihm schaute.

„Der Kerl, der alle umbringen wollte. Ich habe ihm ein kochendes Ölbad spendiert. Es hat ihm wohl nicht sonderlich gefallen."

Wenn Amin gekonnt hätte, dann wäre er jetzt in schallendes Gelächter ausgebrochen. So kam nur ein unartikuliertes Krächzen heraus, welches eher vom sofort einsetzenden Schmerz zeugte.

„Oh, tut mir leid", erschrak Suria. „Das war aber das beste Taufgeschenk, das mir auf die Schnelle eingefallen ist."

Diesmal lachte Amin lauthals los, obwohl ihn der Schmerz fast zerriss.

Die Alvarez' befanden bei ihrer Rückkehr genau *das Geschenk* als das Wertvollste, obwohl sich Rodrigo ebenfalls auf die Schenkel schlug, als Suria noch einmal ihre Worte wiederholte.

„Ich habe fast den ganzen Palmölvorrat hinausgegossen", sagte sie dann kleinlaut.

Rodrigo winkte ab. „Das Ergebnis rechtfertigt das. Öl kann man ersetzen, ein Leben nicht." Er suchte sofort Amin auf, um sich zu vergewissern, dass sich dessen Zustand nicht verschlimmert hatte.

„Du siehst furchtbar aus", murmelte er besorgt.

„Und das, wo ich stets gedacht habe, mich könnte nichts jemals aus der Bahn werfen", seufzte Amin. „Suria wird versuchen, für uns beide zu arbeiten."

„Du bist wohl nicht ganz bei Trost?!", rief Rodrigo. „Das wird sie nicht tun, weil ich es ihr verbiete!" Dann lächelte er und setzte fast liebevoll: „Verrückter Kerl", hinzu. „Sie hat übrigens gerade den Auftrag, für dich von Li den gleichen Tee und die gleiche Salbenmischung zu holen, welche Stella wieder richtig gesund gemacht haben."

Amin erschrak. Das kostete einen ganzen Wochenlohn, der ihm durch die Verletzung auch noch komplett ausfiel. Rodrigo sah ihm die Gedanken deutlich an. „Wer hat denn gesagt, dass du das bezahlen sollst? Außerdem bekommt deine kluge Frau, für das Unschädlichmachen des Verbrechers, eine Belohnung, damit euch der Lohnausfall nicht in Bedrängnis bringt."

„Oh, danke!", flüsterte Amin ergriffen.

„Heh, wir beide haben schon so viel zusammen erlebt, da schaffen wir das auch noch." Rodrigo drückte vorsichtig Amins Hand. „Wenn die Gäste weg sind, komme ich noch einmal zu dir. Ruh dich bis dahin ein wenig aus."

Als Rodrigo die Tür zudrückte, konnte er durch den Spalt sehen, dass Amin mit geschlossenen Augen im Bett lag. Die wenigen Augenblicke hatten ihn zu sehr angestrengt. „Halte durch, mein Freund", flüsterte Rodrigo besorgt.

„Wie geht es ihm?", fragte Stella sofort.

„Sehr, sehr schlecht", antwortete Rodrigo.

Der Gouverneur hatte den kurzen Wortwechsel vernommen. „Besteht denn ein wenig Hoffnung?"

„Ich will nichts anderes glauben." Rodrigo schlug mit der Hand auf den Tisch. „Amin und Suria gehören praktisch zur Familie. Wer sie angreift, greift auch mich an. Wer sie verletzt, verletzt auch mich."

„Die Chancen, den Gefangenen zu befragen, stehen auch nicht gut", sagte der Gouverneur vorsichtig.

„Soll er verrecken!", zürnte Rodrigo. „Wenigstens hat er nun zwei Mal die Gelegenheit gehabt, sich wie seine eigenen Opfer zu fühlen. Der größte Triumph ist, dass ihm beide Niederlagen von einer *schwachen* Frau zugefügt worden sind."

„Ich erkenne Euch kaum wieder", murmelte Gomes, als es Stella dachte. Amins Schicksal hatte Rodrigo tief getroffen. Ein Wunder, dass er nicht auf schnelle Rache sann.

Alvarez wischte mit einer Handbewegung gleichsam alle finsteren Gedanken fort. „Dieser Tag sollte eigentlich ein fröhlicher sein. Schon meinem Sohn und meiner Frau zuliebe."

„So gefallt Ihr mir wesentlich besser!", atmete der Gouverneur auf.

Kapitän Silva befand sich unter den letzten Gästen. Seine Männer hatten gleich nach der Taufe ein großes Fass Rum als Dankeschön bekommen und dieses sofort auf das Schiff gebracht, um auf Seemannsart noch ein bisschen zu feiern.

„Grüßt Amin von mir. Wenn er wieder gesund ist, komme ich, um mir seine Bilder anzuschauen. Carvalho hat ein Prachtexemplar in seiner Kajüte hängen und singt Loblieder, wie ein ganzer Kirchenchor", erklärte er beim Abschied.

„Das richte ich ihm gern aus", freute sich Rodrigo. „In Carvalhos Chor stimme ich übrigens sofort mit ein. Gute Fahrt und immer günstigen Wind!"

Unter vollen Segeln

Fünf Tage später hellte sich Rodrigos Gesicht in dem Maße auf, wie sich Amin langsam aufsetzen und fast schmerzfrei den Kopf bewegen konnte. Die Stichwunde hatte Suria jeden Tag mit einem Kräutersud desinfiziert und, außer einer ziemlich großen Narbe, werde davon nichts zurückbleiben.

Am Wochenende saß er schon mit am Tisch.

„Nicht, dass du denkst, du könntest in zwei Tagen wie ein Stier losarbeiten!", bremste Rodrigo schon einmal vor. „Du wirst dich um den Schreibkram kümmern und bestenfalls kutschieren, bis du wieder richtig gesund bist.

In den nächsten Wochen stehen große Aktionen an. Da will ich dich im Vollbesitz deiner Kräfte haben. Meinetwegen kannst du auch statt oder mit Suria einkaufen gehen, damit die Lebensgeister wieder richtig angeregt werden.

Außerdem vermissen dich alle. Ist doch nur gerecht, wenn du ihnen selber sagst, dass es endlich richtig aufwärtsgeht." Dann grinste Rodrigo breit. „So, Schluss der Ansprache. Lasst es euch alle schmecken." Er fasste demonstrativ nach seiner Kaffeetasse.

Amin gab sich Mühe, den linken Arm mit einzusetzen. Das Heben klappte einfach noch nicht.

„Das wird wieder", bestärkte ihn Stella lächelnd.

Um ihn noch etwas ruhig zu halten, übertrug sie ihm öfter die Aufsicht für den Kleinen, wenn sie selber für eine Stunde außer Haus wollte.

Amin nahm die Wiege mit in sein Zimmer und malte in der Zwischenzeit. Das leise Kratzen der Feder störte den schlummernden Säugling nicht. So hatte er Miguel stets neben sich, saß gleichzeitig nicht einfach nur herum. So entstanden wieder die wundervollsten Porträts, die ihm Rodrigo noch am selben Tag abkaufte.

Natürlich half Amin Suria auch beim Tragen der Einkäufe. Als er das erste Mal wieder auf dem Markt erschien, löste er beinahe Jubelstürme aus.

Suria schüttelte lächelnd den Kopf, kaufte ein und ließ Amin am Ende alles einsammeln, damit sie halbwegs pünktlich zu Hause ankommen konnten.

„Wollten sie ihn nicht wieder weg lassen?", lachte Stella.

„So ähnlich." Suria hob hilflos die Hände. „Ich hatte es aber auch einfacher, als alle wegen des gefangenen Verbrechers klatschen und tratschen wollten. Ich habe mir einfach das Tuch tief ins Gesicht gezogen und keiner hat mich auf den ersten Blick erkannt."

„Aha! Auch noch gekniffen", witzelte Rodrigo.

Suria schmunzelte vergnügt. Dann atmete sie tief durch. „Sie wollen morgen noch einmal versuchen, den Verbrecher zu verhören."

„Ach was? Der lebt noch?" Rodrigo schaute Suria verdutzt an.

„Der Gemüsemann hat es erzählt", präzisierte sie.

„In dem Fall glaube ich das sogar. Er verbreitet nie Gerüchte", entgegnete Rodrigo.

„Hat er noch mehr erzählt?"

Suria nickte, wobei sie eine Gänsehaut überlief. „Das heiße Öl hat ihm den gesamten Kopf und den Rücken verbrüht. Er ist blind, auf einem Ohr taub und statt eines Gesichtes soll nur rohes Fleisch zu sehen sein.

„Igitt!" Stella schüttelte sich. „Er wünscht sich sicher manchmal, du hättest ihn mit dem Stein beim ersten Zusammentreffen erschlagen."

„Mag sein", murmelte Suria. „Hätte er den Topf mit dem heißen Öl gehabt, dann hätte er auch kein Mitleid gekannt."

„Zweifellos. Er hat damit rechnen müssen, dass jemand den Spieß umdreht. Ich möchte nicht wissen, was ihm geboten worden ist", ließ sich Rodrigo vernehmen.

Der Hass auf seinen Auftraggeber schien wohl größer zu sein, als die Summe, die man ihm versprochen hatte. Dass er vor seinem Tod sein Gewissen erleichtern wollte, erschien eher unwahrscheinlich. Auf alle Fälle gab der Gefangene die Namen der Hintermänner und zwei geplante Aktionen preis, um seine Qualen zu verkürzen. Er wurde noch am selben Tag durch das Schwert hingerichtet.

„Dass man uns die Goldtransporte aus dem Hochland noch auf dem Landweg stiehlt, war fast schon Gewissheit", brütete Rodrigo finster vor sich hin. „Einen Korsarenkrieg kann und will ich nicht anzetteln, um das Gold zurückzubekommen."

„Ich wusste doch, dass es nur Unglück bringt", seufzte Stella.

„Kopf hoch, Schatz! Wir müssen herausbekommen, was der Pleiteprinz bietet, dann rechnen wir nach, ob wir höher gehen können und alles noch Profit bringt. Wir versuchen, die Diebe zu bezahlten Helfern zu machen.

Zuerst müssen wir aber ein Schiff finden, das nach Indien fährt und einen vertrauenswürdigen Kapitän hat. Wenn der im Erstfall auch noch mit Carvalho und Silva zusammenarbeiten würde, hätten wir ziemlich gute Karten."

„Allerdings sollte er Freihändler und nicht mit der spanische Krone liiert sein", fügte Stella noch hinzu.

Rodrigo lachte. „Das ist natürlich die Grundbedingung."

Die Suche erwies sich als ziemlich schwierig. Rodrigo nutzte die Zeit, um für sich und Amin einen guten Fechtlehrer zu engagieren. Das half Amin auch sehr, die Beweglichkeit des linken Armes wieder richtig in den Griff zu bekommen.

Als er in der Pause einmal den Degen links hielt, griff ihn Rodrigo ohne Vorwarnung an. Amin blieb nichts weiter übrig, als zu testen, ob er so überhaupt eine Chance habe.

„Gar nicht so übel", befand er schließlich selber und trainierte ab sofort beidseitig.

„Der beste Leibwächter, den man auf dieser Welt haben kann", sagte Stella voller Stolz, womit sie Suria erfreute.

Treffsicher war Amin auch auf andere Weise. Irgendwann konnte man Surias wachsenden Bauch einfach nicht mehr übersehen.

Miguel, inzwischen fast ein Jahr alt, war besonders brav, wenn er mit Suria allein bleiben musste. Er freute sich auf das Baby. Mama und Papa hatten erklärt, dass er dann endlich jemanden haben werde, mit dem er täglich spielen könne. Er hatte zwar nur die Hälfte davon verstanden, aber spielen klang gut.

Eines Tages fasste ihn die Mama an der Hand, machte geheimnisvoll „Pssssst" und führte ihn zum Zimmer von Amin und Suria.

Miguel bekam große Augen. In seiner alten Wiege lag das schlummernde Neugeborene. Er faltete andächtig die Hände. „Ohhhh!"

Das kam so verzückt und selig aus seinen seinem Mund, dass alle zu lachen anfingen.

„Wir haben sie Bintang genannt", erklärte Amin.

Diesmal kam das erfreute „Ohhhh" von Stella. In der gerade vergangenen Nacht, als die Kleine geboren worden war, hatte Amin noch ganz vorsichtig gefragt, ob sie etwas dagegen habe, falls er seine Tochter so nenne.

Amin machte auch nicht den Eindruck, als habe er unbedingt auf einen Sohn gewartet.

Wenn Stella Miguel suchte, steckte der garantiert bei Suria und passte auf das Baby im Tragetuch auf. Egal, ob in der Küche oder am Waschtrog, Surias kleiner Schatten stand dabei und schaute zu. Manchmal half er auch.

„Lass ihm doch die Freude", schmunzelte Stella, wenn Suria ihn davon abhalten wollte, weil es sich für einen kleinen Herrn nicht schickte, Dienstboten zu helfen.

So war es auch nicht verwunderlich, dass Alvarez Junior von klein auf die Arbeit anderer zu würdigen lernte.

Vier Monate nach dem Zuwachs im Haus der Alvarez' lief endlich die Andretta im Hafen ein. Sie hatten mehreren Stürmen getrotzt und Kapitän Carvalho war froh und glücklich, ohne Verluste an der Besatzung, und zudem fast pünktlich, in Malakka gelandet zu sein.

Mit einem geliehenen Pferd kreuzte er am späten Nachmittag vor der Tür der Alvarez' auf. Einer der Cousins Amins nahm es in Obhut und schon öffnete Suria die Tür.

Das erfreute Erkennen war auf beiden Seiten gleichermaßen hoch. Da wuselte auch schon Miguel um den, für ihn fremden, hochgewachsenen Kapitän herum.

„Aha, ein blonder Alvarez-Wirbelwind!", schmunzelte Carvalho amüsiert.

Suria fing Miguel ein, nahm ihn lächelnd auf den Arm und führte Carvalho in den Salon.

„Noch eins?", stotterte der, überrascht die Wiege anstarrend, aus der leise Töne zu hören waren.

Stella lachte. Erst recht, als Carvalho einen Schritt näher trat und die dunkle Haut des Babys bemerkte.

„Das ist Amins und Surias Töchterchen", erklärte sie schließlich, obwohl Carvalho sofort im Bilde war. „Unser Miguel weicht seiner kleinen Freundin Bintang nur ungern von der Seite."

„Dann hat er sie doch geheiratet", sagte Carvalho mehr zu sich.

„Auf der Stelle und sofort", erwiderte Rodrigo. „Das Geld für die beiden an Euch verkauften Bilder hat ihn keine Sekunde zögern lassen."

„Wo steckt er denn?", fragte der Kapitän.

„Bei den Speichern. Er muss jeden Moment zurückkommen – ach, da ist er ja schon!" Rodrigo hatte den Hufschlag des Pferdes vernommen.

Amin meldete sich zurück. Auch über sein Gesicht flog ein erfreutes Lächeln, als er Carvalho begrüßte.

Der schaute ihn neugierig an. „Oho! Mit Degen bewaffnet! Kannst du denn auch damit umgehen?"

„So leidlich", entgegnete Amin leichthin und Rodrigo hatte Mühe, nicht in schallendes Gelächter auszubrechen.

„Lust auf einen kurzen Waffengang?", lockte Carvalho.

„Ganz der Eure", schmunzelte Amin.

Natürlich gingen alle hinaus, um sich das Schauspiel anzuschauen, von dem der Kapitän nicht ahnte, dass er der Vorgeführte sein werde.

„Ach herrje!", murmelte er erschreckt, als ihn Amin rechts, links wechselnd immer wieder in die Enge trieb. Am Ende drückte er ihm ganz fest die Hand. „Hast dich sicher blendend amüsiert."

„Nichts für ungut", schmunzelte Amin.

„Kann ich mir denken." Carvalho war beileibe nicht sauer, hatte er sich die Suppe doch selber eingebrockt.

Umso mehr staunte er, als er erfuhr, was sich in den letzten rund zwei Jahren ereignet hatte. So, wie er Suria jetzt erlebte, konnte er sich bestens vorstellen, dass sie sich mit allen Mitteln zur Wehr setzen konnte. Die Gründlichkeit Amins, auf alles Neue zu reagieren, hatte er am eigenen Leibe getestet und für grandios befunden.

Als Suria Miguel ins Bett brachte und Bintang stillte, sprachen die anderen über die geschäftlichen Dinge.

„Ihr wollt jemanden nach Indien entsenden?", fragte Carvalho recht interessiert. „Liegt nicht ganz auf meiner Route, wäre aber mehr als eine Überlegung wert. Es soll nämlich in zwei Wochen im Konvoi gefahren werden."

Ein kurzer Blick zwischen Stella und Rodrigo, dann sagte der auch schon: „Ihr nehmt mich und Amin doch mit?"

„Wenn Ihr mit einer gemeinsamen kleinen Kajüte leben könnt. Ich bin nicht auf Passagiere eingerichtet."

„Keine Sorge, wir beißen uns schon nicht", schmunzelte Rodrigo.

„Was sagen Eure reizenden Gattinnen, wenn sie über Monate auf Euch verzichten müssen?"

„Wir werden es überleben", versprach Stella. „Schon der Kinder wegen, können wir uns keine Schwächen leisten. Außerdem muss hier das Geschäft voll weiterlaufen. Ihr müsst uns unsere Männer nur heil zurückbringen."

„Ich werde alles tun, was irgendwie in meiner Macht steht", schwor Carvalho.

Am nächsten Tag trafen sich die Männer auf der Andretta. Rodrigo übernahm die Kisten mit dem Geld vom König, für die abgeschlossenen Gold- und Gewürzlieferungen. Er zahlte Carvalho aus und ließ sich von diesem gleich die Unterkunft auf dem Schiff zeigen.

„Ach, alles halb so schlimm. Solange jeder eine eigene Koje hat, halten wir es miteinander aus."

Amin nickte zustimmend.

Drei Tage bevor die kleine Flotte, freiwillig miteinander fahrender Kapitäne, aufbrach, lief die Ouriço do Mar im Hafen ein. Am Abend trafen Silva und Carvalho bei den Alvarez' aufeinander.

Silva schloss sich dem Verband sofort an, nachdem ihm Carvalho versichert hatte, dass man sich nach den kleineren und langsameren Seglern richten werde. Die beiden Frauen atmeten auf. Noch mehr Männer, die ihren Gatten beistehen konnten, wenn es um die Verhandlungstreffen ging.

„So unbeholfen, wie man dem Namen nach denken könnte, ist mein Schiffchen nicht", schmunzelte Silva. „Ich werde sicher nicht ganz hinten segeln. Zumindest nicht, solange es leer ist."

Amin half ihm mit dem Pferdewagen, die Fässer mit Süßwasser zum Schiff zu bringen, damit sich dessen Männer vor der langen Reise noch etwas erholen konnten.

Suria hatte es geschafft, eine zusätzliche Riesenladung Schiffszwieback aufzutreiben und Trockenfleisch. Die beiden Kapitäne teilten sich ein Drittel/zwei Drittel hinein.

Am Tag der Abreise standen die beiden Frauen mit den Kindern am Kai und winkten ihren Männern zum Abschied.

„Papa?", fragte Miguel, während er der Andretta mit den Augen folgte.

„Papa und Amin fahren ganz weit fort", seufzte Stella. „Es wird lange dauern, bis sie wieder hier sind. Dann kann Bintang vielleicht sogar schon laufen."

Miguel warf einen skeptischen Blick auf seine kleine Freundin in Surias Tragetuch. Suria nickte traurig, kletterte auf den Kutschbock und brachte alle mit dem Pferdewagen nach Hause zurück.

„Wenigstens sind sie mit Freunden und vielen ehrenhaften Männern zusammen", tröstete sie sich und Stella, die schon am ersten Abend ruhelos durch das Haus zu geistern begann. „Möchtet Ihr nicht lieber den Abend bei einer Freundin verbringen?", fragte Suria schließlich. „Miguel wird sicher ganz brav bei mir bleiben."

„Gute Idee!", rief Stella. „Koche bitte den besten Tee, den du finden kannst, und komm zu mir in den Salon. Wir beide machen uns einen wunderschönen Abend mit den Kindern und mit Handarbeiten."

Kurz darauf schaute Miguel Bilderbücher an und baute aus Holzklötzchen große Türme. Suria unternahm die allerersten Versuche, ein weißes Tuch mit bunten Ornamenten zu besticken. Stella freute sich, ihr die schönsten Techniken beibringen zu können. Hatten sie einmal keine Lust, gemeinsam zu sticken, lehrte sie Suria auch noch das Lesen und Schreiben.

Zu gesellschaftlich notwendigen Zusammenkünften geleitete Stella stets einer der Cousins, welcher sie anschließend wieder abholte und sicher nach Hause brachte.

In den Speichern konnte Suria recht schnell die Schreibarbeiten übernehmen, während abwechselnd einer der Männer die schweren Arbeiten verrichtete.

Es dauerte auch nur ein paar Wochen, dann zahlte Stella Suria einen festen Lohn, weil diese in der Lage war, selbstständig die Lager- und Frachtpapiere ordnungsgemäß auszufüllen.

Als Bintang zu Krabbeln anfing, passte Miguel auf seine kleine Freundin noch besser auf, sodass die beiden Mütter ein großes Tagespensum abarbeiten konnten. Sie brachten es sogar zuwege, eine größere Gewürzlieferung sicher nach Portugal zu verschiffen.

Die kleine portugiesische Handelsflotte segelte inzwischen unaufhaltsam Richtung Indien. Wenn Kapitän Carvalho bei schlechtem Wetter selber am Steuerrad stand, wie er es immer in solchen Situationen tat, saßen Rodrigo und Amin auf ihren Kojen und unterhielten sich.

Der Zahlmeister überließ ihnen irgendwann für wenige Münzen ein Schachspiel aus Elfenbein. Amin begriff schnell die Regeln und spielte genau so leidenschaftlich wie Rodrigo. Carvalho schaute den beiden lieber zu, als sich selbst daran zu beteiligen.

Bei schönem Wetter hielten sie sich stundenlang an Deck auf, krempelten öfter die Ärmel hoch und halfen den Matrosen. Zwischendurch kreuzten sie hin und wieder die Klingen, wobei ihnen ein fachkundiges Publikum Beifall zollte. Hier ließ sich auch der Kapitän gern auf einen Waffengang ein. Nur hatte er in Amin seinen Meister gefunden, wie er auch unumwunden zugab.

Die Ouriço do Mar zog immer in Sichtweite zur Andretta ihre Bahn. Carvalho zollte Silva aufrichtigen Respekt. Die kleine Seeigel trotzte tapfer Wind und Wetter.

Gleich nacheinander liefen sie eines Tages auch im Zielhafen ein.

Geld regiert die Welt

Den ersten Abend verbrachten die Kapitäne und Handelsherren gemeinsam in einer der unzähligen Spelunken, während die Matrosen auf der Jagd nach losen Dirnen die Hafengegend durchstreiften.

Amin trafen auf dem Weg zum Wirtshaus einige scheele Blicke zweier hochwohlgeborener Herren, was Carvalho mit den Worten erstickte: „Wer ein einziges Wort sagt, oder auch nur die Nase rümpft, bekommt meinen Degen zwischen die Rippen. Senhor Amin steht unter meinem persönlichen Schutz!"

Silva stellte sich ebenfalls demonstrativ hinter Amin, wobei er die Hand auf den Griff seines Degens legte. Rodrigo hatte soeben genau so reagiert und grinste genüsslich in die Runde.

„Senhor Amin ist die rechte Hand von Rodrigo Alvarez, dem Goldhändler des Königs", raunte ein anderer Kapitän den beiden erschreckten Herren zu. „Und dieser steht persönlich zur Linken Senhor Amins."

Damit waren alle Anwesenden sofort im Bilde. Ein kaum merkliches Nicken zwischen Alvarez, Carvalho und Silva, dann sprachen alle drei Amin mit *Senhor* und *Ihr* an. Der merkte sofort, wie ernst ihnen das war, und überspielte seine völlige Verblüffung äußerst geschickt.

Die Ankunft der Schiffe sprach sich schneller herum als ein Lauffeuer. Das lockte allerlei Glücksritter herbei, eben auch jene, die finstere Absichten verfolgten. Rodrigo zog es vor, mit Amin an Bord der Andretta zu übernachten, statt in irgendeiner Absteige.

Dafür, dass sich die Nachricht verbreitete, Alvarez sei persönlich gekommen, sorgten schon die Besatzungen der Segler. Rodrigo ließ ausstreuen, er sei gewillt, für pünktliche Lieferungen Boni zu zahlen. Dann saß er, wie die Spinne im Netz, auf der Andretta und wartete einfach ab.

Nach zwei Tagen ging die erste Rechnung auf. Am Kai fuchtelte ein Mann wild mit den Armen zum Schiff herüber und schrie, er habe eine Nachricht für Senhor Alvarez.

Der erschien mit Amin, beäugte argwöhnisch den Rufer und ließ sich eine Planke legen, um betont langsam auf den Fremden zuzugehen. Dabei trugen er und Amin ihre Waffen so, dass sie nicht nur schnell zu ziehen waren, sondern auch noch Angst einflößend aussahen. Carvalho und sein Steuermann gaben ihnen von Bord aus Rückendeckung.

Der Unterhändler sprach recht passabel Portugiesisch. Er machte keinen Hehl daraus, wie unzufrieden er und seine Männer mit dem Hungerlohn Prinz Stefanos waren.

„Seid Ihr ihm zur Treue verpflichtet?", fragte Rodrigo.

„Nein! Er ist ein ehrloser Lump!", grollte der Fremde.

Na, da sagst du mir nichts Neues, huschte es durch Rodrigos Kopf. Das ließ ihn abschätzend das Gesicht verziehen. „Ich zahle nach Gewicht."

Das Funkeln in den Augen seines Gegenübers blieb auch auf dem Schiff nicht unbemerkt.

Rodrigo tauschte sich durch bloßen Blickkontakt mit Amin über das weitere Vorgehen aus. Dann nannte er einen Betrag. „Bring mir in drei Tagen die Antwort auf mein Angebot", forderte er und kehrte an Bord zurück.

„Wie stehen die Chancen?", wollte Carvalho sofort wissen.

„Recht gut, denke ich", erwiderte Rodrigo. Amin nickte zustimmend.

Die Antwort auf das Angebot ließ Carvalho schon am übernächsten Tag in dröhnendes Lachen ausbrechen. Der Fremde war nicht nur einen Tag vorfristig am Hafen. Er hatte auch drei andere Männer mit dabei und sechs Pferde, von denen er jeweils zwei Kisten Gold abladen ließ.

Carvalhos Staumeister brachte eine Waage herbei, tarierte sie aus, wog die *Ware*, Rodrigo besiegelte das Geschäft mit Handschlag, Amin zahlte die Männer aus.

„Merkt Euch die Andretta unter Kapitän Carvalho", erklärte Rodrigo. „Er wird zukünftig Euer Ansprechpartner, Abnehmer und mein Geldbote sein. Wie Ihr mit dem Prinzen klarkommt, ist Eure Sache."

„Wir gehen zurück in die Berge. Dahin folgt er uns nicht", grinste der Anführer. „Mit Euch Geschäfte zu machen, wird uns stets ein Vergnügen sein."

„Das will ich hoffen!" Rodrigo warf ihm, um das Vorhaben noch schmackhafter zu machen, einen extra Beutel Münzen zu.

Der Mann sprang vom Pferd, fasste in die Hosentasche. „Wie sieht es damit aus?" Er öffnete ein Säckchen mit Rubinen und nannte einen Preis.

Rodrigo prüfte die Steine und feilschte, bis er fast 30 Prozent herausgeschlagen hatte. „Das Geschäft hat sich richtig gelohnt. Die kann ich für den fünffachen Preis bei Hofe abgeben."

„Bekommt Ihr den auch?", fragte Amin vorsichtig.

„Wenn ich mich nicht allzu dumm anstelle…" Rodrigo blinzelte ihm vergnügt zu.

Weil es die Gelder hergaben, erstand er am nächsten Tag noch mehrere Säcke Pfeffer, Ingwer und Hochlandtee. Silva freute sich, die Gewürze nach Malakka bringen zu dürfen. Carvalho war es recht. Musste er sich doch keine Gedanken darüber machen, dass der wertvolle Tee Fremdgerüche annähme.

Amin machte Rodrigo auf ein paar wundervolle geschnitzte Elefanten aufmerksam. „Ich nehme einen für Bintang mit. Wäre das nicht auch etwas für Miguel?"

„Aber sicher! Komm, wir kaufen zwei, die sich nur in der Farbe etwas unterscheiden." Rodrigo war sofort Feuer und Flamme.

„Oh, da sind welche mit Baby!"

„Die nehmen wir!"

Amin entdeckte wundervoll durchbrochen gearbeitete hölzerne Armreifen, an denen er nicht vorbeigehen konnte. Die musste er für Suria haben, auch, wenn sie noch so teuer waren.

Rodrigo stellte soeben ähnliche Überlegungen an. Er stand vor einem Kästchen aus Ebenholz mit Elfenbeinintarsien, als habe man ihn festgenagelt.

„Ach, was soll es", seufzte er schließlich. „Es ginge mir ja doch nie mehr aus dem Kopf."

Carvalho grinste überaus amüsiert, die beiden schwer bepackt mit Geschenken an Bord zurückkehren zu sehen. Amin hatte es zwar versucht, konnte aber beim besten Willen, nicht alles gleichzeitig tragen. Rodrigo wollte ihn wegen solcher Lappalien nicht zwei Mal laufen zu lassen. Er zog es also vor, die kleineren Dinge gleich selber zu tragen.

In Vorfreude auf die Heimreise am nächsten Morgen kam es ihm nicht einmal in den Sinn, sich die Sachen von einem Laufburschen zum Schiff bringen zu lassen.

Auf den anderen Schiffen trudelten im Laufe des Tages die letzten Landgänger ein. Die meisten Händler waren wegen edler Hölzer und Öle hier gewesen. Nun lagen die stolzen Galeonen, Karavellen und Karacken tief im Wasser.

Diesmal musste Silva wirklich alle Segel setzen, um den anderen folgen zu können. Mit viel Geschick segelte er so, dass ihm die großen Schiffe nicht den Wind abschnitten.

Carvalho hielt immer wieder nach ihm Ausschau und ließ manchmal Segel reffen, wenn seine Andretta zu viel Fahrt aufnahm. Das kostete am Ende zwei volle Tage, spielte ihm aber den Respekt Silvas, Alvarez' und Amins ein. Den Beweis, das schnellste Schiff der kleinen Flotte zu besitzen, erbrachte er auch so. Dafür musste er sich nicht erst sinnlose Regatten mit den anderen liefern.

Rodrigo und Amin zählten schon die Tage, wenn sie ihre Lieben endlich wieder in die Arme schließen konnten. Vor allem Amin war neugierig, was sein Töchterchen inzwischen schon alles konnte.

Die Vier zu Hause fuhren, als fünf Monate herum waren, täglich zum Hafen und hielten eine Stunde lang Ausschau nach der Andretta und der Ouriço do Mar. Der Kommandant der Festung hatte Stella versprochen, ihr sofort einen Boten zu schicken, wenn man die Schiffe sichtete, selbst dann, wenn es mitten in der Nacht sei.

Stella hatte sich sogar ein eigenes Fernrohr zugelegt. Mit diesem suchte Miguel auf Surias Arm soeben den Ozean ab.

„Da! Wieder ein Schiff und noch eins und noch eins…"

„Wirklich?" Stella nahm ihrem Sohn das Glas ab, um selbst einen Blick hindurch zu werfen. „Sie kommen!", jubelte sie dann. „Ich habe die Takelage der Andretta erkannt. Das kleine Schiff rechts dahinter muss die Seeigel sein!" Sie reichte das Fernrohr an Suria weiter.

Inzwischen waren die vielen Segel am Horizont mit bloßem Auge schon zu erahnen, obwohl man sie noch für eine Wolke halten konnte.

„Papa kommt!", jauchzte Miguel, wie ein Fohlen herumspringend.

Bintang klammerte sich an ihre Mama. Mit ihren sechs Monaten konnte sie mit alledem noch nicht viel anfangen.

Es dauerte fast eine Stunde, ehe man durch das Glas Einzelheiten und Gesichter auf den Schiffen erkennen konnte. Die Frauen ahnten nicht, dass man nach ihnen auch schon Ausschau hielt, obwohl man es für vergebliche Mühe hielt.

„Sie sind da!", rief Rodrigo überrascht. „Meine Güte, sind die Kinder groß geworden!"

Carvalho reichte Amin sein Fernrohr, damit beide gleichzeitig ihre Familien beobachten konnten. Das Lächeln auf Amins Gesicht, beim Anblick seiner süßen Tochter, schien sogar die Sonne zu überstrahlen.

Beide schauten zu, wie Miguel die Hand der Kleinen nahm und dahin zeigte, wo die Schiffe rasch größer wurden. Dann lachte Bintang fröhlich und Miguel stimmte ein. Auch, wie sich die Frauen immer wieder das Fernrohr zureichten, glücklich lächelten und ihnen zuwinkten, sahen sie.

„Ich freue mich derartig auf zu Hause, dass ich keine Worte dafür finde!", rief Amin.

„Geht mir auch so", gab Rodrigo gerne zu. „Vor allem, wenn da alle miteinander friedlich leben und sich rundum verstehen."

Amin packte ihn plötzlich am Arm. „Schaut mal!"

Rodrigo setzte sogar das Fernrohr zweimal ans Auge, weil er glaubte, sich geirrt zu haben. Suria hielt eindeutig ein Blatt Papier in der Hand, von dem sie vorlas. Dann drehte sie es um, deutete mit dem Finger auf etwas und fing zu lachen an.

„Sie kann lesen", stellte Rodrigo verdattert fest. „Da erübrigt sich wohl die Frage, ob Stella mit dem Geschäftlichen klargekommen ist. Sie ist – weil sie sich flugs eine Gehilfin ausgebildet, zu der sie volles Vertrauen hat! Wer lesen kann, kann sicher auch schreiben. Da lässt man die Frauen mal einen Augenblick allein…"

Amin schmunzelte. Carvalho hob amüsiert die Schultern. Ein bisschen Wehmut schlich sich trotzdem immer wieder ein, weil Suria eine wirklich besondere Frau war, die er hatte hergeben müssen. Wenigstens hatte sie ihr ganz großes Glück gefunden, was ihn wiederum ein kleines bisschen tröstete.

„Schaffen wir es heute noch in den Hafen?", fragte Rodrigo.

„Das ist sehr wahrscheinlich", entgegnete der Kapitän. „Die Seeigel ist klein genug, um auch mit einsetzender Ebbe zu fahren. Die letzte Meile schafft sie auch ohne Geleit. Ich gebe Silva Signal, dass ich jetzt voll durchziehe."

Augenblicke später setzte die Andretta noch zwei Segel und flog den anderen beiden, die auch in Malakka Zwischenstopp einlegen wollten, regelrecht davon.

Die Ouriço do Mar zog an ihnen vorbei, als sie sich draußen auf Reede für die Nacht einrichteten. Gemächlich glitt sie in den Hafen, ehe die Ebbe den Tiefstand erreichte.

Stella und Suria waren mit den Kindern im Hafen geblieben, nachdem sie gesehen hatten, wie die Andretta unter vollen Segeln Fahrt aufnahm.

„Das schafft er spielend", sagte Suria mit fester Stimme. „Er ist kein Hasardeur."

Kurz darauf tauchte das Schiff in voller Schönheit in der Hafeneinfahrt auf. Eine halbe Stunde später lag es sicher vertäut und die Männer hatten Mühe, nicht die gleichen Ströme an Freudentränen zu vergießen, wie ihre Frauen.

Der Kommandant des Forts A Famosa ließ die Andretta sicher bewachen, als er von Rodrigo von den Goldkisten an Bord erfuhr. Carvalho war das einen zeitigen festen Schlaf für sich und seine Männer wert. Er ließ nicht einmal eigene Posten aufstellen.

Das Reisegepäck der beiden Passagiere war, zusammen mit den Geschenken, rasch auf dem Wagen verladen. Sie nahmen, mit den Kindern, auf der Ladefläche platz, während die Damen den Kutschbock enterten und Suria alle rasch und sicher zum Haus brachte.

Amin hielt während der ganzen Fahrt seine kleine Bintang im Arm, die ihn zuerst etwas ängstlich gemustert hatte, aber rasch auf Kuschelkurs ging, weil sie intensiv fühlte, wie lieb er sie hatte. So spielte sie mit den Bändern an seinem Hemd und plapperte fröhlich drauflos.

Miguel, vom vielen Herumhopsen am Hafen müde, schlief bereits im Arm seines Papas ein.

„Die Vier da hinten sehen glücklich aus", sagte Stella zu Suria.

„Die Zwei hier vorn auch, wie mir scheint", schmunzelte diese, Pferd und Wagen an den Helfer im Hof übergebend.

Rodrigo schaute erstaunt hinterher, wie rasch die beiden gemeinsam Wasser holten und das Abendessen bereiteten. Als er einen Blick in den Salon warf, war ihm alles klar. Da standen zwei Körbchen mit Handarbeitsutensilien und angefangenen Kunstwerken.

Die Listen auf dem Tisch des Arbeitszimmers waren eindeutig von jemand anderem als Stella geschrieben worden. Die Frauen hatten offenbar, ganze ohne Zwang der Notwendigkeit, ihre Tage und Abende gemeinsam verbracht.

Suria bat die Männer zu Tisch.

„Ach, das hat mir gefehlt", seufzte Rodrigo mit wohlig verdrehten Augen. „Gemüse frisch vom Händler, in sauberem duftendem Öl angebraten."

„Zu Hause ist es ganz einfach am Schönsten", pflichtete Amin bei, Suria zublinzelnd.

„Und das hat besonders gefehlt", warf Rodrigo etwas anzüglich ein.

Stella tauschte einen belustigten Blick mit Suria: „Eindeutig – über einen längeren Zeitraum unter Seeleuten gelebt."

„Aber sehr auf gute Manieren und Etikette geachtet", lachte Rodrigo und gab die Episode vom Ankunftstag zum Besten, die Amin für ein paar Tage dahin erhöhte, wohin zu gehören, er mehr Rechte gehabt hätte, als einige dort noch Anwesende.

„Ich bin sehr stolz auf dich", sagte Suria mit vor Freude leuchtenden Augen.

„Ich vermute, das Kompliment kann ich genau so an dich geben", erwiderte er. „Oder sollte ich mich getäuscht haben, dass du am Hafen etwas von einem Blatt Papier vorgelesen hast?"

„Das hast du gesehen?", fragte Suria überrascht.

Während Stella zur gleichen Zeit rief: „Was, das konntest du von so weit weg erkennen?"

„Ich hab doch gleich gemerkt, dass das auf den Listen nicht Stellas Schrift ist!" Rodrigo deutete mit dem Daumen über die Schulter zum Arbeitszimmer. „Ich kann auch an mein geliebtes Weib und an Suria das gleiche Lob geben", erklärte er Amin. „Die beiden haben nämlich eine ziemlich große Warenladung nach Portugal verschifft."

„Dann sollten wir ganz schnell etwas für sie aus dem Ärmel zaubern", schlug Amin vor, worauf beide aufsprangen und aus dem Zimmer eilten.

Die Frauen schauten erstaunt hinterher.

„Über Monate 24 Stunden täglich auf engstem Raum zusammenzuhocken, hat ihnen offensichtlich nichts anhaben können", freute sich Stella. „Sie sind beide bestens gelaunt und verstehen sich wie gute Freunde."

„Solltet Ihr es etwa anders gemacht haben?", lachte Rodrigo, auf die Handarbeitskörbchen zeigend.

Stella schüttelte den Kopf. „Keinesfalls. Wir haben es uns abends mit den Kindern hier gemütlich gemacht, die Beine hochgelegt, gestickt, geschnattert und gelacht. Vielleicht lässt sich das ja beibehalten."

„Dann setzen sich Amin und ich an den Tisch, spielen Schach oder lesen, malen, schmieden Pläne, spielen mit den Kindern und lachen mit Euch gemeinsam." Rodrigo lächelte vergnügt.

„Oh, das wäre großartig!", seufzte Suria.

Inzwischen zogen die Männer ihre Mitbringsel für die Damen hinter ihren Rücken hervor. Womit sie echte Begeisterungsstürme auslösten.

„Morgen bekommen die Kleinen noch etwas Schönes", verriet Rodrigo. „Wir haben ihnen das gleiche Spielzeug in unterschiedlichen Farben gekauft, damit sich keiner benachteiligt fühlt."

Stella kicherte. „Habt Ihr eine Ahnung! Miguel, als echter Kavalier, überlässt Bintang stets sein Spielzeug, wenn sie danach fasst."

„Au weia", murmelte Amin.

„Hast du Sorge, dass sie das so beibehalten?", witzelte Stella.

„Ein bisschen schon."

„Dann muss er sie eines Tages heiraten, damit alles in der Familie bliebt." Rodrigo zuckte mit den Schultern.

Stella kicherte, weil Suria und Amin glatt die Wort wegblieben und beide ziemlich betreten aus der Wäsche schauten.

„Ich meine es ernst", fügte Rodrigo deshalb sofort hinzu. „Sollte er jemals solch ein Ansinnen stellen, werde ich es ihm ganz bestimmt nicht ausreden. Ich habe die Frau genommen, die ich über alles liebe und ihm werde ich das Recht dazu nicht absprechen.

Aber, nur weil er mein Sohn ist, muss sie ihn eines Tages noch lange nicht mögen. Lassen wir die beiden also erst mal wachsen und allein entscheiden. Ich möchte nur, dass ihr sie nicht unter Druck setzt, wenn sie sich irgendwann zu ihm hingezogen fühlt."

„Danke." Amin drückte ganz fest Rodrigos Hand.

Im Augenblick lagen die beiden Kleinen in ihren Betten und schliefen wie zwei Steine. Die Rückkehr der Väter war doch ziemlich aufregend gewesen.

Und diese hatten es plötzlich sehr eilig, mit ihren Frauen ebenfalls in die Betten zu kommen. Nur nicht, um zu schlafen. Dass sich die Begeisterung etwas lauter als üblich äußerste, störte weder die einen noch die anderen.

Suria und Amin schafften es trotzdem, pünktlich aufzustehen, gemeinsam alle Arbeiten zu erledigen und mit der quietschvergnügten Bintang am Tisch zu erscheinen. Sie streckte auch sofort die Arme nach ihrem Papa aus und ließ sich bei ihm das Frühstück schmecken.

„Und da hattest du Angst, sie werde dich wie einen Fremden ablehnen", schmunzelte Rodrigo. „Das sieht eher nach einem Herz und einer Seele aus."

Miguel zupfte an seinem Arm, schaute ihn mit großen flehenden Augen an und saß im nächsten Moment auch auf dem Schoß.

„Aber nur heute", bat Rodrigo mit streng versuchtem Unterton. „Du bist doch schon ein großer Junge."

„Nein!" Miguel zog den Kopf ein, um sich kleiner zu machen.

„Oh je, so kleine Kinder können aber nicht auf Bintang aufpassen", rief Stella.

Worauf Miguel tief einatmete, sich ganz gerade hinsetzte und sagte: „Aber ein Mal. Ja?"

„Ja. Ein Mal." Papa Rodrigo streichelte ihm übers Haar.

Nach ein paar Minuten wollte Miguel von ganz allein wieder auf seinen Stuhl zurück. Er hatte Angst, sonst nicht mit Bintang spielen zu dürfen, was die absolute Höchststrafe gewesen wäre.

Für so brave Kinder gab es am Ende natürlich die Elefanten als Geschenk. Auf einer Decke auf dem Fußboden durften sie nach Herzenslust damit hantieren. Bintang konnte die beiden großen Tiere noch nicht anheben, also griff sie sich die beiden Babys und überließ die Elefanten-Mütter Miguel. Am Ende spielten sie gemeinsam mit allen vier Rüsseltieren.

Frauenpower

Die Männer beschlossen, Suria mit zum Hafen zu nehmen. Also beaufsichtigte Stella die beiden Kleinen, während sie gleichzeitig die Papiere der Käufe sichtete, welche Rodrigo in Indien getätigt hatte.

Suria betrat das Schiff, das sie einst in die Freiheit getragen hatte, mit erstaunlich neutralen Gefühlen. Sie übernahm von Kapitän Carvalho die Ladeliste und hakte die Positionen ab, welche an Land auf dem Wagen verstaut wurden.

Es dauerte eine ganze Weile, ehe Carvalho das begriff. „Du kannst tatsächlich lesen und schreiben?", fragte er dann verblüfft.

„Senhora Alvarez war so freundlich, es mich zu lehren", erklärte Suria, eifrig die Liste abarbeitend. „Seitdem arbeite ich auch im Handel mit und bekomme einen festen Lohn." Sie hob lächelnd den Kopf, unterschrieb die Liste mit ihrem Namen und drückte sie Carvalho in die Hand. „Alle Waren vollzählig übernommen."

„Du überraschst mich immer wieder", staunte der Kapitän. „Amin ist wirklich zu beneiden. Haltet euer Glück immer gut fest."

„Das werden wir", versprach Amin, der soeben mit Rodrigo herangekommen war und die letzten Worte gehört hatte. Dann brachte er Suria nach Hause, Tee und Gewürze zum Speicher.

„Ihr träumt noch immer von ihr, vermute ich", sagte Rodrigo leise.

„Welcher Mann würde das nicht tun? Seeleute sind da noch viel anfälliger." Carvalho hob hilflos die Hände. „Das wird auch nie vorbeigehen. Aber das ist mein Vorteil anderen Kapitänen gegenüber – ich habe wenigstens einen so wundervollen Traum."

Auf Rodrigos fragenden Blick: „Andere haben zu Hause einen Drachen, der nach jeder Reise keift."

Das Gelächter der beiden ließ die Matrosen neugierig die Köpfe heben.

Alvarez verabschiedete sich. „Vergesst nicht, dass Ihr und Kapitän Silva für heute Abend eingeladen seid."

„Niemals!" Carvalho fuchtelte wild mit den Händen. „Dann teeren und federn mich die beiden Schönen beim nächsten Besuch."

„Ich versuche, es mir bildlich vorzustellen", witzelte Rodrigo von der Laufplanke aus, winkte noch einmal und stieg zu Amin auf den Kutschbock.

Schon vor dem Haus duftete es nach Gebratenem. Die beiden rieben sich die Hände und spannten gemeinsam das Pferd aus, versorgten es, wuschen sich und traten Seite an Seite durch die Tür des Salons.

„Ihr seid spät dran", stellte Suria fest.

„Den Braten haben wir inzwischen allein aufgegessen", erklärte Stella.

„Wir haben uns beim Schwatzen mit Carvalho vertrödelt", versuchte Rodrigo vorsichtig zu erklären.

Die beiden Frauen blinzelten sich zu und deckten rasch den Tisch.

„Wir können Euch ja nicht verhungern lassen", schmunzelte Stella.

„Gott sei Dank!" Rodrigo rieb sich in Vorfreude auf die lecker duftende Mahlzeit die Hände. „Wo sind die Kleinen?"

„Sie schlafen schon."

„Schade, aber wir sind wirklich zu spät dran", seufzte Rodrigo. „Dafür bleiben wir nach dem Essen hier, damit wir noch etwas von ihnen haben."

„Also *verurteile* ich Amin zur Küchenarbeit, Euch als Aufsicht für die Kinder und fahre mit Suria zum Hafen, um einen kleinen Zusatzhandel mit Kokosnüssen abzuschließen, den ich vor einigen Wochen angebahnt habe." Stella nickte in die Runde.

„Wir nehmen die Urteile an", schmunzelte Rodrigo. Schließlich fragte er neugierig: „Wo gehen die Nüsse hin?"

„Nicht an den Hof", verriet Stella sofort. „Ich lasse sie ins Hinterland bringen. Ich bekomme fast den anderthalbfachen Preis. Zudem bin ich dem König keine Rechenschaft über eine handvoll Nüsse schuldig. Den Kapitän bezahle ich deshalb auch in Naturalien und er ist selber seines Glückes Schmied. Wenn er sie noch höher losschlägt, dann sollte es mich für ihn freuen."

„Wer ist denn der Mann, in den Ihr solches Vertrauen setzt?"

„Kapitän Fernandes von der Sereia."

„Was??? Der kauzige Kerl?! Wie habt Ihr denn den herumbekommen?" Rodrigo fiel beinahe das Besteck aus der Hand.

Fernandes stand in dem Ruf, sich seine Handelspartner generell selbst auszusuchen. Außerdem war er als poltriger, wenig umgänglicher Typ verschrien, dem man zudem nachsagte, besonders schroff und abweisend zu sein, wenn er jemanden nicht mochte.

„Mit einer simplen, ziemlich frechen Wette", kicherte Stella. „Gott möge mir verzeihen. Als ich ihn am Hafen ansprach, schaute er mich geringschätzig an und meinte, er habe keine Zeit, weil er sich um die Auszahlung der Heuer für seine Männer kümmern müsse.

Ich begann zu lachen und sagte: *Das sind Dinge, die kann selbst mein malayisches Hausmädchen mit Links.* Er blieb stehen, wie gegen eine Wand gelaufen, schaute überaus finster, ja eigentlich richtig böse, schien sich plötzlich aber zu besinnen. *Gut,* meinte er, *Euer Hausmädchen zahlt jetzt sofort auf meinem Schiff aus. Packt sie es, dann höre ich Euch an. Setzt sie die Aufgabe in den Sand, dann schert Euch zum Teufel.*

Ich rief lachend: *Angenommen!* Wir sind ihm sofort auf die Sereia gefolgt und Suria hat unter seinen Adlerblicken die Heuerliste abgearbeitet. Das hat den alten Zausel so beeindruckt, dass sie den Seeleuten das Geld auch noch aushändigen durfte, was diese wiederum sehr erfreut hat.

Das Ende vom Lied – der wunderliche Kauz ist uns zwei Frauen wohlgesonnen und lässt heute die Ware stauen."

Amin lächelte still in sich hinein, was schließlich auch Rodrigo auffiel. Als Erklärung bekam er zu hören: „Die Sereia, die Nixe, wenn das nicht ein besonders gutes Omen ist, dann bin ich nicht Amin."

Die beiden Frauen kamen auch nach vollbrachter Tat mit äußerst zufriedenen Gesichtern zurück. Nun musste die Sereia nur noch Wetter, Riffen und Piraten trotzen.

Von Kapitän Carvalho erfuhren sie am Abend, dass er mit der Nixe und einem anderen Schiff gemeinsam nach Portugal segeln wolle, um sich gegenseitig Schutz zu geben.

Die Kanonen, die er offiziell mitführen durfte, hatten schon machen vorwitzigen Möchtegernkorsaren abgeschreckt. Mit der recht ansehnlichen Goldlieferung im Bauch des Seglers war ihm jedwede Hilfe recht.

Über den Husarenstreich der beiden Frauen, mit dem sie Fernandes *gekapert* hatten, lachte er sich beinahe schlapp. Er musste sogar seine geliebte Pfeife aus dem Mundwinkel nehmen, weil ihm immer wieder das Kichern ankam.

Im Laufe des Abends erfuhr auch endlich Kapitän Silva von den Dramen, die sich vor Jahren um Senhora Alvarez abgespielt hatten. Er hatte den Wortspielen der Männer um Nixen und ihre Person nicht folgen können und schließlich gefragt, was es mit alledem auf sich habe.

Er wischte sich mehrmals über die Augen, ehe er verriet, dass Pedro, der Koch, ein Spielkamerad aus Kindertagen gewesen sei. „Wenigstens hat er nicht lange leiden müssen", tröstete er sich und Stella, die auch sofort wieder Tränen in den Augen hatte. „Außerdem weiß ich jetzt endlich, was mit ihm geschehen ist. Ungewissheit ist eine schlimme Plage. Habt ihr die Kleidung, die er Euch gab, aufbewahrt?"

„Ja, das habe ich. Möchtet Ihr sie mitnehmen?", fragte Stella.

„Nur noch einmal sehen, wenn die Bitte nicht zu vermessen ist."

„Ist sie nicht." Stella ging persönlich, um die Kleidungsstücke zu holen.

Sie brachte einen kleinen, aus Bananenblättern geflochtenen Korb herbei. Silva nahm die einzelnen Stücke heraus, streichelte sie und schien sich innerlich endgültig von seinem Freund zu verabschieden.

„Darf ich das Schweißtuch haben?", bat er Stella.

„Natürlich." Sie händigte ihm das rot-weiße Tüchlein aus, welches sie, wie auch Pedro, um den Hals getragen hatte.

Silva faltete es sorgfältig zusammen, ehe er es in die Hosentasche steckte. „Danke. Das bedeutet mir sehr viel."

Über den Teil der Geschichte, wo Oliveira ins Spiel kam, konnte er nur fassungslos den Kopf schütteln. „So was wie den, würde man anderswo kielholen!", rief er. „Aber jetzt dämmert es auch mit dem Nixenspruch. Dabei gebe ich ungern zu, dass ich sehr abergläubisch bin." Dann grinste er breit. „Schöne Frauen und Nixen haben verdammt viele Gemeinsamkeiten. Wenn man nicht aufpasst, stürzen sie einen ins Unglück." Er nahm scherzhaft hinter Amin Deckung.

„Sie sind faszinierende Geschöpfe", fügte Carvalho mit einem tiefen Seufzer an.

Rodrigo und Amin tauschten Siegerblicke.

Suria, die Miguel eine gute Nacht Geschichte vorgelesen hatte, kam herein. „Würde mich nicht wundern, wenn er gleich wieder vor der Tür steht."

„Was hat er denn heute nur?", wunderte sich Stella.

„Ach, das ist schnell gesagt", erklärte Suria. „Er wünscht sich nichts weiter, als ein Mal das Steuerrad eines Schiffes anfassen zu dürfen. Dass gleich zwei Kapitäne im Haus sind, heizt ganz einfach seine Fantasie an."

„Na, dann kommt morgen mit ihm zum Hafen. Da kann er sich gleich zwei Schiffe von innen, oben und unten anschauen. Am Steuerrad darf er auch stehen."

Leises Kratzen an der Tür ließ ein fröhliches Lächeln über Carvalhos Gesicht huschen. Er blinzelte den anderen zu, schlich an die Tür und öffnete sie ganz vorsichtig. Miguel kippte ihm entgegen. Der hatte nämlich auf den Zehenspitzen gestanden, um an die Klinke zu kommen.

Der Kapitän hielt ihn fest, hob ihn auf den Arm und sagte: „Na, kleiner Mann, solltet Ihr nicht eigentlich in Eurem Bettchen liegen?"

Miguel drückte sein Gesicht an Carvalhos Brust und nickte zaghaft.

„Wenn Ihr mir versprecht, jetzt ganz brav schlafen zu gehen, dann dürft Ihr mich und Kapitän Silva morgen auf unseren Schiffen besuchen und Euch alles nach Herzenslust anschauen."

„Oh ja! Ich will brav sein." Miguel flitzte davon.

Suria folgte ihm, deckte ihn zu und wartete noch einen Augenblick. Miguel schlief so schnell ein, dass sie es kaum glauben konnte. Sie tippte ihn sogar vorsichtig an, um sich zu vergewissern. Stella staunte. Rodrigo schüttelte den Kopf. Als sie nicht einmal fünf Minuten später Vollzug meldete.

Rodrigo schickte sich am nächsten Tag an, mit Miguel zum Hafen zu fahren. Der blieb neben dem Wagen stehen und schaute betreten zu Boden.

„Habt Ihr keine Lust mehr, die Schiffe anzuschauen?", fragte Rodrigo erstaunt.

„Bintang?", flüsterte Miguel, seinen Papa mit einem unbeschreiblichen Blick anschauend.

Rodrigo seufzte. „Bintang ist doch noch viel zu klein."

Miguel schob die Unterlippe vor und bekam feuchte Augen.

„Na, hol sie schon", forderte Rodrigo Amin auf und Miguel kletterte sofort auf den Wagen.

„War ja klar", sagten beide Frauen synchron. „Die beiden kann man nicht trennen."

Rodrigo setzte sich auf den Bock und Amin hielt beide Kinder sicher im Arm. Auf dem Kai kam ihnen schon Carvalho entgegen.

„Oho! So junge Damen hatte ich noch nie an Bord." Er tupfte Bintang mit dem Finger auf die Nase, wofür er ein erfreutes Quietschen zur Antwort erhielt. Dann nahm er Miguel an die Hand und führte ihn zum Schiff.

Der Kleine bestaunte das hölzerne Kunstwerk mit riesengroßen Augen. So nah war er noch nie an einem Segler gewesen. Carvalho trug seinen Gast auch die Laufplanke hinauf und ließ ihn zuschauen, wie Papa und Amin mit Bintang an Bord kamen.

Miguel durfte sogar auf der unteren Webleine zwischen den Wanten stehen, und ganz weit über das Wasser schauen. Am Ende ließ er seine Fingerchen ganz ergriffen über das Holz des Steuerrades gleiten.

„Wo schläft Onkel Carvalho?", wollte er noch wissen, bevor sie die Seeigel aufsuchten.

„Das verrate ich Euch auch noch", schmunzelte der und zeigte Miguel seine Kajüte.

Miguel deutete sofort auf die Bilder. „Das ist das Schiff und das die Mama von Bintang!"

„Stimmt. Das ist sie wirklich", bestätigte Carvalho erfreut. „Der Papa von Bintang hat die Bilder gemalt."

Dass der Alvarez-Nachwuchs ein pfiffiges Kerlchen war, merkte auch Kapitän Silva sofort. Miguel schaute über das Deck, drehte sich nach der Andretta um und stellte lakonisch fest: „Klein." Er zeigte sogar, was meinte, nämlich, dass die Ouriço do Mar nicht nur weniger maß, sondern einen Mast weniger hatte.

„Jetzt bin ich baff", entfuhr es dem Kapitän.

Trotzdem schaute sich sein junger Gast mit Hingabe das Schiff an. Vor allem interessierte er sich für das Ankertau, von dem er feststellte, dass es auch dünner als das der Andretta war.

„Ich fasse es nicht!", rief Silva. „Kann noch nicht mal über die Tischkante gucken und bringt es fertig, mich sprachlos zu machen, indem er die beiden Schiffe treffsicher vergleicht!"

Als ganz große Belohnung durfte er mit Silvas Hilfe die Schiffsglocke läuten. Bintang klatschte vor Vergnügen in die Hände. Zuletzt wollte Miguel wieder das *Zimmer* sehen, wo der Kapitän sein *Bett* hatte.

„Oh, Amin hat kein Bild gemalt!" Miguel schaute Amin halb fragend, halb anklagend an.

„Das ist ein echtes Versäumnis", murmelte Amin. „Wenn Kapitän Silva das nächste Mal bei uns in Malakka ist, bekommt er auch ein Bild von seiner Ouriço do Mar."

„Und von Suria?"

Amin lachte herzlich. „Von Suria bekommt er keins, aber von einer wunderschönen Nixe, die immer gut auf ihn aufpassen wird, wenn er auf dem Meer unterwegs ist."

„Wirklich?" Silva machte genau so große Augen wie Miguel. Er konnte es kaum fassen, solche Kunstwerke in Aussicht zu haben, wie sie Carvalho sein eigen nannte.

„Versprochen!" Amin besiegelte es mit Handschlag.

Auf der Andretta stand Carvalho zur gleichen Zeit vor dem Bild Surias und träumte. Wie es wohl gewesen wäre, wenn er anstelle von Amin mit ihr eine süße kleine Tochter gehabt hätte. Nach einer endlos scheinenden Zeit riss er sich los und murmelte, wie schon so oft: „Es ist für alle besser, wie es ist."

Am nächsten Morgen blieb keine Zeit mehr für Trübsal, die drei Schiffe stachen kurz nacheinander in See und setzten alle Segel um die gleichmäßige Brise und die fast glatte See maximal zu nutzen.

Carvalho, der Erfahrenste, hatte das Kommando über den kleinen Verband. Er setzte sich an die Spitze und achtete darauf, keines der anderen Schiffe aus dem Auge zu verlieren.

Unruhige Zeiten

Mit seinem Verhandlungsgeschick brachte es Carvalho auch bei Hofe zuwege, einige Boni für die erschwerten Goldlieferungen herauszuschlagen. Seine stattliche Erscheinung und die Ungezwungenheit im Umgang mit der Etikette öffneten ihm rasch die Türen.

Er schaffte es sogar, allen Diskussionen um das schwarze Schaf der Königsfamilie aus dem Wege zu gehen. Die Familie selber schwieg das Problem aus Scham tot. Anderen war er zu keiner Aussage verpflichtet. Die lapidare Erklärung, er habe den Prinzen in Indien nicht getroffen, genügte, dass man ihn damit in Ruhe ließ.

Die Alvarez' hatten ihn auch mit der Aufgabe betraut, ihre Häuser aufzusuchen, nach dem Rechten zu schauen und gleich noch den Mietzins mit einzutreiben.

So kehrte er erst nach über einem Jahr nach Malakka zurück. Das aber mit ausschließlich guten Nachrichten und so viel Geld im Gepäck, wie er selten an Bord gehabt hatte. Er ließ sich auch sofort von zwei Soldaten des Forts zum Haus der Alvarez' eskortieren, weil er es so schnell wie möglich loswerden wollte.

Dort platzte er in das Mittagessen der beiden Familien, die ihn sofort einluden und festlich auftafelten. Als er sich sein Verdauungspfeifchen stopfte, belagerte ihn Miguel und gab erst Ruhe, als er ihn und Bintang auf den Schoß nahm und ihnen von der Reise erzählte.

Für Bintang ahmte er das hohe Pfeifen des Sturmes nach, das Knattern des Windes in den Segeln und das Schreien der Möwen, wenn endlich Land in Sicht kam.

Beide Kinder liebten ihren Onkel Carvalho, der zudem von jeder Fahrt eine Kleinigkeit mitbrachte. „Und sie sind noch immer unzertrennlich", staunte er.

„Ich habe deshalb auch beschlossen, die beiden gemeinsam unterrichten zu lassen. Der Lehrer wird sich darauf einstellen müssen, dass Bintang viel jünger ist. Tut er es nicht, gibt es Ärger", erklärte Rodrigo. „Schließlich soll sie mit Freude lernen."

„Aber doch nicht etwa jetzt schon!", rief Carvalho.

„Nein, nach Miguels fünftem Geburtstag werden wir ganz langsam anfangen. Bis dahin ist noch ein Weilchen." Rodrigo nahm von Suria die überprüften Listen entgegen. „Bintang ist genau so wissbegierig und pfiffig wie ihre Mama."

„Könnte es sein, dass es bis dahin noch mehr Nachwuchs gibt?" Carvalho betrachtete Suria akribisch von der Seite.

„Ihr seid der Erste, der es außerhalb unserer Runde gemerkt hat", schmunzelte Amin. „Wir erwarten in etwa vier Monaten unser zweites Kind."

„Freuen sich die Kleinen schon?"

„Die wissen es noch nicht", sagte Stella.

Amin murmelte. „Hoffentlich ist es den beiden willkommen."

„Hast du ernsthafte Befürchtungen?" Rodrigo schaute ihn überrascht an.

Ein zaghaftes Kopfschütteln als Antwort.

„Der Onkel freut sich jedenfalls", lachte Carvalho. „Dann verwöhnt er demnächst drei Knirpse, weil er selber keine hat. Und er wird sich bemühen, in einem halben Jahr spätestens wieder hier zu sein."

Dieses Versprechen hielt er auch. Danang, der Sohn von Amin und Suria, war gerade sechs Wochen alt und die beiden *Großen* kümmerten sich rührend um das Baby.

Es war auch das erste Mal, dass Carvalho wieder auf Silva traf, der ihm stolz die beiden Zeichnungen von Amin präsentierte.

„Ihr habt sie ihm doch hoffentlich gut bezahlt?", schmunzelte er, die Nixe mit äußerstem Interesse betrachtend.

„Aber ja! Was haltet Ihr von mir?", entgegnete Silva empört. Dann folgte er der Blickrichtung Carvalhos. „Ohhhhh nein! Die bekommt Ihr nicht! Selbst dann nicht, wenn Ihr mir Euer Schiff mit dazugebt!"

Carvalho brach in dröhnendes Gelächter aus. Am Abend erzählte er die Geschichte beim Zusammensein im Hause Alvarez. Silva drohte ihm scherzhaft mit der Faust.

„Hast du zufällig noch ein Nixenbild?", fragte Carvalho Amin.

„Wollt Ihr Euch gleich oder später eins aussuchen?"

„Sofort!" Carvalho sprang erfreut auf.

Rodrigo bedeutete ihm, sich wieder zu setzen und bat Amin, seine ganze Sammlung in den Salon zu bringen, denn Silva hatte sie auch noch nie komplett gesehen.

Suria stillte inzwischen ihr Söhnchen und Stella kümmerte sich um die Gäste. Das tat sie so selbstverständlich, dass den beiden Kapitänen jedes Mal ganz warm ums Herz wurde, wie liebevoll freundschaftlich sie mit ihrem Hausmädchen umging. Besonders Carvalho lag sehr viel daran, Suria und ihre Lieben glücklich zu sehen.

Sie kam mit ihrem Söhnchen im Tragetuch herüber, um es immer im Auge zu haben. Bintang schlief mit dem neuen Püppchen im Arm, das Onkel Carvalho mitgebracht hatte, tief und fest. Miguels geschnitztes Pferdchen lag ebenfalls auf seinem Kopfkissen. Dass die Puppe gleich auf dem Pferd reiten durfte, kaum dass es Miguel in der Hand hielt, verstand sich ganz von selbst. Für das Baby hatte Carvalho eine bunte Rassel erstanden, die noch ein wenig auf ihren ersten Einsatz warten musste.

Carvalho schwelgte inzwischen mit Silva in unzähligen Bildern. Er entschied sich spontan für eine Meerjungfrau, die ihrem Betrachter stets mit den Augen zu folgen schien, egal, wohin er sich wandte. Das Werk faszinierte ihn unglaublich.

Außerdem bat er um das neueste Bild, das alle drei Kinder auf der Spieldecke zeigte. Amin tat ihm gern den Gefallen.

Ein paar Tage später stach die Andretta in See und diesmal sollte es zwei volle Jahre dauern, ehe sie wieder nach Malakka kam. Dafür kamen die Kinder sofort mit Rodrigo an den Kai, um ihn zu begrüßen. Miguel und Bintang hielten den zweijährigen Danang zwischen sich an den Händen.

„Meine Güte! Seid Ihr groß geworden!", rief der Kapitän erstaunt.

„Ihr kommt spät und habt ein paar graue Haare mehr bekommen", stellte Rodrigo lächelnd fest.

„Und habe bei einem Scharmützel mit Korsaren zwei Männer eingebüßt", seufzte Carvalho.

Alvarez schaute zum Schiff hinüber. „Neue Deckaufbauten und Masten? Kanonentreffer?"

„Aus nächster Nähe. Ein Wunder, dass das alte Mädchen nicht vollgelaufen ist", erklärte der Kapitän mit ziemlicher Zufriedenheit in der Stimme. „Dafür haben wir die Relâmpago als Kleinholz mit Mann und Maus auf den Meeresgrund geschickt."

„Euch hat ein Portugiese angegriffen?", staunte Rodrigo.

„Ich konnte es ja selber kaum fassen", gab Carvalho zu. „Als er seine Kanonen nachlud, haben wir ihm aus allen Rohren eine Breitseite verpasst, die die Karavelle glatt auseinanderriss. Da sind die paar grauen Haare das kleinere Übel.

Die Andretta hat Monate zur Reparatur in der Werft gelegen. Sie aufzugeben und ein neues Schiff zu kaufen, wäre für mich nie infrage gekommen.

Die meisten Sorgen machen mir aber die Niederländer. Es scheint etwas dran zu sein, dass sie uns die Kolonie hier streitig machen wollen. Deshalb habe ich auch eher mit einem Angriff durch einen Holländer gerechnet, als durch die eigenen Leute.

Aber erzählt Ihr lieber. Was ist Danangs Leidenschaft?"

Rodrigo schmunzelte. „Ob Ihr es glaubt oder nicht – er ist in alles vernarrt, was Segel hat. Amin hat ihm ein Boot geschnitzt und ein Stückchen Stoff als Segel angebracht. Das lässt er oft stundenlang in der Pferdetränke fahren."

Amin bestätigte am Abend die Leidenschaft seines Sprösslings.

„Wenn er es in ein paar Jahren noch immer mit den Schiffen hat, dann nehme ich mit auf See und mache einen tüchtigen Kapitän aus ihm", versprach Carvalho. „Solange halte ich bestimmt noch durch. Wenn er wirklich gut ist, überschreibe ich ihm meine Andretta."

„Euch würde ich ihn auch anvertrauen, ohne Angst haben zu müssen, dass er den *Pulveraffen* macht", erklärte Amin.

„Die Konstellation, ihn als Euren Nachfolger zu sehen, würde ich logischerweise sofort begrüßen", warf Rodrigo ein. „Wir werden also seine Begeisterung für alles, was schwimmt, eher anheizen als dämpfen und ihm, wenn er das richtige Alter hat, einen guten Lehrer besorgen."

„Wofür brennen die Unzertrennlichen?"

„In erster Linie füreinander", lachte Stella. „Danach kommen gleich Rechnen, Lesen und Schreiben. Bintang kann schon die kurzen Texte zu den Bilderbüchern lesen. Miguel ist der Pedantische. Er rechnet alles drei Mal nach, um bloß keinen Fehler in den Aufgaben zu haben."

Carvalho schmunzelte. „Euer Geschäft wird also in Zukunft auch Bestand haben."

„Scheint so."

Die Alvarez' führten deshalb sehr zeitig Miguel und Bintang in die Arbeiten rund um den Handel ein. Auch, wenn sich beide eines Tages nicht füreinander entscheiden sollten, wäre Bintang die ideale Besetzung für das Familienunternehmen.

Danang fuhr das erste Mal mit Carvalho zur See, als er gerade zehn Jahre alt geworden war. Der erfahrene Kapitän führte ihn Schritt für Schritt in Nautik, Geografie und alles ein, was mit dem Wohl und Wehe einer Mannschaft zu tun hatte.

Als sie nach fast vier Monaten zurückkamen, hatte sich Danangs Wunsch gefestigt, ein kühner Seefahrer zu werden, auch wenn das nicht immer ein Zuckerschlecken war. Er hatte seinen ersten schweren Sturm erlebt, unzählige Gewitter und auch die Angst, von Korsaren verfolgt zu werden.

„Wenn ich wiederkomme, nehme ich dich mit auf eine lange Reise", erklärte Carvalho. „Bis dahin wirst du auch noch viel über das Zusammenleben der Menschen lernen müssen."

Danang versprach es ihm in die Hand und hielt das auch gewissenhaft. Er war es auch, der zuerst merkte, wie manchmal die Luft geheimnisvoll zwischen seiner Schwester und Miguel knisterte. Vorsichtshalber machte er seinen Vater darauf aufmerksam und der wiederum Rodrigo.

„Jetzt wird es also langsam interessant", stellte dieser mit einer hilflos wirkenden Geste fest. „Hoffentlich machen sie keine Dummheiten. Ich sollte wohl endlich mit Miguel über die Bienchen und Blümchen reden."

Das Gleiche nahm sich am selben Abend auch Suria mit Bintang vor, der Amin die Neuigkeit brühwarm aufgetischt hatte.

Stella, Amin und Danang zogen es vor, für diesen einen Tag komplett im Speicher zu arbeiten, um den anderen genügend Zeit zur Klärung aller Fragen zu lassen.

Nun liefen allerdings die Ratschläge beider Eltern mehr in die Richtung, wie man sich straf- und schadlos miteinander befassen konnte, als dahin, den beiden erste sexuelle Kontakte zu verbieten. Die jungen Leute fassten das natürlich auch genau so auf. Mutter und Vater Alvarez hatten oft genug auf die Unterschiede im Mutterland zum Leben in den Kolonien hingewiesen.

„Werden sie es tun?", fragte Rodrigo Amin bei der nächsten Reise zum Kontor in Singapur, was den beiden Unzertrennlichen mehrere sturmfreie Tage bescherte.

„Sie werden – da bin ich ziemlich sicher", bekam er zur Antwort, während sich die beiden Mütter lieber der Stimme enthielten.

Danang war mit Carvalho gen Portugal unterwegs, um sich ein Bild davon zu machen, wie es im Mutterland der Alvarez' aussah. Damit konnten bestenfalls Amins Cousins ein Auge auf Miguel und Bintang haben. Nur war nicht damit zu rechnen, dass sich die beiden in flagranti erwischen lassen würden. Zumal die Männer auch nur Zugang zu den Außenbereichen hatten.

Und falls doch, dann wusste Rodrigo ganz genau, werde Miguel die volle Schuld auf sich nehmen, um Bintang zu schützen.

Wie es allerdings geschah, dass Miguel schneller zum Zuge kam, als er erträumt hatte, war dem Wettergott zuzuschreiben.

Sie waren bereits auf dem Nachhauseweg vom Hafen von einem heftigen Tropenregen erwischt worden und bis auf die Haut nass geworden. Weil es sich auch noch ungewöhnlich abgekühlt hatte, klebte Bintang das Kleid nicht nur wie eine zweite Haut am Körper, es ließ auch mehr von ihren Brüsten erahnen, als sie selber merkte.

Miguel hingegen hatte den anregenden Anblick sofort erspäht. Sowie die Haustür hinter ihnen ins Schloss fiel, machte er Bintang aufmerksam, wie ausgesprochen einladend sie sich im Augenblick präsentierte.

Sie versuchte etwas irritiert, den Stoff von ihrer Haut zu zupfen, was sich als ziemlich sinnloses Unterfangen erwies.

„Du wirst Hilfe brauchen, um aus deinem nassen Kleid zu kommen", erklärte Miguel mit funkelnden Augen, die Stellen streichelnd, die ihn im Augenblick am meisten interessierten.

Weil sie ihn nicht zurückwies, stattdessen wie angewachsen stehen blieb, zog er sie an sich und fasste etwas fester zu.

„Man könnte uns hören", flüsterte sie.

Miguel zuckte mit den Schultern. „Wenn das das ganze Problem ist, dann weiß ich Abhilfe." Er nahm sie auf die Arme und trug sie ohne Vorwarnung in sein Zimmer. „Jetzt kann man uns nur hören, wenn du vorhast zu schreien."

„Das kommt ganz darauf an, was Ihr vorhabt", erwiderte sie unschlüssig.

„Zuerst schäle ich dich aus diesem nassen Zeug", begann er aufzuzählen. „Dann trockne ich dich gründlich ab. Drittens muss ich die viele Feuchtigkeit loswerden, um viertes zu entscheiden, was ich als Nächstes mit dir tun werde."

Weil sie weder einen Fluchtversuch unternahm noch sich mit Worten zur Wehr setzte, begann er sie auszuziehen. In Bintangs Gedanken herrschte das komplette Chaos. Von einer gewissen Vorfreude bis zu grenzenloser Angst, jagten sich die Gefühle. So kannte sie Miguel nicht und das machte sie unsicher.

Das angekündigte Abtrocknen ließ sie etwas ruhiger werden. Die Wärme seiner Hände tat gut, wenn ihm das Tuch, rein zufällig, versteht sich, wegrutschte und er sie zärtlich streichelte.

„Versuche, dein Haar ein wenig ausdrücken", sagte er, ihr das Tuch reichend. „Ich muss dringend in trockene Kleidung."

Dass die Kleidung am Ende nur aus einer Hose bestand, beruhigte sie doch sehr. Er setzte sich auf die Bettkante. „Komm her." Er hielt ihr eine Hand entgegen.

Bintang trat einen Schritt näher, Miguel nahm ihr das Tuch aus der Hand, warf es achtlos über die Stuhllehne und begann, ihren nackten Körper mit den Augen abzutasten. Die schon sehr fraulichen Formen konnten sich durchaus sehen lassen.

Mit einem schnellen Griff zog er sie zu sich heran, wobei er sich zurückfallen ließ und sie mitriss. Sofort versteifte sich Bintang.

Er schloss sie in die Arme und flüsterte ihr ins Ohr: „Ich habe nicht vor, unverzeihliche Dummheiten zu begehen. Sonst hätte ich sicher auf die Hose verzichtet. Ich möchte dich ganz einfach streicheln, deine Haut auf der meinen spüren und ein wenig träumen."

„Verzeiht, dass ich Böses dachte", murmelte Bintang und schmiegte sich fest an seinen nackten Oberkörper. Da war sie wieder, die tiefe Geborgenheit, die sie von klein auf stets in seiner Nähe gespürt hatte.

„Wenn ich es irgendwann gar nicht mehr ohne das Eine aushalte, dann werde ich dich heiraten", hörte sie ihn soeben sagen.

Nun verstand sie auch endlich, warum sich ihre Mutter so intensiv mit ihr über ihre Gefühle ihm gegenüber unterhalten und ihr Dinge erklärt hatte, die ihr die Schamröte ins Gesicht getrieben hatten. Sie wusste ja auch, dass Senhor Alvarez seinen Sohn an jenem Tag ins Gebet genommen hatte, nur nicht worüber.

Die Alvarez' schienen es schon im Vorfeld akzeptiert zu haben, dass sich Miguel auffallend um sie bemühte und nicht standesgemäß auf Brautschau ging.

„Dann hat Euch Euer Vater wohl die gleichen Tipps gegeben, wie mir meine Mutter?", fragte sie plötzlich, um wirklich Gewissheit zu haben.

„Das ist ziemlich sicher", schmunzelte Miguel. „Wenn du es auch möchtest, dann können wir ein paar Tage eine Menge Spaß haben, der eigentlich nicht legal ist."

Bintang kuschelte sich mit geschlossenen Augen fest an ihn, blieb ihm aber eine verbale Antwort schuldig.

„Falls es wirklich Probleme gibt, dann werde ich sofort jede Schuld auf mich nehmen. Ich werde erklären, dass ich dich verführt habe, was ja auch den Tatsachen entspricht. Auch schwöre ich dir hier und jetzt, dass ich dich im Falle handfesten Ärgers sofort heiraten werde."

„Es ist schon spät. Ich muss noch das Mittagessen bereiten", murmelte Bintang, sich aus seinen Armen lösend. Sie schlang sich das Handtuch um, griff nach ihrem Kleid und verließ das Zimmer, ohne sich noch einmal umzudrehen.

Miguel rieb sich mit beiden Händen das Gesicht. Möglicherweise hatte er durch seine Ungeduld alles vermasselt. Irgendwie musste er dann wohl eingeschlafen sein, denn jemand rüttelte an seiner Schulter. „Das Essen ist fertig!"

Bintangs Stimme machte ihn sofort munter. Mit einem Satz sprang er aus dem Bett und hätte sie fast noch mit umgerissen.

„Seid Ihr jetzt immer so stürmisch?", schmunzelte sie, ihm mit einem Auge zublinzelnd.

„Wenn du es möchtest", gab er zur Antwort, erfreut, dass sie nicht sauer auf ihn war.

Bintang lief vor ihm her, die Treppe hinunter. „Das überlege ich mir noch. Im Augenblick habe ich Hunger."

„Und nach dem Essen?"

„Wasche ich ab. Einkaufen gehe ich erst morgen. Bei dem Wetter wachsen einem ja fast Schwimmhäute!" Sie schaute mit zusammengezogenen Augenbrauen aus dem Fenster, wo es schon wieder wie aus Kübeln goss.

„Ich wüsste ein schönes trockenes Plätzchen", seufzte Miguel.

Bintang servierte das Essen, setzte sich ihm gegenüber an den Tisch und erklärte: „Wenn Ihr jetzt aufhört, mich ständig mit den Augen auszuziehen, komme ich Euch vielleicht dort besuchen."

Seinen ungläubigen, zugleich hoffnungsvollen Blick, quittierte sie mit einem Lächeln, welches ihm einen wohligen Schauer über den Rücken trieb.

„Ich bin oben", gab er bekannt, als sie sich später den Küchenarbeiten widmete.

Bintang nickte und hatte es sehr eilig, fertig zu werden. Abwaschen, Aufräumen, Ausfegen, ein kurzer Rundumblick, dann stieg sie die Treppe hinauf. Sie klopfte an seine Tür und trat ein.

Miguel stand am Fenster, sich nun sehr erfreut umdrehend. Bintang musste sich auf die Zehenspitzen stellen, als sie ihm einen Kuss auf die

Lippen hauchte. Im nächsten Augenblick begann sie, die Bänder seines Hemdes zu öffnen.

Er streifte es sich ab, während ihre Fingerspitzen über seine Brust glitten und am Hosenbund stoppten. Das Zögern war nur kurz, dann knöpfte sie die Hose auf, die Miguel plötzlich sehr eng wurde. Bintangs Hand huschte unter den Stoff.

Miguel nahm dankbar die Zärtlichkeiten an. Trotzdem fragte er: „Tust du es, weil es heißt, du müsstest mir in allem gehorchen?"

Diesmal bekam er sofort eine Antwort.

„Nein, weil ich Euch von ganzem Herzen liebe."

Er schloss wohlig die Augen. „Ich habe inständig gehofft, dass du das sagen würdest."

Mit diesem Wissen zügelte Miguel seinen Entdeckergeist auf ein Maß, mit dem er Bintang nicht völlig verschreckte. Sie war ihm äußerst dankbar dafür. Verbote zu übertreten, lag ganz und gar nicht in ihrem Wesen.

Umbrüche

Als die beiden Elternpaare zwei Tage vorfristig zurückkehrten, saß Miguel im Arbeitszimmer und stellte Papiere für eine Schiffsladung Reis zusammen. Das Geschäft hatte sich zufällig ergeben. Den Bonus von seinem Vater auf die Einnahmen konnte er für die Hochzeit gut gebrauchen.

Bintang zupfte gerade Unkraut im Garten. Sie ließ alles stehen und liegen, um die Heimkehrer gebührend zu begrüßen.

„Ich mache das hier noch schnell fertig", erklärte sie. „Für das Abendbrot sind genug Vorräte da." Sie wandte sich sofort dem Rest des Beetes zu.

Bei Tisch berichtete Rodrigo über die Schwierigkeiten Portugals in Indien, und dass ein Rückzug aus diesen Gebieten unumgänglich erschien, weil die Niederländer massiv vordrangen.

„Vielleicht ist es ja an der Zeit, in die Heimat zu gehen, und sich zur Ruhe zu setzen", fügte er beinahe resigniert hinzu.

„Heute ist wohl nicht der richtige Zeitpunkt, um über meine Pläne zu sprechen", seufzte Miguel, wobei er Bintang einen fast wehmütigen Blick zusandte.

„Dafür muss immer Zeit sein!" Rodrigo straffte sich. „Ich bin ganz Ohr."

„Ich möchte Euch und Amin bitten, Bintang heiraten zu dürfen."

„Weil Ihr es müsst?", fragte Rodrigo sofort.

Miguel schüttelte entschieden den Kopf. „Nein – weil ich es will. Ich hoffe inständig, dass sie mir keinen Korb gibt."

Er ahnte nicht, dass die beiden Väter für diesen Fall eine Art Probe vorbereitet hatten, um sicher zu gehen, dass da nicht nur ein Strohfeuer brannte, welches beide zeitig bereuen würden.

„Das ist wenig standesgemäß", führte ihm Rodrigo vor Augen, worauf sich ein Schleier auf Bintangs Augen legte. „Habt Ihr Euch jemals um die Töchter der Bürger hier bemüht? Und wenn nicht, was missfällt Euch an ihnen?"

„Vater, jede hier würde mich auf der Stelle heiraten, um außerordentlich gut versorgt zu sein. Ihr könnt nehmen, welche Ihr wollt, sie sind alle nur hinter dem Geld, aber nicht hinter mir her. Bintang und ich sind und werden unzertrennlich bleiben.

Heirate ich eine andere, die niemals freiwillig irgendeine Arbeit anfassen würde, und stelle Bintang als Bedienstete ein, weil sie sich perfekt in Handelsdingen auskennt, dann vergällt ihr jede, und das wisst Ihr, sofort das Leben.

Bleibt sie bei Euch im Lohn werden die Schwierigkeiten für sie nicht geringer. Die Klatschweiber hätten nichts Eiligeres zu tun, als überall zu verbreiten, mein Spielzeug habe ausgedient.

Ich gebe in dieser Runde auch gern zu, dass ich in den letzten Tagen mehrfach versucht habe, sie zu verführen. Ich liebe sie zu sehr, um sie zu Dingen zu zwingen, die sie selber nicht möchte. Bitte gebt sie mir zur Frau!"

„Fragen wir doch einmal, wie Bintang die Sache sieht", erwiderte Rodrigo.

Bintang schlug die Augen nieder. „Ich liebe Miguel. Ich möchte aber nicht, dass er meinetwegen Ärger bekommt. Wenn es keine andere Möglichkeit gibt, dann gehe ich aus Malakka fort."

„Na mindestens! Was sonst noch?!" Miguel sprang auf. „Und wenn, dann keinen Schritt ohne mich!"

„Will noch jemand ernsthaft versuchen, die beiden zu trennen?", schmunzelte Rodrigo. „Miguels Analyse aller Zusammenhänge kann man nicht widersprechen. Wie er es sagt, würde es kommen."

Miguel wechselte die Farbe wie eine bengalische Wunderkerze. „Heißt das jetzt: Ja?"

Beide Elternpaare nickten heftig.

Miguel riss Bintang in seine Arme und küsste sie so leidenschaftlich, dass sie vor Freude und Schreck halb ohnmächtig zusammensackte. „Sobald Danang und Carvalho wieder hier sind, wird geheiratet. Ehe noch ein anderer auf den wilden Gedanken kommt, mir meinen Schatz abspenstig zu machen."

„Ich werde schon dafür sorgen, dass nicht mal einer im Traum daran denkt!", rief Rodrigo. „Morgen gebe ich die Verlobung bekannt. Punkt. Senhor Carvalho wird dazu verdonnert, Euch zu trauen, wie er es mit Eurer Mutter und mir getan hat."

Suria wischte so viele Freudentränen weg, dass Amin schließlich witzelte: „Also, wenn es heute Nacht eine Überschwemmung gibt, dann wisst Ihr, wer schuld ist."

„Am allermeisten freue ich mich, dass spätestens am Tag der Trauung die Anrede Senhor und Senhora für eure Familie zwingend wird", rieb sich Rodrigo die Hände. „Da trifft es endlich mal welche, die es wert sind, so genannt zu werden. Ach, ist das schön.

Die Tochter meines besten Freundes – endlich kann ich es in die Welt hinausschreien – wird meine Schwiegertochter und damit eine hoch geachtete Frau.

Wenn wir uns eines Tages in Portugal zur Ruhe setzen, kann Amin malen, was das Zeug hält, und ein richtig berühmter Mann werden.

Was in der Welt geschieht, erfahren wir von Danang, der dann garantiert schon ein kühner Kapitän mit einer verwegenen Mannschaft ist."

Stella lachte. „Und wir beide", sie zeigte auf sich und Suria, „werden unsere Enkel umsorgen, damit Mama und Papa in Ruhe ihrem Tagewerk nachgehen können."

„So sie es nicht vorziehen, hier zu bleiben", warf Rodrigo ein.

„Das besprechen wir zu gegebener Zeit mit Carvalho und Danang", erwiderte Miguel. „Ich möchte nicht der sein, der das Familienunternehmen verspielt, weil er zu spät die Zeichen der Zeit erkannt hat."

„Eine weise Entscheidung", lobte Amin. „Ihr seid genau so umsichtig, wie Euer Vater."

Nicht übel für einen Achtzehnjährigen, was er heute an Überlegungen zu Gehör gebracht hat, dachte in dem Augenblick Rodrigo.

Bintang machte ihrem Namen alle Ehre – sie strahlte. Sie hatte niemals wirklich geglaubt, Miguels Frau werden zu können.

Miguel machte auch sofort klar, dass er durchaus genug Geld aufbringen konnte, ihr ein standesgemäßes Verlobungsgeschenk zu machen. Wenige Augenblicke später steckte er mit seinem Vater im Lager der edlen Geschmeide, um für sie das Passende herauszusuchen.

Er zahlte sofort den ausgehandelten Familienpreis und noch am selben Abend zierten ein Ring und eine wundervolle Kette Bintang, die durchaus geeignet waren, ernsthaften Neid bei den Damen der Gesellschaft hervorzurufen.

Dem Gemüsemann klappte am nächsten Tag fast der Unterkiefer auf die Spitzen der Sandalen, als er den wertvollen Schmuck an Bintang erspähte. Eine Stunde später wusste wohl schon ganz Malakka von der Verlobung. Denn Senhor Alvarez hatte zeitgleich die hohen Herren des Rates informiert.

Gouverneur Gomes brachte es spaßig auf den Punkt: „Na ja, wenn er sie nun mal liebt. Manchmal muss ein Mann eben tun, was ein Mann tun muss."

„Weg ist er", stichelte der Kommandant der Forts, denn Gomes hätte Miguel als Schwiegersohn auch nicht schlecht gefallen. Nur war dessen Tochter fast drei Jahre älter und der junge Alvarez hatte jede Möglichkeit genutzt, nur dann mit ihr in Kontakt zu kommen, wenn es die Etikette zwingend vorgab.

Gomes grinste breit: „Tja, mein Lieber, da bin ich nicht allein, das müssen sich die anderen nun auch klar machen."

Bintang ertrug die bohrenden Blicke der jungen Damen der gehobenen Gesellschaft mit Gleichmut und mit dem Stolz der Siegerin.

„Tragen sie Trauer?", fragte Rodrigo, ohne ein genaues Thema zu nennen, als Bintang am zweiten Tag vom Markt kam.

Sie schmunzelte vergnügt: „Eher die gewetzten Messer."

Ganz unrecht hatte sie wohl nicht. Es gab so manches junge Mädchen, das ihr am liebsten die Pest an den Hals gewünscht hätte.

Suria reagierte genau wie ihre Tochter auf scheele Blicke – mit einem überlegenen freundlichen Lächeln. Dieses deutliche Signal, Einschüchterung zwecklos, ließ die anderen auch recht schnell mit dem versuchten Psychoterror aufhören.

Stella hielt ebenfalls die Ohren ganz weit offen und begann damit, Mutter und Tochter offiziell in die Gesellschaft der Damen einzuführen, die beiden schon immer wohlgesonnen waren. Amin zog es vor, nun auch noch öfter die Einladungen des Gouverneurs und des Festungskommandanten anzunehmen, schon, um seiner Tochter zu kräftiger Rückendeckung zu verhelfen.

Stella und Rodrigo brachten Bintang im Schnelldurchgang die wichtigsten Tänze der feinen Gesellschaft bei, kleideten sie stilsicher ein, ohne ein großes Gerede darum zu machen.

Als man sie zur Hochzeit eines anderen Paares einlud und sie damit eigentlich nur gründlich zu blamieren gedachte, stahl sie den Konkurrentinnen auf dem Tanzparkett glatt die Schau.

Der Kommandant war beileibe nicht der Einzige, der nach jeder Runde auf der Lauer lag, um sich das Vergnügen zu gönnen, mit Bintang tanzen zu dürfen. Allerdings machte ihnen Miguel meist einen Strich durch die Rechnung, der ihr kaum einen Moment von der Seite wich.

Rodrigo und Amin amüsierten sich noch Tage später über die Findigkeit, mit der die anwesenden Herren Miguel abzulenken versucht hatten.

Im übernächsten Monat kam ein Laufbursche vom Hafen geflitzt, der die Botschaft überbrachte, die Andretta ankere vor Malakka und warte auf die Flut, um einlaufen zu können.

„Na endlich", seufzte Miguel aus tiefster Seele, worauf sein Vater und Amin zu lachen begannen.

Bintang war so aufgeregt, dass ihr ständig irgendwelche Dinge aus den Fingern rutschten. Suria servierte vorsichtshalber das Abendessen allein. Sie konnte ihre Tochter nur zu gut verstehen. Stand ihr doch ein kometenhafter Aufstieg bevor, der nicht einmal jedem portugiesischen Mädchen vergönnt war.

Am Morgen fuhren die drei Frauen mit dem Wagen zum Hafen, während ihnen die Männer auf Pferden folgten. Bintang trug, wie so oft in den letzten Wochen, komplett europäische Kleidung.

Danang rüttelte Carvalho am Arm: „Seht Ihr, was ich sehe?"

„Hmm, hmm, ich glaube schon – eine gut aussehendes junges Mädchen, in unerwartetem Gewand, das aber vor Glück nur so strahlt. Und den Grund dazu, glaube ich, neben ihr entdeckt zu haben." Er deutete mit dem Kopf auf Miguel.

Wenig später war Carvalhos Vermutung Gewissheit.

Miguel begrüßte hoch erfreut den Kapitän und Danang, ehe sich die Geschwister in den Armen lagen.

Carvalho versprach, noch mindestens vier Wochen in Malakka zu bleiben. Sie hatten am Abend viel zu erzählen und manchmal, wenn Danangs Schilderungen zu unglaublich klangen, nickte Carvalho, um zu bestätigen, dass es sich so, genau so, zugetragen habe.

„Wir hatten in der Tat mehr als eine handfeste Rauferei", erklärte Carvalho. „Die Niederländer werden immer aufdringlicher."

„Ihr habt doch Danang sicher unter Eure Fittiche genommen", stellte Suria halb als Frage in den Raum.

„Eher andersherum", schmunzelte Carvalho, „Er hat mir zwei Mal mit dem Degen den Hintern gerettet, gilt seitdem auf dem Schiff als ganzer Mann und wird offiziell als zukünftiger Befehlshaber gehandelt. Durch seine Körpergröße genießt er auch bei den Damen diesen Stand."

Suria fuhr auf: „Er ist …"

Amin unterbrach sie mit einer Handbewegung, als sie sich über das Alter auslassen wollte. „… bestenfalls etwas eher als andere auf dem Schlachtfeld der Geschlechter unterwegs."

„Danke, Vater", schmunzelte Danang, während Suria die Hände rang.

Rodrigo und Carvalho amüsierten sich über die Szene köstlich. Bintang, Miguel und Stella lächelten still in sich hinein. Der *Kleine*, hatte offenbar seinen Weg gefunden. Er ging ihn, auch wenn er manchmal holprig war, nahm den Spaß mit, wenn er ihn fassen konnte und bot Schwierigkeiten kühn die Stirn.

„Er ist der älteste Sohn", ließ sich Stella mit einem Blinzeln vernehmen.

Amin nickte. „Das habe ich nicht vergessen. In Bälde ist er nicht nur ein Wissender, sondern wird sich seiner Stellung mitten in der Geschichte klar werden.

Aber bevor er in das Familiengeheimnis eingeweiht wird, verheirate ich meine Tochter und dann erfahren es alle am gleichen Tag."

„Wann ist denn der große Tag?", fragte Danang interessiert.

„Übermorgen", erwiderte sein Vater, nachdem er sich durch Blickkontakt mit Carvalho abgestimmt hatte. „Sie werden auf dem Schiff getraut und dann gibt es ein Fest für alle im Fort."

„Wie sieht es mit Festkleidung aus?", wandte sich Amin an Danang.

„Hervorragend! Selbst die Straußenfeder auf dem Hut ist neu. Der Degen sowieso."

„Oh weh! Ich werde wohl noch lange brauchen, um zu begreifen, dass mein kleiner Sohn so schnell ein Mann geworden ist", klagte Suria.

Danang streichelte tröstend ihre Hand.

Sie lächelte. „Dabei freue ich mich doch ganz bestimmt nicht weniger als der stolze Papa."

Danang fehlten nur noch wenige Zentimeter, um seinen Vater in der Größe einzuholen. Die harte Arbeit auf See, die er sich nicht scheute, genau wie die Matrosen zu verrichten, hatte seine Schultern breit und die Arme muskulös werden lassen.

„Er wird Euch auch sonst immer ähnlicher", wandte sich Carvalho an Amin.

„Euch?", staunte dieser.

„In zwei Tagen ist es sowieso unumgänglich", schmunzelte der Kapitän. „Danang hat sich dies schon vor Monaten ganz allein verdient, als er mich das erste Mal vor einem Dolchstich direkt ins Herz bewahrte. Beim zweiten Mal wollte mich einer hinterrücks mit einem Säbel enthaupten. Ekelhafte Vorstellung." Ihm lief deutlich sichtbar eine Gänsehaut über die Arme.

Suria schluckte und schloss für den Bruchteil einer Sekunde die Augen. Ihr Sohn hatte ihren Retter vor dem gleichen Schicksal bewahrt, das man ihr einst zugedacht hatte.

Sie legte ihm zur gleichen Zeit wie Amin eine Hand auf die Schulter und flüsterte, genau wie er: „Danke." Dass sie es auch aus den gleichen Grund taten, verstand sich von selbst.

„Inzwischen glaube sogar ich, dass der Fluch des Goldes einen Wandel zum Segen erfahren hat", murmelte Stella beeindruckt.

„Bleibt Ihr heute Nacht bei und oder schlaft Ihr auf dem Schiff?", fragte Miguel Danang.

„Auf dem Schiff", entgegnete Danang, erfreut, dass ihn Miguel auch mit der Ehrenform ansprach. „Es gibt viel zu tun, wenn die Andretta zu Eurer Hochzeit in vollem Glanz strahlen soll."

„Das ist leider wahr", gab Carvalho zu. „Wir hatten in letzter Zeit so viele Scharmützel, dass uns allen die Tage hier guttun werden. Aber zuerst müssen wir das alte Mädchen einer optischen Verjüngungskur unterziehen."

„Übertreibt es nicht!", rief Miguel. „Für mich und Bintang ist sie in jedem Fall das schönste Schiff weit und breit."

„Oh, das sind wir ja schon richtig viele!", lachte Danang, der auf dem besten Weg war, unzertrennlich mit der Andretta zu verwachsen.

„Ihr habt uns noch immer nicht erzählt, was Danang seinem Vater immer ähnlicher macht", hakte Stella schließlich bei Carvalho nach.

„Er malt wie ein junger Gott!", rief der Kapitän. „Aber er schnitzt auch, dass es eine Freude ist", fügte er noch hinzu.

Danang war es sichtlich peinlich, derart im Mittelpunkt zu stehen, also lenkte er schnell ab. „Erzählt lieber, wie es Euch ergangen ist, als Ihr die Verbindung zwischen Miguel und meiner Schwester angekündigt habt. Es dürfte doch nicht nur erfreute Zustimmung gegeben haben."

Stella winkte mit beiden Händen ab. „Hat es nicht. Wir Frauen waren aber so kreativ, uns die richtige Rückendeckung zu holen, dass recht schnell Ruhe herrschte." Sie berichtete über die Hochzeit und wie sich Bintang in die Herzen der Herren getanzt hatte."

„Ihr werdet aufpassen müssen!", schmunzelte Danang in Richtung Miguel, der begeistert nickte.

„Ein bisschen Neid kann richtig aufbauen."

„Ein gesundes Maß an Schadenfreude aber auch", fügte Stella hinzu. „Der Schuss mit der Einladung ging so in die falsche Richtung, dass mir richtig warm ums Herz geworden ist."

„Bei Wärme fällt mir ein: Wo werden die jungen Alvarez' in Zukunft wohnen?", fragte Carvalho, denn das Haus war nicht groß genug für drei Paare.

„Das kommt ganz darauf an, was Ihr uns für Nachrichten aus der Ferne mitbringt", gab Rodrigo gerne zu. „Wir sind nicht abgeneigt, früh genug den Weg nach Portugal zurück zu suchen, um Leib, Leben und Vermögen zu schützen.

Dort haben wir dann für jeden das Passende, denke ich."

„Ich und Suria werden jeder Eurer Entscheidung folgen", versprach Amin.

„Für mich und Bintang steht nach der Hochzeit fest, dass wir beizeiten das Weite suchen werden, um das Familiengeschäft in Sicherheit zu bringen", warf Miguel ein. „Ich habe bereits bei meinen eigenen kleinen Aktionen gemerkt, wie schwer es inzwischen geworden ist, Waren sicher ans Ziel zu bringen."

„Auf uns könnt Ihr immer zählen", schwor Carvalho, sich und Danang mit einer Handbewegung umfassend.

Rodrigo begleitete die beiden Seefahrer nach einem wundervollen Abend hinaus. Amin spannte das Pferd an. Rodrigo sprach flüsternd und sehr eindringlich auf die beiden Gäste ein, die hin und wieder durch ein schnelles Nicken antworteten.

Amin kutschierte sie schließlich zurück zum Hafen.

Miguel Alvarez

Bintang schlief von den Aufregungen des Tages sofort ein. Sie hatte den ganzen Abend kaum ein Wort gesprochen, den anderen aber voller Interesse zugehört.

Übermorgen sollte es also endlich so weit sein, dass sie Senhora Alvarez werden würde. Miguel hatte ihr schon vor Tagen ein wahres Traumkleid in Goldorange nähen lassen. Ihm war sehr viel daran gelegen, alles für die Zeremonie und die Feier aus selbst erwirtschafteten Mitteln zu finanzieren.

Rodrigo ließ ihn gewähren. Er befand es für vollkommen richtig, dass sich Miguel in den letzten Monaten Stück für Stück aus seinem Schatten gelöst hatte. So setzte er das deutlichste Zeichen, dass die Alvarez' auch in Zukunft nicht gewillt waren, auch nur einen einzigen Meter bei Hofe zu vergeben.

Auf der Andretta wurde am Tag vor der Hochzeit eimerweise Farbe verstrichen. Erstaunt registrierte Carvalho, dass einheimische Frauen mit Körben zum Hafen kamen und winkten. Er rief nach Danang. Der junge Mann balancierte an Land, um herauszufinden, was die Damen begehrten.

„Wir haben Blumengirlanden geflochten, um das Schiff für morgen zu schmücken", erklärte die Älteste. „Alle sollen unsere Wertschätzung für das Brautpaar sehen."

„Hervorragend! Ich lasse sie sofort anbringen", versprach Danang. Er gab Carvalho das Zeichen, eine Ladeplanke legen zu lassen, damit die edlen Spenderinnen sicher an Bord gelangen konnten.

Dort, wo die Farbe schon trocken war, wanden sich Minuten später duftende Blüten um Handläufe und Masten.

„Das wird eine Märchenhochzeit", prophezeite Danang mit leuchtenden Augen. Er sah im Geist schon seine Schwester an Miguels Seite durch eine jubelnde Menge schreiten. *Was für ein Kleid wird sie wohl tragen*, überlegte er.

Carvalho sah ihm die Gedanken überdeutlich an. „Ihr seid aufgeregt, als ginge es um Eure eigene Hochzeit", schmunzelte er. „Aber ich kann Euch verstehen. So eine Konstellation wird kaum je wieder eintreten."

„Wie wird man sie und meine Eltern…"

„Pssst", unterbrach ihn der Kapitän. „Eins nach dem anderen."

Danang lächelte. „Ihr habt recht." Er überprüfte noch einmal, ob alle Girlanden perfekt aussahen. Dafür ging er sogar noch einmal an Land, um das ganze Schiff begutachten zu können. Carvalho schmunzelte. Für Bintangs und Miguels Glück war dem stolzen Malaysier wohl nichts zu aufwendig.

Für seine jungen Jahre wirkte Danang nicht nur durch seine auffällige Körpergröße sehr erwachsen, wie Carvalho immer wieder sehr zufrieden feststellte. Das machte es ihm besonders leicht, Surias Sohn, die er noch immer liebte, die beste Ausbildung zukommen zu lassen, die man auf den sieben Ozeanen bekommen konnte.

Amin, der genau wusste, welche Gefühle Carvalho noch immer für Suria hegte, reagierte nie eifersüchtig. Im Gegenteil, es gab ihm die Gewissheit, dass Danang von allem immer das Bestmögliche bekam.

Im Augenblick war Amin mit Rodrigo und Miguel im Fort, um die Festlichkeiten vorzubereiten. Die Frauen gingen den Tag gemächlich an. Sie legten ihre schönsten Kleider bereit, den Schmuck, und kochten schließlich gemeinsam das Mittagessen.

Miguel reservierte mit einem Blinzeln für eine ganze Stunde am Abend den Baderaum für Bintang. Und diese Stunde nutzte sie auch. Von einem Blütenbad bis hin zu einer pflegenden Ölpackung für das lange rabenschwarze Haar gönnte sie sich alle kosmetischen Freuden.

Amin hatte seiner *Kleinen*, wie er seine große Tochter immer liebevoll nannte, stets die gleichen Spezereien zukommen lassen, wie der Mama. Denn, wie es Stella einmal Suria gegenüber ausgedrückt hatte, waren sie beim reichsten Mann Malakkas im Dienst und das sollte man auch zeigen.

Der Duft zog rasch durch das ganze Haus und bewirkte, dass sich nicht nur Miguel unbändig auf den nächsten Tag freute, sondern dass Amin und Rodrigo in jener Nacht bei ihren Herzensdamen zur Höchstform aufliefen.

Bintang erschreckte am Morgen sogar ihren Vater, der ihr das Brennholz in die Küche bringen wollte.

„Hast du überhaupt geschlafen?", fragte er verunsichert.

„Ein wenig. Ich bin viel zu aufgeregt, um wirklich eine ruhige Minute zu finden. Da habe ich mich eben schon mal in der Küche abreagiert", erhielt er zur Antwort.

Den anderen schien es genau so ergangen zu sein, denn ein ganze Stunde eher als gewöhnlich trafen alle im Salon ein, wo schon festlich eingedeckt war.

Miguel wartete, bis Bintang anschließend den Tisch abgeräumt hatte. Ehe sie die restliche Hausarbeit erledigte rief er sie zu sich. Er stellte ein kleines Ebenholzkästchen auf den Tisch, schloss es umständlich auf, um es noch spannender zu machen, klappte den Deckel auf und sprach: „Ich möchte, dass Ihr das heute tragt."

Bintang bekam riesengroße Augen und die anderen machte länge Hälse.

„Feueropale?", hauchte Stella überrascht, als es Rodrigo gerade dachte.

„Wo habt Ihr sie her?", fragte er sofort.

Miguel hob ein geheimnisvoll schimmerndes Collier heraus, hielt es so, dass alle einen guten Blick darauf hatten. „Ich habe sie einem Chinesen abgehandelt. Es heißt, sie kämen aus Australien."

„Das glaube ich gerne", murmelte Rodrigo. „Sie sind umwerfend schön."

„Das ist Schmuck der einer Königin würdig wäre", staunte Stella.

„Dann ist er genau richtig", strahlte Miguel. „Denn die Königin meines Herzens wird ihn tragen."

Bintang legte seine Hand an ihre Wange. „Ich liebe Euch", flüsterte sie.

In welchem Maße er sie zu sich emporhob, merkten die anderen spätestens, als beide ihn ihrer Festkleidung erschienen. Miguels Spitzenstulpen, -kragen und –manschetten wirkten beinahe schlicht gegen das prunkvolle Kleid Bintangs.

Für die Familienmitglieder war offensichtlich, was er damit bezweckte.

„Er ist genial", raunte Rodrigo Amin ins Ohr.

„Ganz Vaters Sohn", schmunzelte Amin.

„Genau deshalb reiten sie auch zu ihrer Hochzeit", verriet Rodrigo erst jetzt. „Wir anderen folgen ihnen mit der Kutsche."

Auf der Gasse warteten schon die Neugierigen. Sie glaubten zu Träumen, als sie das strahlende Brautpaar auf den Pferden gewahrten.

„Wie seine Eltern!", hörten sie es in der Menge tuscheln und warfen sich einen verliebten Blick zu.

Sie ließen die Wallache in langsamem Schritt zum Hafen gehen, um die Bewunderung der Zuschauer richtig genießen zu können.

„Oh, mein Gott!" Carvalho faltete überwältigt die Hände.

Bintang hätte jede hochwohlgeborene Prinzessin in den tiefsten Schatten gestellt. Miguel hatte alles allein geplant und sich auch nicht von seinem Vater in die Karten schauen lassen.

Danang eilte ihnen entgegen, um zuerst Miguel pro forma vom Pferd zu helfen und dann sofort seine Schwester herunter zu heben. Er führte sie als Zeremonienmeister auf das Schiff, wo er sie und die Gäste mit dem Kapitän herzlich willkommen hieß.

Dort warteten auch schon die hohen Herren der Gemeinde mit ihren Familien. Und überall sorgte Bintangs Anblick für grenzenloses Staunen. Die Neuankömmlinge staunten ihrerseits über das festlich geschmückte Schiff.

Der Kapitän hielt eine herzergreifende Rede, ehe er Miguel und Bintang auf Lebenszeit miteinander verband. Als das junge Paar das Ehegelübde sprach, wischten nicht nur die glücklichen Mütter Freudentränen weg. Auch die Augen von Carvalho und Danang schimmerten verräterisch feucht.

Die Menge auf dem Kai jubelte den Frischvermählten zu, als sie auf dem Rücken der Pferde den Weg zum Festplatz im Fort antraten. Sie nahmen die unzähligen Glückwünsche mit einem strahlenden Lächeln entgegen.

Auf dem Höhepunkt der Feier fragte Gomes eher scherzhaft, was die stolzen Eltern Alvarez den beiden zu Hochzeit geschenkt hätten, weil darüber noch kein einziges Wort gefallen war.

„Bis jetzt noch gar nichts", erklärte Rodrigo mit einem breiten Grinsen. „Aber in weniger als fünf Minuten, nämlich genau zur Tageswende, übergebe ich ihnen den gesamten Goldhandel und setze mich, nachdem ich ihnen auch noch meinen Tee und die Gewürze übereignet habe, mit meiner Gattin in Portugal zur Ruhe."

Schlagartig herrschte tiefe Stille und alle schauten Rodrigo Alvarez verblüfft an. Am ungläubigsten aber Miguel und Bintang, die überlegten, ob sie jetzt alles richtig verstanden hatten.

„Wie?"

„Was?"

„Ihr … Ihr wollt Euern Handel abgeben und nach Portugal gehen?", stotterte Gomes beinahe entsetzt.

Rodrigo schaute auf die Uhr. „Es ist seit ein paar Sekunden seiner." Er deutete auf Miguel, der zur Salzsäule erstarrt zu sein schien.

Carvalho musste sich ein Grinsen verkneifen, als er laut und vernehmlich erklärte: „Mein Schiff ist übermorgen zur Passage bereit."

Gomes wurde blass. „Aber Senhor Alvarez, Ihr könnt doch nicht…!"

„Ich kann und ich werde, mein Lieber", erwiderte Rodrigo. „Glück ist ein flüchtiger Geselle, man sollte es nicht überstrapazieren. Außerdem habe ich einen würdigen Nachfolger, der mit seiner Gattin anknüpft."

„Er wird es nur nicht hier tun", ließ sich Miguel vernehmen. „Ich gebe hiermit bekannt, dass das gesamte Handelsunternehmen nach Portugal verlagert wird, um den Schutz der Krone für die Reisen einfordern zu können.

Vollmachten für die Bewaffnung von Handelsflotten lassen sich schlecht aus der Ferne beantragen, und ehe sie vorliegen, ist möglicherweise ein ganzer Konvoi in Gefahr."

„Ihr habt gut recherchiert", musste der Kommandant des Forts neidlos eingestehen.

Gomes seufzte. „Ich gebe zu, dass Ihr mich an empfindlicher Stelle trefft. Ich merke es ja an den Lebensmittellieferungen aus der Heimat, die oft genug mitsamt des ganzen Schiffes verschwinden. Junger Mann, ich danke Euch für Eure Offenheit. Dass wir es bedauern, wenn Ihr geht, könnt Ihr Euch sicher denken." Er drückte Miguel fest die Hand.

Die Einzigen, die bei den letzten Ankündigung nicht überrascht gewirkt hatten, waren Carvalho und Danang gewesen, wie Bintang treffsicher feststellte.

Trotz der Schocknachrichten nahm die Feier rasch wieder Fahrt auf und beim Tanz versuchten alle Herren, mit der reizenden jungen Senhora Alvarez eine Runde zu drehen. Danang schmunzelte, wie selbstverständlich sein Vater mit Stella und seine Mutter mit Rodrigo über das Parkett wirbelten.

„Wollt Ihr es nicht auch freiwillig lernen?", raunte ihm Carvalho mit einem lustigen Blinzeln ins Ohr.

Danang stöhnte. „Ich hätte wirklich auf Euch hören sollen! Nun stehe ich da wie ein begossener Pudel und schaue den anderen sehnsüchtig zu. Geschieht mir recht, auch wenn ich es ungern zugebe."

Carvalho lachte herzlich. Er schnappte sich Bintang, danach Stella, um schließlich mit Suria den letzten Tanz des Abends zu genießen.

Das junge Paar hatte sich rasch davongestohlen, kaum, dass die Tanzrunde mit dem Kapitän beendet war, um ungestört zwei Stunden für sich zu haben.

Miguel übergab die beiden Pferde an die Nachtwache, nahm seine große Liebe auf die Arme und eilte mit ihr in sein Zimmer. Er glaubte schon, sich in der Tür geirrt zu haben, weil plötzlich alles anders aussah.

Amin war unbemerkt von der Feier verschwunden und hatte mit seinen Cousins Surias Bett in Miguels großes Zimmer getragen und beide fest zum Doppelbett verbinden lassen.

Miguel schickte einen stummes Dankgebet an seinen Schwiegervater, der immer die tollsten Überraschungen aus dem Ärmel zauberte.

Er widmete sich sofort seiner jungen Frau, die er so leidenschaftlich küsste, dass sie erst merkte, wie ihr das Kleid von den Schultern glitt, als seine heißen Hände ihre nackte Haut streichelten.

Genau so eilig hatte er es, seine eigene Kleidung abzulegen. Bintang fasste nach dem Verschluss ihrer Kette.

„Nein! Leg den Schmuck heute Nacht bitte nicht ab." Er zog sie fest an sich. Die schmale Mondsichel vor dem Fenster ließ die einzelnen Steine funkeln.

Miguel hob Bintang ins Bett, sodass das milde Licht als helle Bahn längs über ihren Körper lief. Es war zwar nicht so geplant, aber der Schein des Mondes enthüllte genau die Stelle, die Miguel im Augenblick am meisten interessierte.

Natürlich nahm er die Einladung dankend an. Denn diesen Anblick konnte er nur dieses eine Mal genießen. Wenige Augenblicke später überschwemmte auch schon die pure Lust alle anderen Gedanken.

„Es gibt nicht viele Pflichten im Leben, deren Erfüllung solchen Spaß macht", flüsterte er Bintang ins Ohr.

Sie blinzelte ihn an: „Aber auch nicht viele, die am Anfang derart schmerzhaft sind."

Miguel streichelte liebevoll ihr Haar. „Euch wirklich wehzutun, lag nicht in meiner Absicht, aber wohl in der Natur der Sache. Dabei könnte ich glatt noch einmal…"

„Dann tut es doch. Andere Frauen habe die erste Nacht auch überlebt." Sie ließ ihre Fingerspitzen zwischen seine Schenkel gleiten.

Irgendwann ging die Sonne auf und sie hatten noch nicht einmal geschlafen.

„Bleibt im Bett. Ich besorge uns Frühstück", lachte Miguel, zog sich rasch etwas über und tigerte zur Küche.

Suria schaute ihn erschreckt an.

177

„Guten Morgen! Seid Ihr bitte so lieb, mir Frühstück für zwei auf ein Tablett zu stellen?", fragte er.

„Natürlich. Sofort." Suria beeilte sich, seinem Wunsch nachzukommen. Kopfschüttelnd, aber reichlich amüsiert schaute sie hinterher, wie er das volle Tablett zu seinem Zimmer jonglierte.

Sie trug die Kaffeekanne in den Salon. „Wir können beginnen. Die beiden frühstücken im Bett. Miguel hat soeben seiner holden Gattin das Essen serviert."

Amin und Rodrigo brachen in schallendes Gelächter aus. Die jungen Alvarez' ließen sich durch nichts und niemanden aus der Ruhe bringen. Auch in der Nacht hatte sie die späte Heimkehr der beiden Elternpaare nicht sonderlich gestört.

Nach dem Frühstück erschienen sie bestens gelaunt im Salon, wo die anderen soeben die vielen Neuigkeiten durchsprachen.

„Ob die Nacht gut war, brauchen wir sicher nicht fragen", witzelte Rodrigo.

„Perfekt bis hin zum Frühstück im Bett", erwiderte Miguel

„Ihr kommt aber auch auf Ideen!", rief Stella amüsiert.

Miguel blinzelte treuherzig. „Wir Alvarez' sind dafür bekannt, unseren Angebeteten etwas mehr Aufmerksamkeit zu widmen, als der Rest der Männerwelt den ihren."

„Womit er vollkommen recht hat!" Amin nickte bestätigend.

Bintang unterdrückte mühsam ein Gähnen. Obwohl sie glaubte, es habe keiner gemerkt, sagte Miguel: „Ab ins Bett! Sonst schlaft Ihr noch im Stehen ein. Wichtige Entscheidungen werden erst diskutiert, wenn Ihr hellwach wieder da seid." Er hauchte ihr einen Kuss auf die Wange, deutete zur Tür: „Und husch!"

Sie erfüllte den Befehl sofort. Auch wenn es für die anderen eher scherzhaft geklungen hatte – sie wusste es besser. Schließlich waren sie schon ihre ganzen Leben lang ein Herz und eine Seele. Keine halbe Stunde länger hätte sie durchgehalten. Das wiederum wusste Miguel nur zu gut.

Amin atmete auf. Miguel, seit ein paar Stunden Herr über ein gigantisches Vermögen, hatte offensichtlich vor, der nette Kerl zu bleiben, der er bisher immer gewesen war.

Miguel schaute schmunzelnd in die Runde: „So, wenn es meinem Schatz hilft, bringe ich ihm auch noch das Mittagessen auf dem Tablett ans Bett."

„Das würdet Ihr tun?", fragte Suria verblüfft.

„Ja, denn sie soll sich immer gern an unseren Ehestart erinnern. Ab morgen haben wir keine Zeit mehr zu faulenzen. Ich denke, wir haben genug zu tun, alles zu verpacken, was wir mitnehmen wollen. Das Geschäft, darum möchte ich Euch alle bitten, müssen wir in den nächsten Tagen gemeinsam am Laufen halten, sodass jeder genug Zeit hat, seine persönlichen Anliegen noch rechtzeitig zu ordnen."

Er streckte sich, bis die Gelenke knackten. „Wie wird eigentlich die Unterbringung auf dem Schiff sein? Alle gemeinschaftlich im Laderaum?"

„So ähnlich", erklärte Rodrigo. „Die Hälfte ist für Waren, Hausrat und ähnliches vorgesehen. Der andere Teil ist abgetrennt, nur weiß ich nicht, was Carvalho alles möglich machen kann."

„Wir werden es überleben." Miguel winkte ab. „Mehr Sorgen machen mir die ungewohnten klimatischen Verhältnisse in Portugal. Obwohl ich mich eigentlich auf Schnee freue."

„Ihr habt wohl eher die Befürchtung, Bintang könnte sich hierher zurücksehnen?", wollte Stella wissen.

„Oder ich oder alle … keine Ahnung." Miguel zuckte mit den Schultern. „Ja, ja, Ihr habt schon recht – Bintangs Wohlergehen liegt mir besonders am Herzen."

Kurz vor dem Mittagessen steckte die junge Senhora Alvarez den Kopf zur Tür herein. „Melde mich putzmunter zurück. Ich decke sofort den Tisch ein!"

Die beiden Mütter schmunzelten. Es war Bintang sehr peinlich, fast drei Stunden geschlafen und ihnen die ganze Arbeit überlassen zu haben.

„Ihr müsst Euch nicht entschuldigen", sprach schließlich Rodrigo ein Machtwort. „Ihr habt genau das getan, was Euch Euer Gatte aufgetragen hat. Das geht allen anderen Dingen vor."

Miguel streichelte ihre Hand. „Ihr werdet Euch schon noch an die neue Situation gewöhnen. Außerdem ist die Beschwerdestelle heute geschlossen. Meine Gattin und ich haben einen Tag freigenommen."

Nun lächelte Bintang endlich. „Davon hab ich auch gehört."

„Na also! Wir beide satteln nach dem Essen die Pferde und verschwinden an den Strand. Wir suchen Muscheln, Korallen oder was weiß ich und kommen erst zurück, wenn uns der Hunger dazu zwingt", legte Miguel fest.

Bintang nickte hellauf begeistert.

„Soll ich Euch nicht lieber ein Häppchen einpacken?", fragte Suria.

„Das wäre ganz toll!", freute sich Miguel. „Nur seht Ihr uns dann erst nach Sonnenuntergang wieder."

Amin lachte. „Vorher erwarten wir Euch auch nicht. Wir haben etwas von freiem Tag gehört."

So kam es dann auch, dass Amin die Pferde aufzäumte, Suria eine Satteltasche mit Leckereien und Getränken packte und sich Rodrigo und Stella dem Geschäftlichen zuwandten, damit die *Kinder* einen schönen ersten Ehetag verleben konnten.

Am Nachmittag stellte Rodrigo demonstrativ das Schachspiel auf den Tisch. „Genug geschuftet. Amin und ich widmen sich jetzt auch den schönen Dingen."

„Gute Idee", freute sich Stella, „da kann ich ja mit Suria ein wenig sticken. Den Kaffee trinken wir gemächlich nebenbei."

„Habt Ihr auch noch Gebäck?" Rodrigo spähte Richtung Küche.

„Aber ganz bestimmt!" Stella *zauberte* einen großen Teller Leckereien mitten auf den Tisch.

Miguel und Bintang hielten sich von allen Menschenansammlungen fern, um ungestört ihren einzigen wirklich freien Tag genießen zu können. Hin und wieder rief ihnen jemand Glückwünsche zu, für die sie herzlich dankten, aber niemand hielt sie wirklich auf.

Amin hatte ihnen eine einsame Bucht verraten, die nur zu erreichen war, indem man die Pferde an einem Felsen bauchtief durch das Wasser gehen ließ. Fischer kamen nicht hierher, weil die dichten Korallen bis an die Oberfläche reichten.

Kaum angekommen, nahm Miguel den Pferden die Sättel ab und legte sie zusammen mit der Tasche in den Schatten. Bintang schaute sehnsüchtig auf das dunkelblaue Wasser hinaus. Miguel blinzelte und begann sich auszuziehen.

Bintang beeilte sich, es ihm gleich zu tun. In diese Einöde werde ganz bestimmt niemand kommen.

Mit den Worten: „Ich glaube, das Wasser muss noch warten", nahm er sie in die Arme. Im nächsten Augenblick lagen sie im feuchten warmen Sand und wiederholten die neuen Erfahrungen der vergangenen Nacht.

Sie genoss es, wie er ihren Körper mit den Augen und mit den Händen streichelte.

„Ich bin Euerm Vater unendlich dankbar für diesen Geheimtipp", flüsterte Miguel. „Er beschert uns Stunden, wie wir sie möglicherweise nie wieder erleben werden."

Bintang lächelte. „Der innigste Wunsch meines Lebens ist gestern in Erfüllung gegangen – ein Leben lang an Eurer Seite bleiben zu dürfen. Und dafür bin ich Euerm Vater bis in alle Ewigkeiten dankbar. Ich habe bis zu der Sekunde gezittert, als Ihr mir Euer Wort gabt. Aus Angst, es könne auch ein wundervoller Traum sein, aus dem man gerade dann aufwacht, wenn es am schönsten zu werden verspricht."

Miguel drückte sie fest an sich. „Dann ist jetzt die beste Gelegenheit etwas von dem wahr werden zu lassen, was wir uns in den letzten Wochen noch erträumt haben." Er zog alle Register die sein Vater, in dem denkwürdigen Gespräch zum Umgang mit dem anderen Geschlecht, aufgezeigt hatte.

Natürlich erinnerte sich Bintang sofort an die Worte ihrer Mutter. Kein Wunder, dass sie sehr rasch den Bogen heraus hatten, gemeinsam höchstmöglichen Genuss zu erlangen. Es äugten schlimmstenfalls ein paar erschreckte Seevögel herab, wenn das wohlige Stöhnen etwas lauter wurde.

„Ich freue mich jetzt schon auf heute Nacht", verriet Miguel, als sie etwas später Hand in Hand ins Wasser liefen.

Bintang lachte übermütig. „Ihr seid unersättlich."

„Stimmt." Miguel blinzelte verschwörerisch. „Vor allem sollten wir uns austoben, bevor wir auf der Andretta für lange Zeit keine Möglichkeit mehr haben."

Bintang nahm die nächste heiße Offerte ohne Zögern an.

Hungrig, wie zwei Wölfe, ließen sie sich schließlich die Köstlichkeiten schmecken, die ihnen Suria eingepackt hatte. Von kaltem Braten, über Gebäck, bis hin zu Obst war alles vertreten.

„Wir sollten langsam aufbrechen. Die Sonne wird bald untergehen." Miguel beobachtete, wie rasch Himmelskörper seine Bahn beendete.

Sie packten gemeinsam zusammen, kontrollierten, ob die Kleidung exakt saß, um keine Rückschlüsse auf die letzten Stunden zuzulassen und gaben den Pferden das restliche Wasser aus ihren Flaschen. Nachdem sie sie gesattelt hatten, ritten sie über die durch die Ebbe trocken gefallene Sandbank vor dem Felsen davon.

Als die ersten Sterne funkelten trabten die beiden Wallache in den Hof.

Amin kam heraus, um die Pferde zu versorgen. „Ihr braucht kein Wort sagen!", schmunzelte er. „So, wie Ihr strahlt, muss es schön gewesen sein. Im Salon stehen ein kleiner Abendsnack und Getränke bereit. Ich komme gleich nach."

Aufbruch nach Portugal

Miguel wartete, bis Bintang die leeren Flaschen und Schüsseln in die Küche gebracht hatte, um sofort gemeinsam den Salon aufzusuchen.

Auch hier hieß es von allen: „Erklärungen überflüssig."

„Kapitän Carvalho war da", berichtete Rodrigo, als sie sich gesetzt hatten. „Wir mussten sofort eine Entscheidung treffen und hoffen, dass Ihr sie akzeptiert. Es wäre nur mit unvorstellbarem Aufwand möglich, einzelne Abteile im Laderaum der Andretta zu schaffen. Wir wollen ja schließlich da unten nicht ersticken.

Es standen nur folgende Varianten zur Auswahl: Erstens – wir Sechs leben in einem großen Raum gemeinsam. Zweitens – Vier fahren sofort nach Portugal und Zwei kommen zwei Jahre später nach.

Wie haben die erste Variante gewählt."

Miguel fasste nach Bintangs Hand. „So hätte ich auch entschieden."

„Wir werden es auch arrangieren, dass Ihr beide Eure Sturm-und-Drang-Zeit ausleben könnt", versprach Rodrigo.

Bintang wurde feuerrot, während Miguel ein breites genüssliches Lächeln aufsetzte.

Am nächsten Tag erschien Danang mit vier Männern der Andretta. Er erklärte kurz und bündig: „Wir beginnen jetzt, die Bodenkammer auszuräumen. Das, was da oben steht, werdet Ihr auf dem Schiff auch nicht brauchen, also kommt es in die hintersten Winkel."

Bintang wollte tragen helfen. Danang schob sie lächelnd beiseite. „Ihr seid kein Lastesel. Es wäre hilfreicher, wenn Ihr das Beladen des Wagens überwachen könntet."

Die beiden anderen Frauen packten inzwischen alles ein, was vorübergehend noch entbehrlich war. Miguel und Amin ritten zum Speicher, um dort Vorkehrungen für den Abtransport der Gewürze zu treffen.

„Habt Ihr sie geschockt?", fragte Carvalho, als die erste Fuhre den Hafen erreichte und Danang vom Kutschbock sprang.

„Eher nicht. Aber dafür sind die Alvarez' bekannt. Sie reagieren blitzschnell und immer anders als man denkt." Danang wendete den leeren Wagen und fuhr mit vier anderen Seeleuten zurück.

Die drei Männer hatten schon den nächsten Stapel auf den Hof getürmt. Bintang ritt ins Fort, um noch einige Säcke zu organisieren.

„Wollt Ihr die ganze Insel einpacken?" Rodrigo betrachtete beinahe entsetzt den Stapel, den das Pferd auf seinem Sattel herbeitrug.

Bintang blinzelte. „Nicht die ganze Insel. Die einsame Bucht würde mir schon reichen."

Drei Tage später staunte er, weil nur zwei Säcke übrig waren. Von den Ratsherren und dem Kommandanten des Forts hatten sie sich schon verabschiedet. Blieb nur noch, das Haus und die Pferde Amins Cousins zu übereignen.

Ein letztes Lebewohl am Kai, dann ließ Danang die Segel setzen. Carvalho stand inzwischen ganz seinen Gästen zur Verfügung.

Amin versuchte vergeblich, nicht daran zu denken, dass Suria einst hier dem Kapitän gehört hatte. Carvalho merkte das recht bald und bat ihn in einem Vieraugengespräch, nicht böse zu werden, wenn er ihr hier etwas mehr Aufmerksamkeit widmete.

Für Suria war die Situation noch unangenehmer, da einige der Seeleute ziemlich genau wussten, was zwischen ihr und Carvalho gelaufen war. Um die Lage zu entspannen, unterhielten sich die beiden ausschließlich so, dass sie von anderen dabei beobachtet werden konnten.

Natürlich fiel das Ganze auch Danang auf, der schließlich seinen Vater fragte, was das alles zu bedeuten habe, zumal ja auch die beiden Bilder seiner Mutter in des Kapitäns Kajüte hingen.

„Okay", wandte sich Rodrigo an die Familie und Carvalho. „Wir haben es dem jungen Volk kürzlich versprochen, dass es eingeweiht werden soll. So schlaff, wie die Segel hängen, geht in den nächsten Stunden eh nichts vorwärts. Wie wäre es, wenn wir das Versprechen jetzt einlösen?"

Carvalho nickte und setzte sich mit ihnen allen an das Heck des Schiffes, um keine ungebetenen Zuhörer zu haben.

Natürlich stand die Geschichte der Alvarez' im Mittelpunkt und wie Amin festgestellt hatte, wie sehr er mit Stella verbunden war.

Dann erzählte Amin die Geschichte seiner Familie. „Da wir inzwischen alle verwandt und verschwägert sind, dürfen auch alle um dieses Geheimnis wissen, welches sonst von meiner Seite aus allein an Danang gegangen wäre, da er der älteste Sohn ist.

Nun weiß ich aber, dass Euch das Geheimnis um die Bilder, auf denen Suria zu sehen ist, weit mehr interessiert. Ich möchte deshalb Senhor Carvalho bitten, Euch als Erster zu berichten."

Suria nickte ihm aufmunternd zu. Sie wusste, dass sie sich auf beide Männer verlassen konnte. Allerdings ahnte sie nicht, wie schnell Danang eins und eins zusammenzählte. Die Seeleute hatten nie Namen genannt, wenn sie sich unterhalten hatten.

Es war nur von einem halb verhungerten Mädchen die Rede gewesen, welches der Kapitän nackt und mehr tot als lebendig gerettet und zu sich genommen hatte. Auch, dass er sie, um den Frieden unter seinen Leuten zu wahren, als Dienstmädchen an sehr wohlhabende Herrschaften vermittelt hatte.

„Du weißt sicher alles", raunte er seinem Vater unbemerkt ins Ohr und bekam genau so knapp ein winziges Nicken.

„Damit hat der älteste Sohn doch noch ein Geheimnis, das niemals gelüftet werden darf", sagte Amin in einer ruhigen Minute lakonisch.

„Ich bewundere Euch alle Drei, wie fair Ihr damit und mit Euch umgeht", bekam er mit einem ehrlichen Lächeln zu Antwort. „Und nun liebe Euch vielleicht sogar noch ein bisschen mehr. Jetzt kann ich mir auch endlich einen Reim darauf machen, weshalb mich Senhor Carvalho stets behandelt, als sei ich sein eigener Sohn."

„Das Wissen, dass es genau so kommen werde, war der Grund, weshalb wir Euch mit ruhigem Gewissen in seine Hände gegeben haben", verriet Amin.

Danang drückte fest seines Vaters Hand. „Nun muss ich auf die Brücke, so wie der Moses schaut, scheint sich ein Schiff zu nähern."

Das war Minuten darauf Gewissheit. Nachdem man sich gegenseitig erkannt hatte, ließen beide Kapitäne die Segel reffen, um sich kurz ein paar Sätze zurufen zu können.

So erfuhr Silva, dass Miguel doch seine große Liebe Bintang geheiratet und Carvalho beide nebst ihren Elternpaaren an Bord hatte, um sie sicher nach Portugal zu bringen.

Er versprach, sich im Rahmen seiner Möglichkeiten, weiter um den Handel in Malakka und Singapur zu kümmern. Dann waren die Schiffe schon wieder so weit voneinander entfernt, dass jeder Ruf vergebens war.

In der Messe, so bürgerte es sich nach zwei Tagen ein, saß Suria immer rechts von Carvalho und Amin neben ihr, ohne dass sie sich zwischen zwei Stühlen fühlte. Die neugierigen Blicke der Besatzung ebbten schneller ab, als alle erwartet hatten.

Zwei andere sahen sich hingegen immer öfter sehnsüchtig in die Augen – Miguel und Bintang. Der Kapitän deutete dies wohl richtig, denn auf sein geflüstertes: „Ich bin die nächsten zwei Stunden auf der Brücke" und den Fingerzeig auf seine Kajüte, verschwanden die beiden sofort darin.

Als Stella beunruhigt nach ihnen suchte, hielt er sie mit den Worten zurück: „Alles in Ordnung. Sie sind, wo sie keiner vermutet und überdies unabkömmlich."

„Habt Ihr sie gefunden?", fragte Amin, als sie allein zurückkam.

„Carvalho hat mir nur verraten, dass er wüsste, wo sie sind. Er hat ihnen offenbar zu einem Ort verholfen, wo sie ein Stündchen mit sich allein sein können."

„Er ist eine wirklich gute Seele", erwiderte Amin erfreut.

Noch vor Ablauf der Frist tauchten die Vermissten wieder auf und unterhielten sich mit dem Steuermann, als seien sie nie weg gewesen. Miguel blinzelte dem Kapitän im Vorbeigehen mit einem Auge zu. Der schob vergnügt seine geliebte Pfeife in den anderen Mundwinkel.

Dass er sich am Abend wilden Fantasien hingeben werde, was das junge Paar in seiner Koje getrieben habe, konnte sich Miguel locker denken. Er hatte seinen Spaß gehabt und gönnte dies auch gern dem, der das ermöglicht hatte. Wiederholung jederzeit herzlich willkommen.

Lange musste er auch nicht darauf warten. Mit fast berechenbarer Sicherheit klappte es alle fünf bis sechs Tage, für mindestens anderthalb Stunden freie Bahn für die Liebe zu haben.

Die Regelmäßigkeit, mit der die beiden das Angebot annahmen, erstaunte schließlich den Kapitän. „Mich geht es ja eigentlich nichts an, aber sagt, Miguel, haben die Damen nicht zwischendurch Zeiten, in denen sie gewisse Probleme haben?"

„Äh. Gewiss, gewiss. Wie lange sind wir jetzt unterwegs?"

„Drei Monate, fast vier sogar."

„Ach."

Carvalho begann schallend zu lachen. „Wird Vater und hat es nicht gemerkt."

„Scheint so." Miguel wirkte ziemlich neben der Spur. „Ich muss … ich muss … ich muss dringend ein Wörtchen mit meiner Gattin reden."

„Es wäre vielleicht ganz aufschlussreich." Carvalho lachte noch immer.

Die Familien saßen auf Deck in der Sonne und hatten einen Plan von Lissabon vor sich liegen, auf dem ein paar Kreuze die Lage der Häuser der Alvarez' markierten.

Sie hoben die Köpfe, als Miguels Schatten mitten auf das alte Pergament fiel. Fragend schauten sie ihn an.

Miguel taxierte Bintang von oben bis unten, stoppte unterhalb ihrer Gürtellinie und fragte: „Wolltet Ihr mir nicht schon lange etwas sagen? Inzwischen pfeift es der Wind in den Segeln, nur ich hab es nicht gemerkt."

Verständnislose Blicke. Allerdings schien Bintang genau zu wissen, was er sagen wollte. Sie biss sich auf die Unterlippe. „Ich war nicht sicher."

„Jetzt seid Ihr es?"

„Ja."

Miguel riss sie mit einem Jubelschrei in seine Arme.

„Dürfen wir auch an der Freude teilhaben?" Stella fand als Erste die Fassung wieder.

„Wollen wir allen verraten, dass sie Großeltern werden?" Miguel hielt Bintang noch immer umschlungen.

Die beiden zukünftigen Großväter sprangen auf, wie von Stahlfedern getrieben und lagen sich in den Armen. Der Plan segelte davon und verschwand mit einem eleganten Bogen irgendwo in den Wanten. Keinen schien das jetzt zu interessieren.

Rodrigo winkte Danang zu.

„Was wünscht Ihr?"

„Ein Fass Rum für die Mannschaft auf ein freudiges Ereignis!"

Danang guckte derart irritiert, dass sich schließlich Carvalho erbarmte und herankam. Natürlich ließ er ihn das Fass auch sofort holen und an die Besatzung einen Becher austeilen.

„Ein Hoch auf den Kapitän!", rief Miguel, mit ihm anstoßend.

„Auf mich? Ich bin doch völlig unschuldig!"

„Nun, nicht ganz, mein Lieber. Ohne Eure blendende Idee hätten wir kaum wirklich ruhige Stunden gehabt."

Carvalho grinste breit: „Na gut, ich bekenne mich schuldig." Er prostete den überglücklichen Großvätern in spe zu.

Ein Matrose brachte den Lageplan der Häuser herbei, den er aus den Wanten gefischt hatte. Bezahlt wurde prompt und in Rum, was den jungen Mann zu dem Ausruf veranlasste: „Habt Ihr nicht noch irgendwas in der Takelage hängen?"

„Kaum riechen sie Alkohol werden sie übermütig", witzelte Carvalho. „Hast den Rest des Tages frei, ehe du noch über Bord gehst."

Nun ging bei der Familie das Rätselraten um den Geburtstermin los. Das junge Paar hatte im Glücksrausch kein bisschen darauf geachtet und Bintang war sich eigentlich sicher, vor der Trauung die letzte Regel gehabt zu haben.

„Das wäre typisch für Miguel, was er tut, tut er gründlich", amüsierte sich Rodrigo. „Treffer im ersten Anlauf. Ich gehe also davon aus, dass das Kleine noch vor der Ankunft in Lissabon zur Welt kommen wird."

„Also sind wieder Surias Qualitäten als Hebamme gefragt", warf Amin ein. „Wenigstens wird es diesmal weniger hektisch, weil wir keine Vergiftungstheorien entschärfen müssen."

Alle lachten und Amin erzählte schließlich Bintang, Danang und Miguel die verrückte Geschichte um dessen Geburt.

Für die Großmütter sollten die nächsten Wochen eine spannende Zeit werden – sie mussten überlegen, wie sie für das kleine Würmchen zu Windeln, Steckkissen, Hemdchen und Mützchen kommen konnten. Ein Zwischenstopp war nicht geplant.

Nur gut, dass Danangs Gedächtnis genau so phänomenal wie das seines Vaters funktionierte. Er wusste auf den Punkt genau, wo er welche Kisten hatte verstauen lassen. Und wenn man seinen Anweisungen gefolgt war, mussten sie auch genau dort zu finden sein.

Ein Ballen grober Baumwollstoff ließ sich also mit geringem Aufwand finden. Die Handarbeitsgarne standen ganz vorn an, weil die Damen beinahe täglich stickten.

Stella betrachtete lächelnd die bunten Zutaten. „Hoffen wir, dass es ein Mädchen wird. Oder, dass es uns ein Junge später nicht übel nimmt." Sie begann zuzuschneiden und zu dritt fingen sie an, mit farbigem Garn zu nähen, zu steppen und zu sticken, um das Grobe des Stoffes etwas gefälliger wirken zu lassen.

Die alte Wiege stand so weit hinten, dass man den ganzen Laderaum hätte umkrempeln müssen, um an sie zu gelangen.

Danang besann sich auf sein Schnitztalent. In seiner Freizeit griff zu mehreren großen alten Fichtenholzkisten, sägte, hämmerte, hobelte und arbeitete schließlich akribisch Span um Span heraus. Zuschauer gab es reichlich, denn jeder auf dem Schiff schaute verblüfft zu, wie er seine Gedanken in die Tat umsetzte.

Nach nicht einmal drei Wochen präsentierte er eine ganz wundervolle Wiege mit Schnitzereien von Palmen, Affen, Elefanten, Walen und Rochen.

Amin leuchtete der Stolz auf seinen Sohn schon von Weitem aus den Augen. Carvalho ging es nicht anders. Er hatte Danang stets jede Möglichkeit geboten und freute sich diebisch, dass sofort alles auf fruchtbaren Boden fiel.

Auch war die Stimmung auf der Andretta bestens, denn der Wettergott hatte ein Einsehen und die Reisenden weitgehend mit Kapriolen verschont. Hin und wieder ein vergleichsweise harmloses Gewitter, mal ein Regenguss, ab und zu eine kurze Flaute, meist ruhiger Seegang, selbst wenn der Wind etwas mehr auffrischte. Nur das kühlere Klima machte die Damen etwas ratlos. Keine verfügte über wirklich warme Kleidung. In den dünnen Stoffen und den Sandalen war es mitunter recht zugig.

Die Wolldecken, in welche sie sich nun vorzugsweise einhüllten, sahen nicht schön aus, waren durch ihre Größe aber unglaublich praktisch.

Bintang, die sich keinesfalls so kurz vor der Niederkunft erkälten wollte, nähte sich aus Stoffresten zwei schlauchförmige Beinlinge, die sie mit Stricken über dem Knie festband.

Suria und Stella beeilten sich sehr, ihr das nachzumachen. So ausgestattet waren selbst die kühlen Abende auf Deck recht gut auszuhalten.

„In rund acht Tagen laufen wir in den Zielhafen ein", erklärte Carvalho eines Morgens.

Bintang atmete auf. „Eine wirklich gute Nachricht. Für mich wird es langsam beschwerlich."

In der Tat musste sie sehr achtsam sein, die engen Niedergänge zu nehmen, vor allem, weil sie nicht mehr sehen konnte, wohin sie trat.

Die Väter spannen schon Pläne, nach der Ankunft eine besonders gut gefederte Kutsche zu mieten, um Bintang möglichst schonend über das holprige Pflaster zu dem Haus zu bringen, das sich das junge Paar als Wohnsitz ausgesucht hatte.

„Was habt Ihr?", fragte Miguel besorgt, weil Bintang in den letzten Minuten unruhig auf dem Schemel hin und her gerutscht war und schließlich ihre Stickerei weggelegt hatte, um mit beiden Händen ihre Lendengegend zu massieren.

„Mir rumort es im Rücken und es breitet sich sogar bis in den Bauch aus."

„Ach, herrje!" Suria sprang auf. „Könnt Ihr noch gehen?"

„Ich glaube nicht", murmelte Bintang mit Tränen in den Augen.

„Lasst heißes Wasser bereiten! Bringt mir saubere Tücher und noch eine Decke! Rasch!" Suria scheuchte Amin und Rodrigo zu Carvalho.

Die Zeit reichte gerade noch, Bintang vorsichtig auf die Planken zu betten.

„Eine Sturzgeburt habe ich auch noch nicht erlebt", erklärte Suria mit einem Schulterzucken. „Das Schlimmste habt Ihr also bereits hinter Euch." Sie band die Nabelschnur ab und bat Miguel um seinen Dolch. Der stolze Papa durchtrennte sie gleich selber.

„Wir haben einen gesunden Sohn!", jubelte Miguel. „Ich bin unendlich glücklich."

Stella kümmerte sich mit ihm um das Neugeborene, während Suria weiter ihrer Tochter beistand. Praktischerweise entsorgte sie die Nachgeburt gleich im Meer. Sie half Bintang beim Waschen und bat Amin, die Blutreste von den Planken zu spülen.

Eine halbe Stunde später erinnerte fast nichts mehr an das ungewöhnliche Vorkommnis.

Carvalho und Danang begrüßten den neuen Erdenbürger besonders herzlich.

„Mit Euch wird es nie langweilig", stellte der Kapitän behaglich fest. „Was die Andretta erlebt hat, seit ich mit Rodrigo eine Handelspartnerschaft eingegangen bin, ist schon fast legendär. Wir hatten Hochzeiten, Liebeszauber und nun eine Geburt."

Stella lächelte glücklich. „Für jeden von uns ist Eure Galeone das Schiff der Schiffe."

Natürlich gab es wieder einen Becher Rum für alle, auf das Wohl von Mutter und Kind. Onkel Danang durfte den Winzling in die Wiege legen und konnte sich an seinem süßen Neffen kaum sattsehen. „Wie heißt er eigentlich?"

„José", sagte Miguel spontan und Bintang stimmt sofort zu.

Für Dankbarkeit ist es nie zu spät

Als der Mann im Ausguck endlich Land meldete, klebten die Umsiedler förmlich an der Reling. Außer Stella und Rodrigo war noch keiner von ihnen jemals in Europa gewesen. Staunend betrachteten sie die fremdartigen Bäume und riesigen Häuser.

Unzählige Möwen folgten schreiend dem Schiff.

Bintang band ihr Söhnchen fester in das Tragetuch. Die scharfen Schnäbel der Vögel jagten ihr Furcht ein. „Sind die überall?"

Carvalho verneinte. „Nur an der Küste und den großen Flüssen. Sonst sind eher Krähen zu finden."

„Das Wort klingt auch, dass es mir einen Schauer über den Rücken treibt", seufzte Bintang. „Sind die etwa auch so groß?"

„Nicht viel kleiner", gab der Kapitän zu. „Miguel wird schon gut auf Euch beide aufpassen."

„Im Augenblick bin ich selber noch mit Staunen beschäftigt", ließ der sich vernehmen. „Was ist das für eine Jahreszeit?"

„Das ist der Sommer", erklärte Carvalho. Er beobachtete nebenbei das Anlegemanöver durch Danang.

Rodrigo orderte drei Kutschen, um gleich die wichtigsten Dinge mitnehmen zu können. Carvalho kümmerte sich um die Wagen mit den Lastpferden.

Nach reichlich einer Stunde Fahrt durchquerten die drei Gefährte eine Toreinfahrt zwischen zwei mehrgeschossigen Stadthäusern. In dem geräumigen Innenhof wäre sogar noch Platz für mehrere andere Gespanne gewesen.

Rodrigo ließ abladen, zahlte die Fahrt und legte den Kopf in den Nacken, um die Gebäude zu betrachten. „Beeindruckend. Sie sind doch um einiges prunkvoller als das, was ich vorweisen kann."

Stella deutete für Miguel und Bintang auf das, von hier aus, linke Haus. „Das ist Euer Domizil. Wir anderen werden in diesem hier, dem Haus ich dem ich geboren wurde, wohnen. Da hinten sind die Lager, die Ställe, das Waschhaus, der Brunnen und ein kleiner Garten."

Sie öffnete ein Kistchen, welchem sie zwei gigantische Schlüsselbunde entnahm.

Die Männer fassten zu und schlossen sehr erwartungsvoll die schweren Haustüren auf. Muffiger Geruch schlug ihnen entgegen.

„Wartet hier!", bat Miguel Bintang. „Ich werde erst einmal für frische Luft sorgen. Es nimmt einem ja glatt den Atem!"

Amin half ihm rasch, alle verfügbaren Fenster zu öffnen, dann eilte er zu Rodrigo, der das Gleiche in seinem Haus machte.

Der Durchzug vertrieb schnell den feucht-staubigen Geruch und die jungen Alvarez begannen gemeinsam, das Haus zu erkunden. Vier Etagen, auf denen es viel zu entdecken gab.

Kopfschüttelnd stand Bintang vor prächtigen Gemälden, die sich im Augenblick hinter grauen Spinnweben versteckten. Sie lugte unter die Tücher, mit denen verschiedene Möbel abgedeckt waren.

„Ich werde ein Hausmädchen brauchen. Das kann ich nicht alles allein in Ordnung halten", flüsterte sie beeindruckt.

Miguel nickte. „Keine Sorge, wir werden Mägde und Knechte einstellen, sobald wir wissen, wie das Leben hier tickt. Vergesst nicht, dass Ihr auch hier eine der reichsten Frauen seid. Für heute werden wir nur die Küche und das Schlafgemach so herrichten, dass man es ohne Bedenken nutzen kann."

Es klopfte und Amin steckte den Kopf zur Tür herein. „Schlafzimmer und Küche?"

„Ja, genau das war unser Plan", freute sich Miguel.

Amin begann sofort die Spinnweben zu entfernen, den Boden zu kehren und einmal kalt zu wischen, ehe er die Tücher zusammenfaltete, damit der dort abgelagerte Staub sich nicht verteilen konnte.

Miguel übernahm von Bintang José, damit sie sich den Feinarbeiten widmen konnte. „Ich bringe inzwischen die Decken hinunter in die Sonne." Er hängte sie einfach über den Zaun, weil er weder Lust noch Zeit hatte, nach einer Wäscheleine zu suchen.

Suria tauchte ebenfalls mit ein paar Decken auf und drapierte sie einfach gleich daneben. Für heute war einfach nur Improvisationstalent gefragt.

Lautes Pferdegetrappel kündigte die Wagen mit dem ganzen Hausrat an. Carvalho hatte ein paar seiner Männer mitgeschickt, die abluden und alle Kisten in einem der leeren Lager in Sicherheit vor Wind und Wetter brachten.

Danang war auch mitgekommen. Er nahm, nachdem die Küche einsatzbereit war, mit seinem Vater den Salon in Angriff. Drei seiner Leute schickte er auf den Markt, um ausreichend Nahrungsmittel für einen Tag für sechs Personen zu besorgen.

Stella war ihm von Herzen dankbar dafür. Sie war inzwischen ziemlich mit den Nerven am Ende. Es hatte sie doch mehr erschüttert, an diesen Ort zurückzukehren, als sie erwartet hatte.

Am Abend verriegelten sie einfach nur noch das Tor und fielen todmüde in die Betten. Bintang schlief völlig erschöpft ein, als sie Jośc stillte. Lächelnd kümmerte sich Miguel um seine beiden Lieblinge. Er deckte Bintang gut zu und nahm José mit unter seine Decke, damit sich die Mama ein wenig erholen konnte.

Die warf morgens einen Blick in die Wiege und schnellte, als diese leer war, mit einem Satz aus dem Bett. Es dauerte einen Moment, bis sie die Lage erfasst und den Kleinen friedlich schlummernd in Papas Arm bemerkt hatte.

Das Frühstück nahmen alle drei Familien in ihrem Haus ein, weil bei den anderen der Salon noch gesellschaftsfähig hergerichtet war. Außer den beiden *alten* Alvarez hatten auch alle Mühe, mit den fremdartigen Nahrungsmitteln klarzukommen.

Das Buttertöpfchen beäugten alle zuerst ziemlich skeptisch, genau wie das helle lockere Brot. Stella zeigte ihnen, wie man es anstellen konnte, ein schmackhaftes süßes Etwas zu bereiten, indem man Marmelade oder Honig darauf strich.

„Nicht übel", meinte Amin, genüsslich kauend.

Es dauerte allerdings einige Wochen, bis sich das Leben so eingepegelt hatte, dass alles reibungslos lief. Die drei Männer hatten sich bereits am nächsten Tag neue Pferde zugelegt und gleich noch einen jungen Stallknecht mit übernommen, der sich neben dem Heuboden ein Kämmerchen einrichtete.

Es brauchte auch keine Worte, damit er sich anderweitig nützlich machte. Er hackte Holz, holte Wasser aus dem Brunnen und fasste überall sofort mit an.

Also zog er schon ein paar Tage später in ein Gesindezimmer im Haus um, bekam festen Lohn und arbeitete sich rasch in alles Neue ein. Wie einst Amin kannte er beinahe alle Händler mit Namen und passte auf, dass die Frauen beim Kauf von Obst und Gemüse nicht übertölpelt wurden.

Als der Herbst kam und die Tage kürzer, kälter und nasser wurden, sorgte er für wohlige Wärme in den Häusern.

An einem regnerischen eisigen Spätherbsttag klopfte es an der Haustür der alten Alvarez. Carlos, der Knecht, ging öffnen. Vor der Tür stand eine abgehärmte Frau mit einem stark hustenden Kleinkind auf dem Arm. Im Glauben, eine einfache Bettlerin vor sich zu haben, führte er sie in die Küche, denn Senhora Alvarez schickte niemals Bedürftige hungrig fort.

„Ich habe eine Nachricht für Eure Herrin", sagte die Frau, nachdem sich etwas am Feuer aufgewärmt hatte.

„Ich rufe sie", versprach Carlos und kam Augenblicke später mit Stella zu Tür herein.

„Oh je, das arme Kleine! Carlos, mach rasch Milch heiß und gib einen Löffel Honig hinein. Bei diesem Wetter jagt man ja nicht einmal einen Hund vor die Tür!" Sie goss eigenhändig heißen Tee für die Fremde ein. „Wie lautet die Nachricht und wer schickt sie?"

„Senhor Silva, den Ihr manchmal Ouriço nennt, gab mir einen Brief, und schärfte mir ein, ihn nur Euch persönlich zu übereignen." Sie zog ihn hervor.

Stella nahm ihn entgegen, brach das Siegel und begann zu lesen. Nach den ersten Worten hob sie überrascht den Kopf und musterte die Fremde. „Kennst du den Inhalt?"

Kopfschütteln.

„Du heißt Sofia?"

„Ja, aber woher wisst Ihr das? Steht das in dem Brief?"

„Nein, aber in dem Brief steht, dass du die Tochter von Pedro, dem Koch der Estrelle, bist. Und da er nur ein einziges Kind hatte, musst du Sofia sein. Er und Silva waren Freunde."

„Woher wisst Ihr das alles?"

„Ich habe gesehen, wie dein Vater starb, wie er vom Mast des Schiffes erschlagen wurde. Ihm zuliebe werde ich dir besser helfen, als dir ein paar Münzen in die Hand zu drücken, wie mich Silva in diesem Schreiben bittet.

Carlos, sei so gut, hole Bintang."

Bintang folgte der Aufforderung ihrer Schwiegermutter sofort. Sie musterte die beiden Fremden in den mehrfach notdürftig geflickten Kleidungsstücken ebenfalls unübersehbar mitleidig.

„Schön, dass Ihr gleich kommen konntet", freute sich Stella. „Ihr sucht doch noch immer ein vertrauenswürdiges Hausmädchen?" Und auf das bejahende Nicken fuhr sie fort: „Dann nehmt bitte diese Frau zu Euch. Sie die Tochter eines Mannes, dem ich ewig dankbar sein werde."

Bintang stutzte. „Meint Ihr Pedro von der Estrelle?"
„Genau den meine ich."
„Einverstanden."
Die Fremde begann vor Aufregung heftig zu zittern.
„Wunderbar!", rief Stella. „Senhor Silva wird noch heute Antwort von mir bekommen." Sie drückte Bintang den Brief in die Hand.
„Silva ist auch im Spiel?", fragte Bintang erstaunt und begann zu lesen.
Inzwischen hatte das kleine Mädchen mit leuchtenden Augen die Milch ausgetrunken und auch die Tasse der Mama war leer.
Bintang überlegte einen Moment. „Carlos, es tut mir leid, aber du musst den Doktor für die Kleine holen."
„Ich werde es überleben." Er streifte Mantel und Hut über, dann huschte er im Regenschatten der Hausdächer davon.
Bintang führte ihr zukünftiges Dienstmädchen ins eigene Haus, wo sie ihr als Erstes ein großes Zimmer zuwies, in welchem auch Platz genug für die Kleine war.
„Ruht euch aus. Ich muss erst einmal meinen Mann über die neue Situation unterrichten."
Miguel hörte schweigend zu. „Alles klar. Wir werden nur José von der Kleinen fernhalten, solange sie krank ist."
Mit dem Doktor kam auch Rodrigo, der ebenfalls in Sorge um seinen Enkel war. Er bezahlte auch in Stellas Auftrag den Arzt, der ihnen versicherte, dass die Patientin nur eine heftige Erkältung habe.
Bintang richtete beiden ein heißes Bad her und kleidete sie frisch ein. Das kleine Mädchen hatte wohl schon sehr viel Elend in seinem jungen Leben erlitten. Es weinte nicht einmal, als es in einem fremden Haus allein im Zimmer zurückbleiben musste.
Mit großen Augen betrachtete es das Püppchen, welches ihm Miguel in den Arm legte und sagte: „Schlaf dich gesund, die Puppe wird auf dich aufpassen."
Sofia, völlig ahnungslos, bei wem sie nun in Dienst stand, wunderte sich über die riesigen Häuser und die dunkle Haut ihrer Herrin. Nachhilfe gab ihr schließlich Carlos, der ihr in der ersten ruhigen Minute verriet, dass sie das unglaubliche Glück habe, beim Goldhändler des Königs untergeschlüpft zu sein, den reichsten und freundlichsten Herrschaften, die es überhaupt geben könne.
Den letzten Punkt konnte sie aus eigenem Erleben genau so bestätigen und den Ersten glaubte sie Carlos aufs Wort. Woanders hätte man ihr

die Behandlungskosten für ihre Tochter sofort mit dem Lohn aufgerechnet. Davon war nicht einmal die Rede gewesen.

„Wo hast du die Puppe her?", fragte sie, als sie zwei Stunden später das erste Mal ihre Tochter aufsuchen konnte.

„Von einem Onkel."

Sofia war geneigt, das einer Fieberfantasie zuzuschreiben. Doch etwas später rief Maria, mit dem Finger über den Hof deutend: „Das ist der liebe Onkel mit der Puppe!"

Miguel winkte ihr lächelnd zu. Sofia bedankte sich herzlich für das wundervolle Geschenk. Und sie dankte Gott, hier sein zu dürfen. Bei einer Dienstherrschaft, die sie und ihr Kind menschlich und voller Güte behandelte.

Die beiden Elternpaare der jungen Alvarez genossen ihren Ruhestand. Amin malte, wie es Rodrigo vorausgesagt hatte, und verkaufte immer wieder auch Auftragsbilder, womit er den bescheidenen Reichtum mehren konnte, der ihnen ein angenehmes Leben garantierte.

Carvalho setzte sich zur Ruhe, als Danang zwanzig wurde. Rodrigo übereignete ihm eines seiner Häuser als Alterssitz, ganz in ihrer Nähe. Und es stand jetzt schon auf dem Papier, dass es eines Tages auch an den jungen Kapitän der Andretta gehen werde.

Im darauffolgenden Jahr brach eine Typhusepidemie über Lissabon herein, der Arm und Reich gleichermaßen zum Opfer fielen. Möglich, dass sich Amin bei einem seiner Käufer angesteckt hatte. Als alle bereits aufatmeten, weil sich sein Zustand etwas besserte, starb er völlig unerwartet an einer Hirnhautentzündung, ausgelöst durch die tückische Krankheit.

Für Suria brach die ganze Welt zusammen. Nicht einmal José schaffte es, seiner trauernden Großmutter ein Lächeln abzuringen.

Danang entschloss sich zu einem ungewöhnlichen Schritt. Er bat Carvalho um Hilfe, der es nicht gewagt hätte, von sich aus aktiv zu werden, weil er alte Wunden nicht wieder aufreißen wollte.

„Meint Ihr wirklich, sie hört auf mich?", versuchte er zu erklären.

„Ich hoffe es." Danang schaute seinem Gönner tief in die Augen. „Ich weiß seit vielen Jahren, dass meine Mutter Euch gehört hat, bevor sie meinen Vater heiratete. Ich weiß auch, dass Ihr nie aufgehört habt, sie zu lieben. Wer soll es schaffen, sie zum Weiterleben zu bewegen, wenn nicht Ihr?"

„Ich bin ein alter Mann …"

„Und sie ist eine ältere Dame. Das passt doch perfekt."

Carvalho atmete scharf ein. „Das hat man nun von seinen guten Ratschlägen!"

„Dass man sie eines Tages selber um die Ohren bekommt?", lachte Danang.

„Genau das! Aber Ihr gebt ja doch keine Ruhe. Ich werde versuchen, mit ihr zu reden."

Am Nachmittag des nächsten Tages begab sich Carvalho, mit einem großen Blumenstrauß bewaffnet, zum Haus der Alvarez'. Stella schaute ihn überrascht, aber auch bekümmert an. „Sie hat sich eingeschlossen."

Carvalho zupfte seinen Gehrock zurecht, klopfte und rief: „Suria, habt Ihr ein paar Minuten Zeit für mich? Ich bin es, Carvalho!"

Noch einmal das gleiche Spiel, dann fügte er hinzu: „Wenn Ihr nicht bei drei an Tür seid, dann breche ich sie auf! Eins – zwei."

„Lasst den Unsinn, ich komme ja schon!", ertönte es von drinnen.

Suria prallte zurück, als sie den Blumenstrauß gewahrte. „Damit braucht Ihr es gar nicht erst versuchen!"

„Meine Liebe, diese Blumen sind für Amin. Ich wollte Euch nur bitten, mich zu seinem Grab zu begleiten", erklärte Carvalho geistesgegenwärtig.

Die Witwe nahm seinen Arm und ließ sich wortlos zum Friedhof führen. Die Alvarez' schauten besorgt und hoffnungsvoll zugleich hinterher.

Carvalho füllte einen Krug mit Wasser, stellte die Blumen hinein und alles auf den Rand vor dem Grabstein. Er nahm den Hut ab und verharrte einige Zeit schweigend vor dem Grab.

Plötzlich begann er leise zu sprechen: „Mein Freund, vielleicht könnt Ihr mich ja hören, auch wenn Ihr da oben seid.

Euer Sohn war gestern bei mir. Er hat mir auf den Kopf zu gesagt, dass er schon lange wusste, dass Eure Frau einmal mir gehört hat. Er bat mich, mich um sie kümmern, jetzt, wo Ihr es nicht mehr könnt.

Ich weiß, dass Ihr genau so denkt.

Ihr wisst es, Rodrigo weiß es und Euerm Sohn ist es auch bekannt, dass ich nie aufgehört habe, sie zu lieben. Ich schwöre, dass ich ihr jede Minute meiner letzten Jahre widmen werde.

Wenn auch nur ein einziges Wort gelogen ist, dann soll mich heute noch der Blitz erschlagen.

Doch nun auf Wiedersehen, mein Freund. Ich werde versuchen, die wenige Zeit, die mir bis dahin noch bleibt, sinnvoll zu nutzen."

Er setzte seinen Hut auf, drehte sich um, bereit zu gehen. Nicht sicher, ob ihm Suria folgen werde, blieb er einen Augenblick stehen.

Da fühlte er auch schon, wie sie sich in seinen angewinkelten Arm einhängte.

„Darf ich Euch auf einen Kaffee zu mir einladen?", fragte er zögernd.

„Wenn es ein Stück Kuchen dazu gibt, gerne."

Carvalhos Herz ließ vor freudigem Schreck gleich ein paar Schläge aus.

„Er hat es geschafft!", rief Bintang in den Hof zu den anderen hinunter. Sie hatte die ganze Zeit am Fenster gestanden und gewartet, ob sie gemeinsam oder jeder für sich vom Friedhof zurückkehrten.

„Ich decke sofort den Tisch!", antwortete Stella erfreut.

„Unnötig, sie ist mit ihm vorbeigegangen!"

„Na, die Variante behagt mir am meisten", gab Danang bekannt, der erst wieder abreisen wollte, wenn halbwegs sicher war, was mit Mutter werden würde.

Das sollte er auch recht schnell erfahren. Noch am selben Tag gab Carvalho bekannt, Suria nach einer angemessenen Trauerzeit heiraten zu wollen. Bis dahin kam er täglich, um nach ihr zu schauen, sie zu Ausflügen einzuladen, oder, um einfach nur mit ihr in der Sonne zu sitzen.

Als es dann endlich so weit war, und sich Carvalhos großer Lebenstraum erfüllte, machten es Miguel und Danang zu einem öffentlichen Großereignis, von dem noch Jahrzehnte später die Nachbarn ihren Kindern und Kindeskindern berichteten.

Kapitelverzeichnis:

Strandfund	3
Erste Spuren	9
Amin, der Unentbehrliche	16
Erinnerungen	22
Leidenschaft	31
Lieber tot als unglücklich	38
Traumhochzeit	46
Etappensiege	55
Das Gold der Marques'	62
Erbschaftsangelegenheiten	70
Allerlei Überraschungen	85
Auf neuen Pfaden	94
Suria	103
Licht und Schatten	113
Freundschaftsdienste und Heldentaten	122
Unter vollen Segeln	131
Geld regiert die Welt	139
Frauenpower	148
Unruhige Zeiten	155
Umbrüche	164
Miguel Alvarez	172
Aufbruch nach Portugal	183
Für Dankbarkeit ist es nie zu spät	191

Interessiert an weiteren spannenden Abenteuern?

Dann schauen Sie im gut sortierten Handel nach oder unter:
http://www.reni-dammrich-geschichtenzauber.de